KB161981

바퀴벌레
춤을

바퀴벌레
춤을

바퀴벌레와 춤을

초판 인쇄 2014년 2월 3일
초판 발행 2014년 2월 7일

지은이 장순
펴낸이 진수진
펴낸곳 레몬톡

주소 경기도 고양시 일산동구 중산동 1682번지
출판등록 2013년 6월 25일 제 406-2013-000071호
전화 031-926-7696
팩스 031-926-7697
홈페이지 www.haeminbooks.com

ISBN 979-11-85254-66-1

정가 10,000원

바퀴벌레와 춤을

장 순 장편소설

레몬톡

| 차 례 |

1. 거기 누구 없나?_1

2. 누군가 나를 흔들어 깨운다_24

3. 복수는 나의 것_46

4. 시간이 늙어 간다_59

5. 괜찮은 거야?_86

6. 나는 어떻게 하라고_ 113

7. 난이야, 난이야?_ 134

8. 사랑이 죄인가요?_ 170

9. 일상은 변함없이 달리고_ 191

작가의 말_ 223

1

거기 누구 없나?

<글자들이 자꾸만 머뭇거린다. 급기야 나와 자판 그리고 모니터 사이에는 장벽이 생겼다. 숨이 막힐 것만 같은 정적. 타임라인에 엉거주춤 끼어 이도 저도 할 수 없는 신세가 되어버렸다. 이런 제기랄. 이곳에서 나를 꺼내줄 사람, 거기 누구 없나?>

벌써 며칠째 대답 없는 모니터만 바라보며 시간을 잡아먹었다. 때로는 시간을 구워먹기도 했고, 때론 끓는 물에 살짝 데쳐먹기도 했고, 때론 바삭하게 기름에 튀겨먹기도 했다. 하지만 맛이 밋밋하기만 했다. 시간은 도대체 어떻게 조리해 먹어야 맛있는 걸까? 묵묵부답인 채 시간이 노려보고 있다. 그래도 어쩔 수가 없다. 제아무리 발버둥쳐도 한 글자도 만들어내지 못할 것이다. 이럴 때는 맥주 한 잔이 제격이다. 냉장고에서 적당히 차가운 맥주를 꺼냈다. 맥주 한 모금으로 갈증을 식히며 나는 문득 취하고 싶다는 생각을 했다. 하지만 두렵기도 했다. 취기를 핑계로 내 머릿속의 개를 풀어 나를 내팽개치고 싶지는 않았다. 그렇게 된다면 아마도 며칠 동안은 누워 있어야 할 것이고 작업에 차질이 생길 것은 불을 보듯 뻔한 일이기 때문이다. 그러나 취기의 유혹은 나를 그냥 내버려두지 않았다.

핸드폰으로 친구들에게 문자메시지를 날렸다. 작업이 되지 않을 때는 진탕 술에 취해 내 머릿속의 미친개와 말다툼을 벌이는 것도 때론 도움이 된다.

얼마간의 시간이 무표정하게 흘러갔는지 모른다. 내 문자메시지에 대한 반응속도는 없었다. 평일 한낮. 친구들도 시간을 쪼갤 수 없었을 것이다. 모두 제 살기에 바쁘다는 것을 알고 있다. 하지만 문자메시지를 오징어 씹듯이 질겅질겅 씹다가 대수롭지 않게 뱉어버렸을 녀석들을 생각하면 마음이 편하지만은 않다. 아마도 넋두리를 풀어놓을 미친개 한 마리가 녀석들에게는 부담이 되었을 것이다.

많은 글자들이 타임라인에서 생성되어 타임라인에 묻힌다. 글자들은 과부하에 걸려 동맥경화를 감당하지 못한 채 타임라인이라는 무덤 속으로 줄줄이 몰려든다. 제기랄, 글자들의 홍수가 터졌다. 살아남아 문장이 될 글자들을 위하여 건배.

맥주는 시원하게 오후를 상대하고 있었지만 상대적으로 머릿속은 문장을 만들지 못하는 것에 대해 심각한 갈증을 동반하고 있었다. 나는 어느 외진 골목길에서 길을 잃고 방황할 뿐이다. 앞이 꽉 막혔을 때는 차라리 즐겨야 한다는 걸 나는 잊지 않았다. 막상 작업의 리듬이 끊겼다고 해서 조급하게 생각할 필요는 없다. 조바심을 낼수록 일은 더 꼬여가기 마련이다.

<문자메시지의 반응속도를 체크 중이다. 무료한 오후를 녹여줄 문자가 날아왔으면 좋겠다. 하지만 오리무중이다. 빌어먹을 문자 같으니라고. 심심한 문자 어디 없나? 내가 놀아줄 텐데. 오늘도 지루한 오후가 계속될 것만 같다.>

아직까지 무료함을 달래줄 답신은 받지 못했다. 나는 단지 소통을 원했을 뿐이다. 과한 욕심이었을까? 나는 새로운 문자에 연연한다. 부디 내 문자메시지를 받고 흔쾌히 만남을 수락해주길 기대하면서. 하지만 아직까지 답신이 없는 걸 봐서는 그 누구도 나와의 소통을 원

하는 것 같지 않다. 그 사이 트위터에 올린 글이 리트윗 됐을 뿐이다.

문자 위를 걷는다. 글자 위를 걷는다는 말이 더 어울릴까? 누군가의 그림자를 확인하며 걷다보면 나름의 매력에 푹 빠지곤 한다. 때론 소셜 네트워크 서비스(SNS)를 해우소쯤으로 생각하는 글과 보수니 진보니 서로 다툼을 벌이는 글들을 보면 짜증이 나기도 한다. 게다가 상업성이 다분한 글들은 눈살을 찌푸리게 만들기도 한다. 언젠가는 정리해야 할 대상들이다. 하지만 막상 정리하려고 하면 엄두가 나질 않는다. 어찌 보면 나 또한 그 대상에 포함될지도 모른다. 시간을 핑계로 선을 그어버리고 만다. 다행스러운 것은 아직은 준수한 읽을거리가 많다는 것이다. 타임라인에 재미있는 일들과 행복한 일들로 읽을거리가 넘쳐났으면 좋겠다. 때론 슬픈 일들도 동반하겠지만.

나는 지극히 평범한 사람이다. 그리고 그다지 잘나가지도 못나가지도 않는 소설가란 타이틀을 갖고 있다. 한 여자를 사랑하게 됐고 결혼식을 2주일가량 남겨두고 있다. 복잡한 것들을 싫어하며 일상에 특별한 일이 벌어지지 않기를 바라면서 하루하루를 살아가고 있다. 그러고 보면 결혼식은 나에겐 특별한 일이다. 나의 신부 주연에게는 미안한 일이지만 때론 결혼식을 꼭 해야 하는 것인지 귀찮게 여겨지기도 한다. 결혼식 없이 간략하게 혼인신고만 한 채 살 수는 없는 걸까? 혼자가 아닌 둘이 된다는 것은 평온한 일상을 즐기려는 나에겐 큰 장애물이다. 귀찮다고 밥을 먹지 않는다면 굶어 죽게 되겠지만 일상의 의식들은 가끔은 생략할 수도 있지 않을까? 어쨌든 나는 결혼을 선택했고 그러기 위해서는 많은 것을 상대를 위해 배려해야 한다는 것쯤은 알고 있다. 그러지 않았다면 결혼 따위는 상상도 하지 않았을 것이다. 그렇지만 결혼식이 다가오면 올수록 모든 일들이 귀찮게 여겨질 뿐이다. 그래서인지 모르겠지만 요즘은 생각 없이 모니터를 멍하니 바라보는 날들이 많아졌다. 생각 없이 글을 쓴다면 그것은 욕을 먹어 마땅한 일이겠지만 글이 제대로 풀리지 않는 것은 심한 스트레스를 동반한다. 탈고 일자가 정해져 있는 것은 아니지만 그래도 결혼식 전까지는 작업을 모두 끝내고 싶다. 빡빡한 결혼 일정을 소화하며 신부를 실망시키고 싶지 않기 때문이다. 작업을 한다는 핑계로 주연에게 소홀했던 것도 모두 보상하고 싶다.

SNS를 즐기는 것은 나름의 휴식이 되어버린 지 오래다. 트위터의 타임라인을 거슬러 올라가고, 지금 벌어지고 있는 일들을 확인하고 즐기는 것은 꽤 흥미 있는 일이다. 때론 트위터리안의 엉뚱한 발상에 깜짝 놀라며 오후의 나른함을 해소한다. 하지만 팔로잉을 서두르지는 않는다. 그들에게 비춰지는 내 모습이 두려울 때가 많기 때문이다. 그래서 140자의 글자들이 부담스러울 때도 있다. 단순히 팔로워를 늘리고 눈이 즐겁기 위해서 시간을 허비하는 것은 아니다. 남들에게 리스트 되는 것 또한 신경 쓰지 않는다. 트위터를 통해 정보를 공유하고 소통하는 것을 즐기고 싶을 뿐이다. 알지 못하는 누군가와 소통한다는 것, 정말 즐겁고 가슴 설레는 일 아닌가? 또 다른 활력이다.

팔로워를 살핀다. 오랜만에 팔로잉을 해볼 생각이다. 그런데 처음부터 부화도 하지 않은 알들이 제법 많다. 자신을 알리는 프로필도 없고 지저귐도 없는 막무가내 식의 계정들. 무명의 숫자 계정들. 도대체 그 계정들로 무엇을 하려고 저리도 무대포로 달려드는지 모르겠다. 나름의 존재에 가치를 두려거나 후에 계정의 호칭을 바꾸겠지만 해도 너무했다. 일단 그런 계정들은 팔로잉에서 제외시킨다. 별 의미 없는 존재들이기 때문이다. 그러나 갈수록 더 짜증만 난다. 팔로잉 상대들의 계정만을 올려 스팸 계정들을 부추기는 또 다른 스팸들. 팔로워가 중요하고 또 팔로잉이 그렇게 중요한 것인가? 일단은 자신들의 생각 자체가 중요한 것을. 나는 오늘도 친구 맺기(팔로잉)를 실패했다. 소통하는 것은 정말 어려운 일이다. 소통할 대상을 찾는 것 또한 매우 어려운 일이다. 의미 없이 타임라인을 거슬러 올라가게 만드는 지저귐이 정말로 싫다. 그로 인해 정작 읽고 싶은 글들을 놓치기가 일쑤다. 타임라인에 쌓여가는 글들을 보면서 설렘보다는 짜증이 앞서는 이유다. 그리고 자신의 글에 너무 많은 의미를 두려고 하는 지저귐도 사절이다. 나는 그저 일상을 떠들고 또 그 일상으로 소통의 장을 나누고 싶을 뿐이다. 하지만 그것은 오직 내 생각일 뿐이다. 그렇다고 내가 잘났다는 것은 아니다. 누군가에겐 내 글들도 내가 생각하는 것처럼 의미가 없을지도 모른다. 친구를 사귀는 것처럼 소통하기도 힘들다는 것을 나는 새삼 느낀다. 내가 트위터를 막 닫으려는 순간 누군가의 지저귐이 메아리되어 나를 잡아 세웠다.

　　＜한 남자를 사랑했습니다. 그런데 문제가 생겼습니다. 그 남자의 아버지를 사랑하게 된 겁니다. 그 남자와의 사랑과 그의 아버지와의 사랑이 동시에 나를 괴롭힙니다. 그 남자와는 헤어질 수 있어도 그 남자의 아버지와는 헤어질 수 없을 것 같은데. 난 어쩌죠?＞

　　순간 나는 당혹스러웠다. 몇 번이나 읽고 다시 읽기를 반복했다.

그리고 나는 할 말을 잃었다. 오후를 일깨우는 흥미로운 소재다. 나는 서둘러 그 글을 관심글로 등록시켰고 그녀를 팔로잉했다. 이제 그녀는 나의 관심 대상이다. 나는 좀 더 그녀가 알고 싶어졌고 곧바로 그녀의 트위터를 찾았다. 그리고 그녀가 그동안 써온 글들을 차근차근 읽어 내려갔다. 남자 친구와의 일상들이 소통을 기다리고 있다가 나를 만났다. 그리고 한동안 여자는 글을 올리지 않다가 오늘에야 글을 올린 것이다. 그녀에게는 비난의 댓글들이 쏟아지고 있었다. 나름 큰 용기를 내어 글을 올렸을 텐데 안타까운 일이다.

나는 그녀의 사랑을 먹고 싶다. 꽉 막혀버린 문장의 앞뒤를 그녀의 사랑으로 활력을 불어넣을 수 있지 않을까? 내가 상상하지 못할 일들이 그녀에게 벌어지고 있을지도 모른다. 부디 사랑의 시련을 마주하지 않기를. 그러나 그녀의 사랑은 처음부터 너무도 무모한 대상으로 흔들리고 있었다. 그녀를 만나고 싶다. 어찌 그런 사랑을 하게 되었는지 가닥을 잡고 싶은 욕심이 일순간 일었다.

무슨 말인가를 여자에게 해주고 싶은데 문득 아무 말도 떠오르지 않는다. 나는 괜한 맥주만 홀짝거릴 뿐이다. 취기는 좀처럼 올라오지 않는다. 여자의 글을 읽다가 생각나는 대로 몇 자 적었다.

<꿈속을 헤맸다. 마치 수렁 같은 악몽에서 헤어나지 못하고 발버둥치다가 겨우 깨어났다. 나오는 건 한숨뿐. 온몸은 진땀으로 범벅이다. 벌써 여름으로 치닫고 있다. 수시로 변하는 계절의 간사함이 얄밉다. 나도 간사해지고 싶다. 그대도 부디 간사하길.>

아무런 대꾸가 없다. 대꾸를 기대하고 글을 올렸던 것은 아니지만 그래도 조금은 실망이다. 그녀와 소통할 수 있는 문구들을 떠올려본다. 그녀를 내 쪽으로 끌어들이려는 것은 내 욕심일 뿐이다. 이즈음에서 그만두어야 한다고 생각은 했지만 마우스는 자꾸만 그녀를 따라다닌다.

remake606(은이). 그녀의 프로필 이미지를 마주한다. 가냘프고 어딘가 낯이 익으면서도 호감이 가는 얼굴에는 어두움도 함께 있다. 그녀의 bio는 〈슬픔을 먹고 싶지는 않다. 다만 사랑을 간직하고 싶을 뿐이다. 그래서 더 슬픈지도 모르겠다. 때론 혼자 걷는 것을 즐겨하지만 늘 사랑을 그리워한다. 그리고 사랑을 만났다. 난 즐겁지만 너무 사랑에 연연하는 내가 밉다.〉 그녀의 위치는 〈지구라는 행성의 따뜻한 어느 카페〉 시간이 지날수록 그녀의 세계가 알고 싶어진다. 그러나 더 이상의 글은 올라오지 않는다.

remake606(은이)에 대한 검색을 한다. 그녀를 지목하는 댓글들이 산더미처럼 넘쳐났다. 엄청난 효과다. 비난의 글들과 안타까움의 글들이 새삼스럽게 다가온다. 그중에는 나도 섞여 있다. 그들과 한 몸이 된다는 것이 마음에 걸린다. 나는 그녀를 향한 화살표를 찾아 지웠다. 그녀를 나무란다거나 조언을 해줄 나의 위치가 아니다. 그저 바라만 보고 지켜주는 것 또한 그녀를 아끼는 한 방법일 것이다.

그녀의 글이 여러 차례 리트윗 되면서 그녀는 입을 다물었고 그녀의 반응을 기대할 수는 없었다. 그래도 나는 혹시나 하는 마음에 그녀를 지켜본다. 타임라인은 더 이상 그녀와의 소통을 원활하게 이끌지 못했다. 미련은 더 큰 미련을 동반할 따름이다.

트위터는 많은 글들로 넘쳐난다. 나는, 내 몸은 맥주로 넘쳐났으면 좋겠다. 취기로 모든 것을 잠시 잊고 싶다. 그러나 김빠진 맥주는 텁텁할 뿐이다. 머릿속으로는 내 머릿속의 개를 부정하면서도 나는 어떻게 해서든 내 머릿속의 개가 짖기를 바란다. 실컷 짖어대고 나면 글발도 술술 풀려나올 것만 같다. 그러나 냉장고에는 더 이상의 맥주가 없다. 미리 사다두지 못한 것을 후회할 즈음 쪽지(DM)가 날아왔다. 누굴까? 지금 이 시간 나와의 소통을 원하는 그 누군가가 혹시 그녀는 아닐까? 그렇다면 나는 어떻게 반응해야 하는 것인가? 조심스럽게 쪽지를 확인했다. 다름 아닌 주연이다. 내 인생의 주연배우.

<바쁘다고 해놓고선 트윗이나 즐기는 거였구나? 참, 내일부터 집 공사가 시작된다고 그랬지. 그러면 오늘쯤 이사 갈 집에 가서 소독을 해야 하지 않을까? 난 바퀴벌레는 딱 질색이야. 바퀴벌레 알레르기가 있다고 말했었지. 그러니까 바쁘더라도 오늘 시간 내서 바퀴벌레가 있는지 확인하면 어떨까 하는데? 바퀴벌레 있으면 나 그 집에 들어가지 않을 거야.>

누군가가 나를 지켜보고 있다는 것을 잠시 잊었다. 무서운 세상이다. 소통은 참 무서운 것이다. 결론은 내가 타임라인을 움직이는 것이 아니라 타임라인의 노예가 되었다는 것이다.

바퀴벌레 알레르기가 있다고 했었던가? 모르겠다. 들었던 기억이 전혀 없다. 어쨌든 내 신부가 바퀴벌레 알레르기가 있다니 신경 써야 할 문제다. 우리 집에는, 내가 지금 살고 있는 작업실 겸 휴식처인 이곳에는 바퀴벌레가 있을까? 없을까? 내 생각으로는 여태까지 바퀴벌레를 본 기억이 없다. 나는 주위를 유심히 살피기 시작했다.

이런 바퀴벌레가 집안을 서핑 중이다. 왜 그동안 나는 바퀴벌레와 동거하고 있었다는 사실을 몰랐을까? 아마도 유일한 한 마리겠지.

어둠과 먹이, 그리고 적당한 무관심이 바퀴벌레를 키웠을 것이다. 누구의 눈치도 보지 않은 채 마냥 한가로이 거닐고 있는 저 녀석은 도대체 무슨 생각을 하고 있을까? 친구도 없이 홀로 세상을 서핑하는 녀석의 용기에 나는 주눅 들고 만다. 한참 동안 바퀴벌레의 뒤를 쫓아다녔다.

내 스스로 무감각해지고 있음을 나는 부정하지 않는다. 나도 자유로운 바퀴벌레 한 마리였으면 좋겠다. 그리하여 다른 시각으로 나를 바라보고 싶다. 나는 바퀴벌레를 잡지 않았다. 여유로운 한 생명을 무참히 짓밟고 싶지 않았다. 그래, 그것은 나의 배려다. 이제 얼마 남지 않은 작업실에서의 평온을 깨고 싶은 생각이 없다. 마음껏 즐겨라. 그리고 이곳에서 너와 나 동거하고 있었음을 우리 잊지 말자. 만약 주연이가 바퀴벌레를 보았다면 작업실에는 발을 들이지 않을 것이다. 그래도 너와 나 비밀로 하면 그만일 터.

주연이는 고등학교 동창이다. 그때는 단지 남학생과 여학생일 뿐이었다. 주연이는 문학을 좋아했고 그래서 대학도 국문학을 전공했다. 반면 나는 그림을 좋아했다. 그래서 미대에 진학했지만 막상 진학하고 나니 내 열정은 시간이 지나면서 무뎌졌다. 그러다가 우연히 문예지에 투고한 원고가 덜컥 당선이 된 것이다. 그 이후로 나는 줄곧 한길만을 걸어왔다. 그리고 몇 년 전 출판사에서 편집장을 하고 있는 주연이를 다시 만났다.

책을 출판하면서 우린 많이도 싸웠다. 그러다가 나는 술자리에서 개가 되어 정신없이 짖다가 쓰러졌다. 그런 나와 함께 짖었던 것이 주연이었다. 그때 이후 우린 가까워졌고 하나가 되어갔다. 만나서 서로의 머릿속에 있는 개를 풀어 으르렁거리며 말다툼을 벌이다가 내가 먼저 그녀를 물었고 덩달아 그녀도 나를 물었다. 밤새도록 짖기도 했고 알코올 한 방울만 들어가면 득달같이 튀어나와 짖어대는 서로의 머릿속의 개가 마음에 들었다. 우린 자연스럽게 한 마리의 개로 통했다. 개는 짖어야 자유로울 수 있다. 그래서 마음껏 짖을 수 있는 한 마리의 개가 되기로 우린 결심했다. 적어도 미친개가 되지 않기를 우린 바랄 뿐이다. 광견병에 걸린 개가 되어버리면 더더욱 안 되겠지만.

바퀴벌레는 작업실을 마음대로 활보하고 다니다가 어디론가 사라져버렸다. 나는 바퀴벌레와의 인연을 잠시 접어두기로 했다. 주연이의 말대로 신혼집을 둘러볼 생각이다. 전에 살던 사람들이 어제 이사를 갔으니 오늘은 집수리를 위해 집안 곳곳을 확인해야 한다. 그리고 돌아오는 길에 맥주도 사가지고 올 생각이다.

집수리는 내가 직접 해도 되지만 시간이 문제다. 그래서 후배에게 집수리를 맡겨놓은 상태다. 걱정할 것은 없지만 그래도 마음이 놓이지 않는 것은 내 인생의 새로운 출발이기 때문이다. 부실공사로 신혼의 단꿈을 깨고 싶지 않을 따름이다. 그래서 주연이와 도면을 놓고 한동안 집안 꾸미기에 열을 올렸던 적이 있었다. 온전히 주연의 생각대로 내가 스케치를 했고 주연이도 마음에 들어 했다. 그 다음은 꼼꼼한 후배의 몫이 되어버리고 말았다.

적당하게 소설이 팔리고, 모자라지도 과하지도 않은 삶을 영위하고 싶은 것이 나의 생각이다. 나는 평범함을 즐기고 싶을 뿐이다. 모험을 싫어하고 특별한 것을 싫어한다. 세상의 중심에 서고 싶지도 않고 내 중심으로 세상이 돌아가기를 바라지도 않는다. 사건과 사고가 터질 때마다, 천재지변이 일어날 때마다 나는 그곳에 있지 않았다는 사실을 천만다행이라고 생각하며 살아가는 일반인이고 싶다. 문제는 세상이 그렇게 호락호락하지 않다는 것이다.

　나는 작업을 시작하면 쉬고 싶다는 생각을 먼저 한다. 글쓰기는 그만큼 힘든 일이다. 알면서도 포기하지 않는 것은 그 자유로움이 좋기 때문이다. 또한 글쓰기가 직업이 되어버렸기 때문이다. 절필을 하고 싶을 때도 많았다. 출근하고 또 퇴근하는 직장인이 부러울 때도 많았다. 그렇지만 적당히 팔리는 소설 덕에 나는 자유를 선택했다. 이대로 변함없이 세상을 살아가고 싶은 것이 내 생각이다. 하지만 결혼으로 인해 내 평온한 일상이 어떻게 변하게 될지는 나 자신도 아직 모른다.

　소설이 마음대로 써지지 않을 때는 여행을 떠나는 것도 좋은 생각이다. 하지만 막상 떠나려하면 갈 곳을 정하는 것이 여간 힘든 것이 아니다. 여행은 동경의 대상이지만 내겐 그럴 만한 여유가 없다. 평온함을 즐기는 것조차 나는 평온으로 느끼는 사람이다. 솔직히 말해서 여행을 떠나는 것이 부담스러울 때가 많다. 여행을 떠나면 많은 것을 보고 듣고 맛볼 수 있을 것이고 작업실에서와는 달리 스토리도 술술 풀려나갈 것 같지만 현실은 그렇지 않다는 것이다. 우선은 평온한 일상을 깨야하고 또 그만큼의 시간과 경비를 지출해야 한다. 글이 써지지 않으면 나를 재촉할 것이고 그러다 보면 여행은 엉망진창이 될 것이다. 그래서 나는 작업실 외에는 다른 곳에서 글을 쓰지 않는다. 마감 날짜가 정해져 있는 것이 아니지만 소설을 시작하면 빨리 끝내고 싶은 것이 내 솔직한 심정이다. 그래서 늘 시작과 끝이 존재하는 작업의 시간은 길고 지루하면서도 때론 반갑고 즐거운 일상이기도 하다. 막연히 쓰고 싶다는 욕구가 내 일상의 평온을 유지하는 원동력이라고 나는 단정한다. 그 틀에 갇혀 지내기를 원하는 것을 보면 나는 진짜 겁쟁이다.

내 평온의 거점인 작업실을 나선다. 그런데 내 작업실이 너무나 슬퍼 보인다. 이제 얼마 남지 않은 내 작업실과의 이별이 다가오고 있음을 나는 실감한다. 그동안 내가 있어서 외롭지 않았을 작업실 겸 집인 원룸. 그동안 내 안식이 되어주어 정말로 행복했다. 내 평온의 일상이 되어준 나의 공간. 간이침대와 책장, 냉장고. 단출한 살림살이가 왜 이렇게 오늘따라 초라해보이는 걸까? 그래도 나는 이곳에서 4년을 질기게도 숨어 지냈다. 더없이 익숙한 곳. 될 수만 있다면 영원히 함께하고 싶다. 하지만 언젠가는 이별이 찾아오는 법.

오후는 느리고 소리 없이 흐른다. 날씨도 좋고 바람도 적당하다. 평온한 이 오후처럼 내 삶도 늘 이랬으면 좋겠다. 이사 갈 아파트는 이곳에서 걸어서 30분 정도 걸린다. 나는 오후의 평온을 즐기며 인도를 걷는다. 빠르지도 느리지도 않은 사람들의 발걸음이 오후의 평온을 이끌어가고 있다. 나도 그들을 따라 시간 위에 몸을 사뿐히 기댄다. 이대로 길 위에서 길을 잃어도 좋을 것만 같다. 마음껏 걷고 즐기다보면 잃었던 길도 다시 찾을 수 있지 않을까? 하는 생각이 문득 들즈음 오후의 평온은 삽시간에 깨지고 말았다.

앞에서 걸어오던 한 남자가 가슴을 움켜쥐며 바로 내 앞에서 쓰러졌다. 갑작스런 엑스트라의 등장은 사절이다. 차라리 발이 뒤엉켜 넘어졌다면 좋았을 것을. 남자가 쓰러지기 전 내 눈과 마주쳤다. 일순간 당황하던 남자의 시선을 지울 수가 없을 것만 같다. 하필이면 바로 내 앞으로.

눈앞에서 벌어진 일을 못 본 채 지나칠 수는 없다. 내 일상의 평온함을 깨고 싶지는 않았지만 어쩔 수 없이 이미 깨지고 말았다. 주위는 긴박하게 돌아가기 시작했지만 누구 하나 나서는 사람이 없었다. 할 수 없이 그 모든 것이 내 몫이 되어버리고 말았다.

남자는 의식이 없다. 일순간 모든 것이 멈추어지고 말았다. 시간도 잠시 가던 길을 멈추고 보채듯이 내 주위를 빙빙 돌았다.

"거기 아줌마. 119에 신고해 주세요."

주위를 둘러보다가 한 여자와 눈이 마주쳤다. 여자는 기다렸다는 듯이 핸드폰을 꺼냈다.

그다음은 뭐였더라. 그래 심폐소생술이다. 그런데 내 머릿속도 쓰러지던 남자와 함께 멈춘 것만 같다. 막막할 따름이다. 이럴 때 써먹으려고 배워두기는 했는데.

차라리 승용차나 대중교통을 이용할 걸 그랬다. 깨졌던 평온한 오후를 되찾으려면 남자를 깨워야 한다는 생각뿐이다. 남자를 그대로 내버려둔다면 나는 시간의 흐름을 되찾을 수 없을 것만 같았다.

30 : 2. 생각나는 것은 그것밖에 없었다. 먼저 턱을 젖혀 기도를 유지하고 호흡을 확인했다. 호흡이 없었다. 구조 호흡을 했지만 소용이 없었다. 남자의 상체가 드러나도록 상의를 벗겼다. 그리고 양 젖꼭지

14

를 연결한 선의 중간에 손을 올리고 나머지 한 손을 겹쳤다. 심폐소생술은 위치 선정이 중요하다. 명치나 좌측 우측으로 쏠리면 안 된다. 이제 흉부압박을 해야 한다. 체중을 실어 4에서 5cm 깊이로 깊고 강하고 빠르게 팔을 곧게 펴서 직각으로 압박했다. 분당 100회의 속도로.

"하나, 둘, 셋, 넷, 다섯, 여섯……."

30회의 압박과 두 번의 호흡을 반복했다. 적어도 119구급대원이 올 때까지 반복해야 한다. 그래도 남자가 반응을 하지 않는다면 어쩔 수 없는 일이다. 얼마간을 반복했는지 모른다. 등에서는 진땀이 흐르고 이마에서도 식은땀이 흘러내리기 시작했다.

제발 숨을 쉬어라. 누군지 모르는 당신이지만 나는 당신의 깨져버린 평온한 일상을 다시금 되돌리고 싶다. 내 일상의 충격을 나는 그것으로 기필코 보상받을 것이다. 멀리서 구급차가 오는 것 같기도 했는데. 바로 그때 남자의 호흡이 돌아왔다. 내 입에서도 안도의 한숨이 새어나왔다.

사람들은 남자와 나 사이에 멈추었던 시간의 주위로 몰려와 있었다. 지켜보고 있던 사람들이 멈추었던 시간의 움직임을 부추기기 위해 박수를 쳤다. 그리고 119구급대가 도착했다.

내 주위를 배회하던 시간이 재깍재깍 발을 구르며 걷기 시작했다. 다행이다. 시간을 되찾을 수 있어서. 남자에게는 금쪽같은 시간이었을 것이다. 못 본 척 지나쳤더라면 남자의 시간을 보장할 수 없었을 것이다. 남자가 119구급차에 실려 떠나고 오후도 안정을 되찾았다.

우린 위험 속에서 살아가며 점점 무뎌진다. 그만큼 시간도 늙어간다. 나는 왜 시간이 매순간 다시 태어나고 있다는 것을 부정하는 것일까? 나는 자꾸만 시간과 함께 늙어간다. 그렇게 내 평온의 일상도 성숙해지길 바라면서 나는 다시 걷는다.

걷는 것에 싫증이 날 즈음 나는 아파트 단지를 걷고 있었다. 아이들을 잃은 텅 빈 놀이터가 눈에 거슬린다. 아이들은 누가 빼앗아 갔을까? 놀이터의 초라한 기색에 내 마음이 무겁다. 문득 놀이터에 활력을 찾아주고 싶다는 생각이 들었다. 하지만 오늘은 아니다. 나는 주연이와 함께 아파트 단지와 놀이터를 거니는 상상을 한다. 생각만으로도 평온한 시간을 느낄 수가 있다. 그러기 위해서는 바쁜 일상을 거부해야겠지.

아파트로 올라가기 전에 나는 아파트관리사무소에 들러 열쇠를 건네받았다. 이제 곧 나의 새로운 보금자리에 입성이다. 가슴이 설렌다. 잠시 깨졌던 오후의 평온이 나를 엘리베이터로 이끌었다. 그 남자는 어떻게 됐을까? 아마도 무사히 의식을 되찾았겠지? 안도의 오후를 보내며 삶을 다시금 생각하고 있을지도 모를 일이다. 어쨌든 다행이다.

엘리베이터는 6층에서 멈추었다. 그리고 스르르 문이 열렸다. 동시에 쿵쾅쿵쾅 현관문을 두드리는 소리가 들렸다.

"차은이. 집에 있는 것 다 알아. 어서 문 열지 못해! 제발! 제발 문 좀 열어봐. 할 이야기가 있어. 이대로는 아니야. 왜 그러는지 말을 해보란 말이야."

이십대 중반의 남자가 서 있었다. 남자는 과하게 흥분한 상태였다. 나는 잠시 멈칫거렸다. 하지만 뒤로 물러설 이유는 없었다. 요란한 소음 속으로 나는 발걸음을 내디뎠다. 바로 저 앞에 내 신혼집이 나를 기다리고 있지 않은가.

남자가 다시 쿵쾅거렸다. 나의 출현은 안중에도 없이 남자는 자신의 감정에만 충실할 뿐이었다. 생각 같아서는 조용히 하라며 남자의 뒤통수를 갈겨주고도 싶었지만 왠지 그의 진실함을, 애절함을 깨뜨리고 싶지 않았다.

"너 아니면 난 살 수가 없어! 차라리……."

이게 또 무슨 난리냐? 하필이면 왜 오늘이냐. 다른 날도 많았을 텐데. 나는 남자를 참견하고 싶지 않았다. 남자도 나의 존재를 미처 파악하지 못한 모양이다. 혹시나 남자의 분풀이나 해코지가 나를 향할지도 모를 일이었다. 나는 서둘러 현관문을 열고 안으로 들어왔다.

도대체 무슨 사연이기에 저리도 난리를 치는 것일까? 누군가를 부르고 있는 남자의 모습이 초췌하다 못해 애처롭다. 남자의 거칠고 요란한 행동은 평온했던 오후를 반쯤 늦게 만들었다. 앞집에 사는 누군가가 궁금하다. 앞집에 사는 그 누군가는 만만하게 생각해야 할 대상이 아닌 것은 분명하다. 갑자기 불길한 생각이 드는 것은 무슨 연유에서 일까? 나는 잠시 밖의 동정에 귀를 기울였다. 하지만 현관문을 원 없이 두드리는 소리에 나는 돌아섰다.

베란다 앞에 서자 아파트 단지의 평온한 일상들이 지나쳐 갔다. 그 사이에는 놀이터도 한몫을 하고 있었다. 다만 현관문 밖의 날선 소음이 귀를 거슬리게 할 뿐이다. 나는 한껏 고조된 기분을 잠시 쓰다듬었다. 그런데 시작부터 실망이다. 들어올 때는 몰랐는데 집이 난장판이다. 곳곳에 버려진 쓰레기들 하며 뿌옇게 쌓인 먼지들. 영문을 알 수 없는 퀴퀴한 냄새가 내 코끝을 잡고 쉽사리 놓아주려 하지 않았다. 전 주인의 터무니없는 싸구려 행각을 눈으로 직접 보면서 바퀴벌레가 있을 가능성을 짐작했다. 그동안 살면서 정이 들었을 법도 한데. 그렇다면 청소라도 하고 가야 하는 것 아닌가? 나 같으면 그랬을 텐데. 모두가 내 생각 같지 않아서 때론 낭패를 볼 때도 있다. 그래서 세상은 모르는 것이다. 부디 우려가 현실이 되지 않기만을 바랄 뿐이다.

여긴 거실이다. 그리고 저긴 큰방이고, 그 옆에는 드레스룸이 될 것이고 이 방은 내 작업실이 될 것이다. 내 보금자리와의 만남은 가벼운 인사치레로 끝이 났다. 그런데 왜 이리 기분이 찜찜한지 모르겠다. 집을 수리하고 나면 기분도 달라질 테지만 그때까지는 이 기분에서 헤어날 수가 없을 것만 같다. 어쨌든 이 집은 주연이와 나의 집이다. 그리고 내 아이의 집이 될지도 모른다.

욕실과 거실 주방을 돌면서 축 처져 있던 기분을 다시금 부추겼다. 그리고 눈에 거슬리는 주방의 싱크대 앞에 섰다. 싱크대 배수구에는 음식물찌꺼기가 잔뜩 쌓여 있다. 나는 절로 눈살을 찌푸렸다. 아무리 급하게 이사를 갔다고 쳐도 이럴 수는 없는 법이다. 나는 인내에 한계를 맛보고 있었다.

마룻바닥도 그렇고 싱크대도 어떻게 사용했기에 흠집과 상처가 이렇게도 많은가. 왜 처음부터 이 집이 마음에 들었는지 모르겠다. 그때 조금만 더 꼼꼼히 살폈더라면 이런 실망은 없었을 텐데. 문짝도 주먹질과 발길질로 엉망이다. 고쳐야 할 곳이 한두 군데가 아니다. 여기는 필시 전쟁터였을 것이다.

다행히 물은 잘 나왔다. 음식물찌꺼기의 퀴퀴한 냄새를 물로 씻어냈지만 여전히 찌든 속내를 감당할 수는 없었다. 절로 한숨을 쏟아내며 싱크대 문을 열었다.

"지은 지 얼마 되지 않은 아파트에 설마 바퀴벌레가 있겠어?"

삐그덕. 아, 이럴 수가. 설마가 나를 잡았다. 우려했던 일이 현실로 다가오는 순간이었다. 바퀴벌레 대여섯 마리가 나를 빤히 쳐다보고 있었다. 그것도 잠시. 산개하여 도망치는 녀석들을 확인하며 당황한 나의 손이 탭댄스를 추었다. 본능적으로 바퀴벌레를 잡기 위해 손을 뻗었지만 녀석들은 내 반응속도보다 빠르게 사라지고 말았다. 난 단 한 마리의 바퀴벌레도 잡지 못한 채 허둥대기만 했다.

이게 무슨 낭패냐! 잠시 경악했지만 나는 현실을 직시해야 했다. 빌어먹을. 평온이 조각나 버린 오후다. 누군가 내 평온한 일상을 쌈에 싸서 맛없게도 고무줄 씹듯이 질겅질겅 씹고 있는 것만 같다.

어디엔가 숨어서 나를 경계하고 있을 바퀴벌레들. 내가 발견한 것은 대여섯 마리의 바퀴벌레에 불과하지만 이 집안 곳곳에 숨어 있을 바퀴벌레의 수는 미루어 짐작할 수 없을지도 모른다. 이곳은 흡사 바퀴벌레 천국일지도 모른다는 불길한 생각이 드는 건 왜일까? 어쨌든 바퀴벌레의 존재를 확인한 이상 그대로 내버려둘 수는 없는 노릇이다. 지금 이 순간 내게 필요한 것은 바퀴벌레를 때려잡을 가공할 만한 위력의 무기다. 일시에 초토화시킬 수 있는 강한 한 방이 필요하다.

내 작업실에서 한가로이 서핑을 즐기던 바퀴벌레와는 사정이 분명 다르다. 내 인생의 전환점이 될 이곳에서 바퀴벌레는 기필코 동거의 대상이 될 수 없다.

핸드폰을 열었다. 바퀴벌레를 퇴치할 기막힌 방법을 추천받기 위해 SNS에 기웃거리다가 아차 싶었다. 주연이가 보고 있을지도 모른다. 그렇다면 바퀴벌레가 이 집에 득실거린다는 것을 확인 사살하는 꼴이다. 나는 서둘러 핸드폰을 접었다. 모르는 게 약이다. 적어도 주연에게 독이 될 일은 하지 말아야 한다는 생각이다.

당장 가자. 바퀴벌레살충제가 시급하다. 집을 나서다가 문득 앞집 현관 앞에 서 있던 남자를 떠올렸다. 아직도 있을까? 조용한 걸로 봐서는 돌아간 것이 분명하다. 나는 조심스럽게 문을 열었다. 그러다가 앞집 문에 쪼그린 채 앉아 있던 남자와 눈이 마주쳤다. 남자의 시선은 복잡했다. 들키지 않으려는 듯 남자가 시선을 돌렸다. 나도 더 이상 남자를 궁지로 내몰고 싶지 않았다.

엘리베이터를 기다리는데 왜 이렇게 어색한지 모르겠다. 남자에게도 나에게도 여유는 없었다. 하지만 우리는 서로를 채근하지 않았다. 늙어가는 시간을 엘리베이터가 슬며시 열었다. 엘리베이터의 문이 닫히면서 남자와의 어색한 공간도 사라졌다. 남자는 무슨 연유로 저리도 스스로 무너지고 말았는가. 하지만 그것은 남자의 문제일 뿐이다. 내가 상관할 바 아니다.

"바퀴벌레가 왜 이렇게 많은 거죠?"

"바퀴벌레요? 우리 아파트에 바퀴벌레가 있다는 소리는 들어보지 못했는데요."

"아저씨는 여기에 얼마나 근무하셨어요?"

"일주일."

나, 참. 앓느니 죽지. 경비아저씨의 일주일이란 말에 어이없이 웃음만 나왔다. 나는 서둘러 바퀴벌레살충제를 사러가는 중이다. 약국으로 가야하나? 슈퍼로 가야하나? 어쨌든 내 발걸음은 상가 쪽으로 향했다. 시간의 흐름은 엉망이 되어 내 발걸음을 무겁게 만들었다.

슈퍼보다 먼저 약국이 눈에 들어왔다. 약국에서 추천하는 바퀴벌레 제거용 연막탄을 사가지고 되돌아 나왔다. 효과가 탁월하다니 한번 믿어 볼 생각이다. 아파트를 올려다본다. 이 아파트에는 도대체 얼마나 많은 바퀴벌레가 살아가고 있을까? 사람들의 눈을 피해 꼭꼭 숨어서 동거를 일삼는 본의 아닌 본의가 되어버린 존재들. 왜 하필이면 눈에 띄어 살상을 부추기는지 모르겠다. 기다려, 나는 지금 너희에게로 간다.

엘리베이터 문이 열리기 직전이다. 앞집 문에 쪼그린 채 앉아 있던 남자가 떠올랐다. 여전히 있을까? 없을까? 있다면 되도록 남자를 무시하고 싶었다. 일상의 평온은 이미 깨졌지만 그래도 오늘은 보통의 오늘이었으면 좋겠다.

엘리베이터가 열렸고 남자는 없었다. 남자는 기어코 앞집으로 들어갔을까? 초라하게 처진 어깨를 들추지도 못한 채 되돌아갔을까?

연막탄의 사용설명서를 꼼꼼하게 살폈다. 만약에 생길 불상사 때문이었다. 창문도 꼼꼼히 닫았다. 이제 준비는 끝났다. 바퀴벌레들에게 작별을 고해야 할 시간이다. 부디 나를 탓하지 말기를. 쾌적한 생활환경을 위해서 너희는 없어져야 할 대상이다.

연막탄을 터뜨리자 연기가 쏟아져 나오기 시작했다. 총 세 개의 연막탄을 차례대로 터뜨렸다. 숨이 막힌다. 바퀴벌레는 이제 곧 최후를 맞이하게 될 것이다. 이젠 나를 원망해도 소용이 없다. 바퀴벌레들아 이제 너희들의 몫이다. 살아남기 위해 발버둥치는 것을 말리지는 않겠다. 나도 이렇게까지 너희들을 사지로 내몰고 싶지는 않지만 우린 공존하기 힘든 상대일 뿐이다.

매캐한 연기에 목이 막혔다. 집 밖으로 뛰어나와 잔기침을 해대며 119와 아파트관리사무소에 전화를 걸었다. 혹시 있을지도 모를 화재 오인 신고 때문이었다. 현관문 밖으로 소화불량의 연기가 트림하기 시작했다.

앞집에 얘기해야 하나? 집에는 아무도 없을 거야. 그러니 남자가 그 소란을 피우도록 묵묵부답이었겠지. 이런저런 생각을 하며 현관문 을 바라보고 있는데 앞집 현관문이 열렸다. 외출하려는 여자의 얼굴 이 많이도 시들어보인다.

"안녕하세요."

"누구세요?"

"앞집에 이사 올 사람입니다."

"그런데요?"

"바퀴벌레를 잡으려고 연막탄을 터뜨렸습니다."

"네."

"종종 화재로 오인 신고가 들어온다고 해서요."

"네."

여자와의 사이에 연막탄은 더 이상 말이 오고 갈 화제가 되지 않았 다. 그런데 여자의 얼굴이 낯설지가 않다. 어디서 봤더라? 엘리베이 터가 아래로 내려가는 동안 나는 여자의 낯익음을 자꾸만 되새김질했 다. 모르겠다. 답을 내리지 못한 채 나는 되돌아갈 평온의 일상으로 발걸음을 옮겼다.

사선에 선 바퀴벌레의 비명이 들려오는 것만 같다. 당연히 이 싸움 의 승자는 바로 나다. 나는 자신하고 있었다. 기껏 바퀴벌레들에게 휘

둘릴 내가 아니다. 내일 나는 회심의 미소로 바퀴벌레의 사체를 맞이할 것이다. 부디 고통스럽지 않기를, 죽음은 누구나 한번쯤 맞이하는 것이니까 두려워하지 말길, 되도록 나를 원망하지 말길, 내 입장에서는 어쩔 수 없었다는 것을 조금은 이해해주길 바란다. 나도 나름대로 너희들을 추모하는 바이다.

빨리 작업실로 돌아가 빈둥빈둥 시원한 맥주를 마시고 싶다.

2

누군가 나를
흔들어 깨운다

화생방, 화생방!

오후 춘곤증에 한가로이 잠을 자고 있는데 어디선가 다급한 목소리가 들려왔다. 나는 대수롭지 않게 뒤척이다가 연막탄이라는 말에 벌떡 일어났다. 그 말로만 듣던 무시무시한 연막탄이 진짜 우리 집에서 터졌단 말인가? 나는 믿을 수가 없었다. 만약에 연막탄이 틀림없다면 우린 초토화될 것이 분명했다.

일순간 아비규환이 되어버렸다. 친구들은 허둥대기 시작했다. 연기는 물불 가리지 않고 집안을 장악해 나가기 시작했다. 나 역시 도망칠 곳을 찾아 분주하게 움직였다. 거실에 발라당 누워 신음을 토해내는 친구들이 보였다. 친구들은 모두 코를 막고 대피하려 했지만 연막탄의 위력은 조금의 시간적 여유도 주지 않았다. 연막탄은 모두 세 군데에서 터졌다. 큰방, 거실, 그리고 작은방. 나는 내가 기분이 울적할 때면 찾아가는 아지트로 서둘러 발걸음을 옮겼다. 그러다가 S라인 그녀가 생각났다. 이렇게 죽을 거라면 그녀에게 말이라도 걸어보는 건데. 아, 세상이 너무나 야속하다. 그녀는 지금쯤 어디에서 무엇을 하고 있을까? 친구들처럼 연막탄의 공격에 쓰러져 신음을 토해내고 있는 것은 아닐까? 그녀가 걱정되기는 했지만 먼저 목숨을 구하는 것이 우선이었다.

욕실문의 틈으로 들어가 은신처가 될 아지트를 향해 재빠르게 달리기 시작했다. 욕실도 연기로 자욱했다. 그렇지만 아지트를 찾는 데는 그다지 힘들지 않았다. 욕실 벽의 갈라진 틈으로 들어가 아래로 꾸불꾸불 길을 따라 내려가다보면 친구들도 알지 못하는 내 공간이 있다. 내 얼굴은 눈물과 콧물로 범벅이 되어 있었다. 닦아내고 또 닦아내도 눈물과 콧물은 그치지 않았다. 게다가 어지럼증과 두통, 매스꺼움이 쉴 사이 없이 괴롭혔다. 과히 연막탄의 위력은 대단했다. 한동안 친구들의 신음소리가 벽 밖에서 들려왔다. 그리곤 점점 희미해졌다. 나도 곧 죽게 될지 모를 일이다. 증상으로 봐서는 몇 시간도 살지 못할 것만 같다.

다시 S라인 그녀가 걱정이 되었다. 그녀의 모습이 눈앞에 아른거렸다. 그녀가 보고 싶다. 벌써 며칠째 보지 못했는데. 그녀는 대체 어디에 있는 것일까? 오늘 아침에도 그녀를 찾아 곳곳을 헤매고 다녔지만 그녀는 없었다. 어쩌면 그녀는 이 집에 없을지도 모른다. 친구들과 여행을 떠났을지도 모를 일이다. 그렇다면 다행이다. 만약에 그렇지 않고 연막탄에 목숨을 잃었다면 나는 앞으로 남은 생을 감당할 수가 없을 것이다.

그녀는 밝고 상냥하다. 친구들이 고약한 장난을 쳐도 그녀는 웃어넘기곤 했다. 그녀는 화내는 법이 없었다. 그 착한 성격 때문에 나는 그녀를 사랑하게 되었는지 모른다. 비록 짝사랑이기는 해도. 그리고 그녀는 그 어떤 여자들도 따라잡을 수 없는 각선미를 지닌 S라인 몸짱이다. 그래서 그녀는 여자들의 시기와 질투에서 벗어날 수 없었다.

정신을 차릴 수가 없다. 모든 것이 몽롱하기만 하다. 이대로 죽는 것인가? 이대로 죽을 수는 없다. 기필코 살아남아야 한다. 살아남아서 그녀에게 청혼을 해야 하는데 몸이 따라주지 않는다. 경련 때문에 더는 움직일 수가 없다. 정신도 혼미해지기 시작했다. 죽음의 문턱에 서 있는 것만 같다.

누군가 나를 흔들어 깨운다. 나는 가까스로 눈을 떴다. S라인 그녀가 앞에 서 있다. 큰 눈으로, 청초한 눈빛으로 나를 바라보는 그녀. 꿈인지 현실인지 알 수가 없다. 그러나 내 앞에는 분명 그녀가 서 있다. 내 아지트를 아는 사람은 한 명도 없다. 내가 슬프거나 괴로울 때, 혹은 기쁠 때 찾아오는 비밀스러운 곳이다. 그녀가 이곳을 알 길은 없다. 그래도 어쨌든 좋다. 그녀가 곁에 있는 것만으로도 나는 행복하다. 그녀가 내게 손을 내민다. 나는 거절하지 않고 그녀의 손을 받아준다. 그러나 이게 어떻게 된 것인가. 그녀의 손을 잡는 순간 내 손이 떨어져 나가고 말았다. 다른 손도 마찬가지로 떨어져 나가고 말았다. 그것이 전부가 아니었다. 그녀가 가까이 다가오면 올수록 내 다리도 떨어져 나가기 시작했다. 이제 남은 것은 몸뚱이뿐이다. 나는 꼼짝달싹할 수가 없었다. 그 사이 그녀가 나에게 올라타더니 내 목을 뜯어먹기 시작했다. 마치 사마귀처럼.

고통이 느껴졌다. 그녀는 내 몸뚱이에 악착같이 달라붙어 서서히 나를 장악하기 시작했다. 안 돼! 꿈이다. 꿈이어야 한다. 나는 발버둥치기 시작했다. 그러면 그럴수록 더 깊은 수렁 속으로 빠져 들어가는 것 같았다. 혐오스럽다. 나는 견디지 못하고 속을 게워냈다.

"이 바퀴벌레들 좀 봐. 하마터면 바퀴벌레와 동거할 뻔했네. 지긋지긋한 바퀴벌레들."

누군가의 목소리가 들려왔다. 나는 그 목소리를 따라 역겨운 꿈에서 깨어날 수 있었다. 온몸은 비지땀으로 범벅이었다. 몸을 움직이려 했지만 내 생각과는 달리 꼼짝도 할 수가 없었다.

"연막탄을 한 번 더 터뜨려야 하겠는 걸. 아예 싹을 제거해야 뒤탈이 없지."

뭐, 뭐라고. 연막탄을 더 터뜨린다고. 나는 까마득해졌다. 하지만 이 아지트에서라면 연막탄도 소용이 없을 것이다. 나는 한 동안 이곳에 머물기로 했다. 죽지 않은 것만도 천만다행이다. 얼마의 시간이 지났을까 이제는 몸을 어느 정도 움직일 수가 있었다. 몸에서 나던 쾨쾨한 냄새도 서서히 가시고 있었다. 도대체 얼마 동안 내가 이곳에 있었던 거지? 나는 시간을 가늠하지 못했다. 어둠 속에서 또 얼마의 시간을 보내야 할지 알 수 없는 노릇이다.

아주 가까이에서 부스럭거리는 소리가 들렸다. 궁금해서 이대로 손을 놓고 있을 수는 없었다. 나는 밖의 동정을 살피기 위해 힘겹게 꾸불꾸불한 길을 타고 올라갔다. 연막탄의 냄새가 점점 더 지독해지기 시작했다. 하지만 나는 참고 견뎠다. 처음 맡았을 때와는 달리 어느 정도 익숙해진 것 같았다. 나는 입구까지 걸어가 밖을 내다봤다. 덩치 큰 시커먼 형체가 앞을 가로막았지만 이내 시야를 확보할 수 있었다. 아, 그 순간 나는 경악을 금치 못했다. 가족들과 친구들의 사체가 커다란 쓰레받기에 담겨 있었다. 그리곤 곧 양변기로 투하되었다. 내 가슴이 찢어지는 듯했다. 불러도, 불러도 대답 없는 그들을 보면서 나는 눈물을 삼켜야 했다.

저 녀석이다. 저 녀석이 연막탄을 터뜨린 장본인이 분명하다. 나는 이를 갈았다. 그리고 녀석의 얼굴을 잊지 않게 머릿속에 각인시켰다. 모든 것을 잃고 내게 남은 것은 복수뿐이다. 양변기의 물 내려가는 소리가 너무도 슬프게 들렸다. 힘없는 자의 슬픔이다. 녀석은 대수롭지 않은 듯 뒤돌아 욕실을 나가고 말았다. 욕실문은 그대로 열어둔 채.

가족들을 보낸 슬픔이 가시기도 전에 또다시 연막탄이 터졌다. 그리고 연기가 욕실을 향해 들어오기 시작했다. 나는 다시 뒤돌아 설 수밖에 없었다. 동료들의 복수를 결심한 채 부지런히 걸었다.

사람들이 없어서 살 만한가 했더니 또 다른 녀석이 우리의 집을 침범했다. 그것도 모자라 화생방 공격을 해오다니. 결코 오늘을 잊지 않을 것이다. 나는 녀석과의 전쟁을 선포했다. 아니 내가 선포하기 전에 녀석이 정면으로 도전해온 것이다.

우리 선조는 3억 5천만년을 이 땅에서 살아왔다. 그런데 고작 인간이 우리의 영역을 가로채고 말았다. 그건 용납할 수 없는 일이다. 역사 시간에 우리 선조가 걸어온 길을 배웠었다. 그 모든 역경을 딛고 여기까지 왔는데 이렇게 무참하게 당할 수는 없는 일이다. 그 무시무시하게 덩치가 큰 공룡도 멸종했는데 우린 당당히 생존해 왔다. 누가 뭐래도 이 땅은 우리의 터전이다. 그 누구도 부정할 수 없을 것이다. 그런데 일개의 인간이 그것을 부정하다니, 억울하고 원통하다.

다행히 이 아지트까지 연막탄의 위력은 침범하지 못했다. 나는 이곳에서 전쟁을 준비할 것이다. 이를 악물고 또 악물었다. 실종된 그녀와 또 내 가족들, 친구들, 동료들을 위해서 내가 할 수 있는 일은 그것밖에는 없다. 이제 남은 것은 기다림뿐이다. 연막이 가실 때까지 기다리고 또 그 흔적들이 말끔히 가실 때까지 나는 이곳에 머물러야 한다. 문제는 그 다음이다. 녀석과의 전쟁을 어떻게 시작해야 하는지, 전면전이 좋을지 게릴라전이 좋을지 선택을 해야 한다. 전면전으로 간다면 내가 불리한 것은 불을 보듯 뻔한 일이다. 게릴라전이 좋을 것 같다. 덩치 큰 그 녀석을 혼자서 감당하기란 그리 쉬운 일이 아니기 때문이다. 어디엔가 분명 생존자가 있을 것이다. 하지만 또 한 번의 화생방전으로 우리의 씨가 마르게 될 것이다. 그러나 나처럼 은밀한 곳에 숨어서 훗날을 기약하는 생존자도 있을지 모른다. 세력을 모아야한다. 만약 생존자가 없더라도 나는 혼자서라도 기필코 녀석을 쓰러뜨리고 말 것이다.

며칠을 아지트에 숨어 있었는지 모른다. 밖에서 쿵쾅거리는 소리와 함께 사람들의 소리가 들려왔다가 사라졌다. 나는 조심스럽게 밖의 동태를 살피기 위해 발걸음을 부지런히 옮겼다. 연막탄의 퀴퀴한 냄새도 사라지고 내 몸도 이젠 건강을 되찾은 상태다.

이렇게 사람들로 북적이는 것을 보면 이제 곧 사람들이 이 집으로이사 올 것이다. 당연히 주인은 나다. 그런데 내 허락 없이 이 집으로이사를 오다니. 버릇없는 것들. 이제 별 수 없이 그 녀석과 동거를 해야 한다. 내 상대는 내부공사를 하고 있는 저들이 아니다. 오직 그 녀석이다. 그런데 그 녀석이 보이지 않는다. 시기로 봤을 때 늦어도 며칠 안에 녀석은 주인 행세를 하며 당당하게 현관문을 열고 들어올 것이다. 여하튼 녀석은 나의 적이다. 이제 그 녀석과의 싸움이 남았을뿐이다. 지금 이 순간 내게 있어서 중요한 것은 녀석과의 싸움에 동참할 생존자를 찾는 것이다. 그런데 날씨가 왜 이렇게 덥지. 폭염 때문에 발걸음이 느리다. 나는 느릿한 걸음으로 집안을 살피기 시작했다. 생존자가 있을 만한 곳은 빠뜨리지 않고 찾아다녔다. 집안의 내부공사는 계속되고 있었지만 나는 그것에 신경 쓰지 않았다. 아마도 화생방의 후유증 탓일 것이다.

나는 죽는 대신 간덩이가 부었다. 예전에는 이런 용기가 나지 않았다. 오죽하면 S라인 그녀가 밝게 웃기만 해도 심장이 떨려 그녀를 똑바로 볼 수가 없었다. 그러나 지금은 겁 따위는 상실해버렸다. 그렇지만 사람들의 거동을 무시할 수는 없었다. 자칫 잘못하다가는 쥐도 새도 모르게 사람들의 발에 밟혀 압사를 당하게 될지도 모르기 때문이다.

욕실과 큰방 작은방의 어둡고 침침한 곳을 찾았다. 친구들과 놀던 거실도 빼놓지 않았다. 그러나 그 어디에도 생존자는 없었다. 생존자가 있을 가능성은 점점 희박해졌다. 남은 것은 주방이었다. 주방은 우리들이 살기에 최적인 곳이다. 실망하기엔 이르다. 그곳에 생존자가 있다는 희망을 버리지 않은 채 나는 발걸음을 재촉했다. 그러나 대낮인 데다가 사람들이 눈을 시퍼렇게 뜨고 있으니 주방으로 향하는 데는 많은 어려움이 있었다. 그렇다고 생존자 수색을 멈출 수는 없었다. 눈치를 살피며 겨우 주방에 도착할 수 있었다. 주방에는 싱크대만 달랑 남아 있었다. 먼저 싱크대로 올라가 고여 있던 물을 찾았다. 며칠 아무것도 먹을 수 없어서 배가 고팠는데 그나마 다행이었다. 물을 한 모금 마시고 나는 그대로 토해버렸다. 화생방의 위력이 고스란히 남아 있었다. 이대로라면 집에는 먹을 만한 것이 아무것도 없을 것이다. 당분간은 허기를 주식으로 삼아야 할 것 같았다.

나는 본격적으로 생존자 수색 작업을 하기 시작했다. 먼저 사촌이 살던 곳으로 향했다. 사촌이 살던 곳은 싱크대 서랍 뒤쪽에 있었다. 하지만 그곳에는 신원 미상의 사체가 있을 뿐 사촌은 없었다. 아, 맞다. 사촌은 며칠 전에 이사를 갔다. 그것을 깜빡 잊고 있었다. 연막탄의 충격으로 내 기억력에도 문제가 생긴 것이 분명하다.

삼촌은 이사 가기 전 우리 집에 놀러왔었다. 놀러와서는 느닷없이 함께 이사를 가자고 했다. 그게 무슨 소린가 했다. 알고 보니 함께 동거하던 사람들이 이사를 가는데 그들과 함께 새로운 터전에서 새롭게 시작하자는 것이었다. 아버지는 완고하게 이사를 가지 않겠다고 했다. 아버지는 부모가 살던 집을 버리고 다른 곳으로 갈 수 없다며 고집을 굽히지 않았다. 그리고 며칠 뒤 삼촌은 이사를 갔다. 이사 갈 때 삼촌은 눈물을 흘리며 손을 흔들었다. 지금도 그 모습이 생생하다. 화생방 공격이 있을 줄 알았다면 아버지도 별 수 없이 삼촌을 따라 나섰을 텐데. 결국 내 부모님과 형제들은 비명횡사를 하고 말았다. 다시 눈물이 흐른다. 슬픔을 억누르고 또 억눌렀지만 눈물은 계속해서 흘렀다.

싱크대 곳곳에는 사체들로 가득했다. 살아있는 동료들을 찾기란 쉽지 않았다. 무차별적인 연막탄 공격에 우린 씨가 마른 것이다. 괘씸한 녀석 같으니. 그냥 조용히 들어와서 살았다면 얼마나 좋았을까? 이미 벌어진 일은 더 이상 돌이킬 수 없다는 것을 나는 알고 있다. 하지만 해도 너무하다. 두 번의 무차별적인 공격을 녀석은 해명하지 않을 것이다. 쑥대밭이 되어버린 우리의 터전에서 어떻게 해야만 살아갈 수 있을지 걱정이었다. 게다가 혼자라는 것 때문에 나는 순간적으로 겁을 집어먹었다.

서글펐다. 용서할 수 없을 것 같았다. 죽을 때까지 증오할 것이다. 나는 그만 그 자리에 주저앉고 말았다. 그 어떤 의욕도 나를 일으켜 세울 수 없을 것만 같았다. 나는 한동안 멍하니 앉아 있었다. 울지 말아야 한다. 더는 겁을 먹어서도 안 된다. 그래 일어서자. 나는 마음을 다잡았다. 바로 그때였다. 싱크대가 움직이기 시작했다. 동시에 어디선가 여자의 목소리가 들려왔다.

"뛰어!"

그토록 찾아 헤매던 생존자가 있었다. 나는 여자가 뛰어간 쪽을 향해 덩달아 달리기 시작했다.

사람들이 싱크대를 옮기고 있었다. 아마도 싱크대를 새로 교체할 모양인 것 같았다. 옮겨지는 싱크대에서 탈출을 해야만 했다. 나는 생존자와 함께 도망칠 기회를 엿보고 있었다. 그러다가 내 특기인 자유 낙하를 시도했다.

"살려면 어서 뛰어내려!"

망설이고 있던 생존자가 눈을 질끈 감았다. 그리곤 뛰어내렸다. 생존자는 싱크대 위에서 뛰어내리면서 공기의 저항을 이기지 못한 채 뒤집혔다. 천장을 보며 누운 채 발버둥치는 생존자에게 나는 재빠르게 달려갔다. 생존자의 눈에는 눈물이 그렁그렁 맺혀 있었다. 금방이라도 엉엉대며 울 것 같았다. 생존자를 마냥 그렇게 내버려두었다가는 죽게 될 것이 뻔했다. 나는 생존자를 일으켜 세웠다.

"그렇게 엉성하게 뛰어내리면 뒤집히잖아. 내가 아니었다면 죽을 수도 있었어. 빨리 따라와."

다행이다. 생존자가 있다니. 그럼 다른 생존자가 있을지도 모른다. 나에게는 다시 희망이 생겼다. 나는 쉬지 않고 달리기 시작했다. 지금 가장 안전한 곳은 내 아지트뿐이다. 나는 아지트를 향해 달렸고 생존자는 뒤를 따랐다.

아지트에 도착하자 나는 안심이 되었다. 숨을 몰아쉬며 생존자를 다시금 살폈다. 생존자는 쭈그려 앉은 채 맥을 놓고 있었다. 자세히 보니 못난이였다. 나를 귀찮게 쫓아다니던 동갑내기. 나는 못난이에게 가까이 다가갔다.

"어떻게 된 거야? 다른 사람들은?"

"……."

"정말 다른 생존자는 없는 거야?"

"없어, 내가 알기로는 모두 죽은 것 같아. 우리 부모님도 그리고 다른 친구들도 모두."

못난이는 흐느껴 울었다. 나도 가슴이 찡했지만 여자 앞에서 울 수는 없었다. 우린 한동안 말이 없었다. 여자는 울어도 되고 남자는 울어서는 안 된다는 아버지의 가르침 때문이었다. 하지만 슬픈데 울지 않는다는 것은 어딘가 모순이 있다. 아마도 여자를 지켜주기 위해서 남자는 울어서는 안 된다는 말인 것 같았다. 너무 불공평하다. 요즘은 엘리트 여성들도 많고 게다가 여성 상위시대다. 여자들도 한번쯤 남자의 입장에 서서 남자가 의지할 수 있는 버팀목이 되어주어야 하지 않은가. 항상 고달픈 것은 남자들뿐이다.

"바퀴, 너도 죽었는지 알았어."

먼저 침묵을 깬 것은 못난이였다. 참, 내 이름은 바퀴다. 할아버지가 지어주신 이름이다. 둥글둥글한 것이 바퀴처럼 잘 굴러다닐 것 같다고 해서 지어주신 이름이다.

"어떻게 할 거야?"

"뭘?"

"이곳에서 계속 살 거야?"

내 질문에 못난이는 고개를 끄덕였다. 그렁그렁한 못난이의 눈을 나는 외면할 수가 없었다. 왜 하필이면 못난일까. 내가 사랑하는 S라인 그녀라면 좋았을 것을. 그녀도 어디엔가 분명 살아있을 거라는 희망을 나는 버리지 않았다.

"S라인 생각하니?"

"그게 무슨 소리야?"

"다 알아. S라인 좋아하지? 걱정하지 마, S라인은 앞집으로 친구들과 놀러갔어. 아마 죽지는 않았을 거야. 하지만 돌아오지 않을지도 몰라. 벌써 우리 집에 연막탄이 터졌다는 걸 이웃집들도 다 알고 있을 테니까. 이제 이곳에는 우리 둘만 남았어. 척박한 곳이 되어버리기는 했지만 네가 여기에 남는다면 나도 남을 거야."

못난이의 말에 위안이 되었다. S라인이 살아있다면 분명 돌아올 거라고 나는 생각했다. 그런데 문제는 못난이였다. 못난이만 아니었으면 좋았을 텐데. 못난이가 나를 짝사랑하고 있었다는 것을 나는 친구들로부터 들어 익히 알고 있었다. 못난이는 나를 사랑하고 나는 S라인을 사랑하고 우리는 늘 평행선이었다.

방구를 뽕뽕 끼고 돌아다니고 먹을 것이라면 물불을 가리지 않는 못난이. 그것도 모자라 진드기처럼 달라붙어 사람의 진을 빼놓는 여자. 몸은 S라인이지만 얼굴은 봐주기 힘들 정도로 못생긴 못난이. 그래서 친구들은 못난이라면 혀를 내두를 정도였다. 그런 못난이가 나와 같은 마지막 생존자라니. 어쨌든 우린 서로 의지해야 할 상대가 되어버리고 말았다. 하지만 못난이에게 마음을 줄 생각은 추호도 없다. 어라, 그런데 자꾸 보니깐 익숙해지네. 그다지 못생긴 것도 아닌데 친구들은 왜 못난이를 못생겼다고 그랬을까. 얼굴로 따지자면 못난이보다 훨씬 못생긴 여자들도 많다. 그러고 보면 못난이는 준수한 편이다. 그래도 내 마음은 닫혀 있다. 내게는 오직 S라인 그녀뿐이다. 나는 집착이 강한 편이다. 그렇지만 S라인 그녀 앞에만 서면 나는 왜 사족을 못 쓰는 걸까. 아, 그리운 S라인 그녀.

"난 복수할 거야."

"어떤 복수?"

"우리 가족들을 죽인 그 녀석을 가만두지 않겠다는 말이야. 기필코 녀석에게 사과를 받아내던지 아니면 이 집에서 못살게 만들 거야. 강요하지는 않겠어. 그 일은 위험부담이 크니까. 나랑 같이 싸우지 않을 거라면 이 집에서 떠나는 게 좋을 거야. 한동안은 살벌한 전쟁이 계속될 테니까."

"어쩜! 너무 멋져. 그래서 내가 너를 좋아하는지도 모르겠다. 나도 같이 싸울 거야. 내 가족들도 화생방에 당했으니까. 남의 일이 아니잖아. 선택의 여지가 없는 거야."

"마음대로 해. 하지만 나한테 사심 같은 건 갖지 말아줘. 나는 네가 여자로 보이지 않으니까."

나는 선을 그었다. S라인 그녀였더라면 그렇게 매정하게 선을 긋지는 않았을 것이다. 내가 생각해도 너무 오버한 것 같다. 꼴에 남자라구. 한동안은 아지트에 못난이와 같이 있어야 할 것 같다. 상황으로 봐서 모질게 내칠 수도 없는 노릇이다. 우선 공사가 끝나고 이삿짐이 들어올 때까지 기다리기로 했다.

"가족들이 보고 싶어."

"이제는 볼 수 없잖아. 애들처럼 울긴 왜 울어."

"자기는 가족들이 보고 싶지 않아?"

못난이가 불쑥 내 품으로 파고들어 왔다. 남자는 여자의 눈물에 약하다고 했던가, 나도 측은함을 감출 수가 없었다.

"실컷 울어. 그러다 보면 편해질 거야."

나도 그랬다. 아지트에 있는 동안 혼자가 되었다는 두려움에서 헤어날 길이 없어서 울고 또 울었다. 얼마나 울었는지 모른다. 울다보니 지쳤고 울다보니 가슴이 후련해졌다. 못난이도 실컷 울고 나면 어느 정도 마음이 진정될 것이다. 나는 못난이의 등을 두드려주었다. 동병상련의 아픔이라고 할까? 아니면 못난이의 여린 모습 때문이었을까? 내 가슴이 열리기 시작했다. 왠지 까마득해졌다. 못난이가 내 몸에서 분비된 페로몬을 핥기 시작했다. 순식간에 벌어진 일이었다. 못난이에게 욕심을 품다니. 아마도 종족 번식의 본능적인 행동 때문이었을 것이다.

나는 못난이와 사랑을 나누기 시작했다. 육체적 관계, 남자는 모두 다 짐승이다. 가족을 잃은 상황에서도 그런 일을 벌일 수 있다니. 심장이 뛰기 시작했고 종족 번식의 노력은 잠시의 쉴 시간도 주지 않았다. 얼마를 그렇게 뒤엉켜 있었을까, 못난이의 입에서 더운 호흡이 쏟아져 나오기 시작했다. 아지트는 찜질방과 다를 것이 없었다. 좁은 공간에서 우린 하나가 되어 뒹굴고 또 뒹굴었다. 못난이는 온전히 나의 그녀가 되고 말았다. 우린 끌어안은 채 잠이 들었다.

먼저 잠에서 깬 것은 나였다. 곤히 잠들어 있는 못난이를 보고 있자니 난감함이 밀려 들어왔다. 이 일을 어떻게 수습해야 할지, 감당해 내야 할지 복잡하기만 했다.

가까운 곳에서 사람들의 목소리가 들려왔다. 나는 못난이를 뒤로 하고 밖의 거동을 살피기 위해 아지트의 입구로 향했다. 역시 사람들이 있었다. 사람들은 욕실로 세탁기를 들여 놓고 있었다.

"세탁기는 그쪽에 놔두시면 돼요."

여자의 목소리는 상냥하고 차분했다. 마음씨 좋게 생긴 얼굴의 여자와 그 녀석과는 대조적이었다.

"누구야?"

못난이가 고개를 내밀며 말했다.

"모르겠어. 아마도 이 집에 이사 올 여자 같아."

"그럼 우리의 적이네."

"그건 그렇지만 엄밀히 말해서 저 여자가 아니라 연막탄을 터뜨린 그 녀석이 우리의 주적이지. 솔직히 저 여자는 아무런 죄가 없잖아. 그런데 예쁘게 생겼다."

"나보다도 저 여자가 더 예쁘다는 거야?"

"지금 무슨 말을 하는 거야? 육체적 관계를 가졌다고 내가 너를 사랑한다는 착각은 하지 마."

하룻밤을 같이 보냈다고 사랑의 감정이 생길 리 만무하다. 우린 그냥 하룻밤 즐긴 것뿐이다. 그 이상의 감정은 없다. 내 말에 못난이의 눈에 또 눈물이 그렁그렁 맺혔다. 달래줘야 했지만 나는 돌아서고 말았다.

"내 인생이 달라졌어. 그리고 네가 아무리 그래도 네 인생도 나로 인해 달라질 거야. 이제 돌이킬 수 없을 거야."

아, 이런 걸 코가 꼈다고 하는 것인가? 내 욕정이 원망스럽다. 그렇지만 아무리 그래도 내 감정은 무감각할 뿐이다. 나는 S라인 그녀를 기다릴 것이다. 결코 나는 S라인 그녀를 배신하지 않았다. 못난이가 나를 유혹했을 뿐이고 나는 그 유혹에 넘어갔을 뿐이다. 지난밤은 욕정의 늪에 빠져 허우적거렸을 뿐이다. 나를 욕한다고 해도 상관없다. 내 마음만 변함없으면 되는 것이다.

"다시는 그런 말 입에 담지도 마."

"뭐야 그럼 책임지지 않겠다는 거야?"

"책임이라니? 책임은 너한테 있는 것 아니야?"

나는 더 이상 그녀의 말을 듣지 않았다. 귀를 막아버렸다. 들어야 할 이유도 없었다. 그러나 그녀는 달랐다.

"내가 하룻밤 즐기는 놀이 상대로 보여?"

"……."

"난 그렇게 헤픈 여자가 아니란 말이야."

"이제 그만해. 나에게도 시간이 필요하다구."

그래 모두가 내 잘못이다. 내가 조금만 참았더라면 지난밤과 같은 일은 벌어지지 않았을 것이다.

세탁기를 시작으로 TV와 오디오 각종 가전제품이 쏟아져 들어오기 시작했다. 나는 그중에서 냉장고가 가장 좋았다. 냉장고에는 앞으로 먹을 것이 가득 채워질 것이기 때문이다. 가전제품들은 모두가 새것들이었다. 그것을 더럽히는 것은 우리의 몫이다. 그리고 오후가 되어서는 장롱과 침대, 소파가 들어왔고 여자는 그것들을 정성껏 닦기 시작했다.

아마도 신혼살림 같았다. 우리도 보금자리는 남자가 만들고 여자는 그 안을 채우곤 한다. 인간들과 우리는 다를 것이 없었다. 다른 것이 있다면 우리는 어두운 곳을 좋아한다는 것이고 사람들은 밝은 곳을 좋아한다는 것이다. 가구들과 가전제품들은 엄폐물이 될 것이다. 나는 그것들을 잘 활용해서 그 녀석에게 복수할 것이다.

그나저나 문제는 못난이다. 못난이를 떼어낼 방법을 찾아야 한다. 하지만 마땅한 방법이 없었다. 밤이 되었다. 여자가 되돌아간 후 나는 집안 곳곳을 휘젓고 다녔다. 도망칠 공간, 혹은 숨을 공간을 머릿속에 담아둬야 하기 때문이다. 만에 하나 급박한 상황이 닥쳤을 경우 당황하다가는 목숨을 잃을지도 모른다. 그것을 대비하기 위해서 나는 새로운 환경에 익숙해져야 했다. 그러나 못난이는 아지트에 처박혀 밖으로는 한 발짝도 움직이지 않았다. 화가 나도 단단히 난 모양이었다. 그래도 할 수 없다. 내 마음을 못난이에게 열어 보이고 싶지 않았다. 그리고 앞으로도 지난밤처럼 그런 불상사는 없을 것이다. 나는 못난이와 거리를 두기로 했다. 그러기 위해서는 아지트로 돌아가지 않아야 한다. 나는 내가 은신할 거처를 마련하기로 했다. 어디가 좋을까? 아무리 생각해도 마땅한 자리가 없었다. 생각하는 사이 밤은 점점 깊어만 갔다. 밤이 깊어갈수록 못난이에 대한 걱정이 앞섰다.

우린 밤의 황제다. 어둠 속에서 시력이 되살아난다. 어두우면 어두울수록 우린 더 편안함을 느낀다. 그런데 누군가가 집으로 들어오는 소리가 들렸다. 그리곤 현관에 불이 켜졌다. 잠시 후 거실에 불이 켜졌다. 그 녀석이었다. 그 녀석의 손에는 컴퓨터가 들려 있었다. 그 뒤를 따라 여자가 안으로 들어왔다.

나는 후다닥 소파 밑으로 들어가 녀석의 거동을 살폈다. 녀석은 그 뒤로 몇 번인가 짐을 날랐다. 아마도 녀석이 이사를 오는 모양이다. 짐을 모두 나른 후에 녀석은 서재로 들어가 책상위에 컴퓨터를 설치하기 시작했다. 녀석은 컴퓨터를 끔찍이 아끼는 모양이었다. 조심스럽게 컴퓨터를 다루는 것이 마치 애인 다루는 것 같았다. 여자는 그 모습을 지켜보고 있었다. 녀석은 컴퓨터 설치를 모두 끝내고 다시 밖으로 나갔다가 애완용 털북숭이를 데리고 들어왔다. 말로만 듣던 개였다. 그리 크지는 않았지만 나에 비하면 엄청 큰 거구였다. 바닥에 내려놓자 꼬리를 흔들며 돌아다니기 시작했다. 털북숭이와 눈이 마주쳤다. 하지만 털북숭이는 나에게는 관심이 없어 보였다. 다행이었다. 나는 털북숭이를 만만하게 봐도 될 것 같다는 생각을 했다.

녀석은 피자를 시켜 먹기 시작했다. 아마도 저녁을 먹지 않은 모양이다. 간만에 포식을 하게 생겼다. 설마 피자를 모두 먹어버리지는 않겠지. 내 생각대로 녀석과 여자는 피자를 다 먹지 못했다. 반쯤 먹었을까 녀석이 여자의 입에 키스를 했다. 먹다 말고 저게 무슨 짓이야. 더럽게. 대신 남은 피자는 털북숭이의 몫이 되었다.

녀석이 피자를 들고 작은 방으로 들어갔다. 그 뒤를 털북숭이도 따라 들어갔다. 여자는 TV를 켰고 채널을 이리저리 돌리기 시작했다. 녀석이 다시 소파로 돌아왔다. 그리곤 여자의 몸을 더듬기 시작했다. 그 틈을 타서 나도 작은 방으로 향했다. 털북숭이가 게걸스럽게 피자를 먹고 있었다. 이러다가는 또 굶을 게 뻔했다. 부스러기라도 남으면 좋으련만. 아니, 이대로 손을 놓고 있을 수는 없었다. 나도 달려들어 피자를 먹기 시작했다. 내 생각대로 털북숭이는 나에겐 전혀 관심이 없었다. 나는 피자 한 조각을 떼어내 먹기 시작했다. 오랜만의 포식이었다. 털북숭이는 피자를 깨끗이 해치우고 밖으로 나갔다. 나도 배를 두드리며 녀석이 들고 들어온 컴퓨터로 향했다. 아마도 쓰던 것 같았다. 나는 컴퓨터를 은신처로 삼을 것이다. 접근하기도 편하고 또 안의 공간도 넓었다.

"자기야, 그만……. 나 오늘 힘들단 말이야."

"우린 결혼할 사이야. 우린 이제 부부란 말이지. 그러니까 오늘은 내 소원 좀 풀어주라."

소원? 소원이 뭘까? 끈적끈적한 녀석의 말투에 나는 호기심이 발동했다. 거실로 나가자 녀석은 여자의 몸을 더듬고 있었다. 서로 타액을 주고받으며 교감을 하고 있었다. 짝짓기가 시작된 것 같았다. 전에 살던 사람들도 그렇게 시작하곤 했었다. 다음은 옷을 벗었다. 그리곤 알몸이 되어 뒹굴기 시작했다. 소원이라면 내가 그 소원을 방해해주지. 나는 소파를 타고 올라갔다. 그리곤 둘의 짝짓기를 노려보기 시작했다. 여자의 입에서 더운 숨소리가 흘러나오기 시작했다. 여자는 눈을 지그시 감고 녀석을 받아들일 준비를 하고 있었다. 그 순간 나는 재빠르게 여자의 얼굴을 향해 돌진했다. 잘못하다가는 여자의 거친 숨소리에 입으로 빨려 들어갈 수도 있는 상황이었다.

"아악! 바…바퀴벌레야."

여자가 벌떡 일어났다. 나는 그 틈을 타서 소파 아래로 자유낙하를 시도했다. 다행스럽게도 나는 안전하게 착지할 수 있었다.

"어디? 어디에?"

녀석이 벌떡 일어나 호들갑을 떨기 시작했다. 나는 소파 밑으로 들어가 녀석의 동태를 살폈다. 하지만 어두운 곳에서 나를 발견하기란 쉽지 않을 터였다.

"어떻게 해. 어쩌면 좋아. 못살아!"

"이놈의 바퀴벌레 도대체 어디에 있는 거야. 잡히기만 해봐라."

잡혀! 누가 네 녀석에게 잡힐 것 같으냐. 이 살인마. 내가 분위기를 깬 건 확실하지. 그래 이런 게 게릴라전이다. 나는 이 시대의 레지스탕스다. 덤비려면 어디 덤벼 보시지. 절로 웃음이 나왔다. 벌거벗은 녀석의 아랫도리가 덜렁덜렁거렸다. 혼자 보기에는 아까운 모습이었다. 못난이도 저 모습을 본다면 통쾌해 할 텐데. 혼자 보기에는 아까운 모습이다.

"연막탄은 터뜨린 거야?"

"두 번이나 터뜨렸어. 아직도 살아있다니 정말 끈질긴 녀석이네. 가만히 있어봐 내가 가서 바퀴살충제 사올게."

"같이 나가. 난 집에 가서 자야겠어."

"자고 가지?"

"바퀴벌레가 있는 집에서 어떻게 자. 나 그냥 갈래. 자기는 남아서 바퀴벌레나 잡아."

여자에게서 찬바람이 돌았다. 녀석은 김샜다는 표정으로 옷을 입었다. 여자도 옷을 입고 소파에서 일어섰다.

그래 목표는 바로 저 여자다. 어쩌면 가장 만만한 상대는 바로 여자일 수 있다. 녀석을 괴롭히는 방법은 여러 가지가 있을 것이다. 그러나 나는 가장 쉬운 방법을 하나 발견했다. 이제부터가 시작이다. 녀석과 사는 동안 녀석을 괴롭히는 일을 찾아내는 것이 결국 녀석을 이곳에서 내쫓는 일이 될 것이다. 나는 자신감이 생겼다.

녀석은 결코 나를 벗어나지 못할 것이며 나 또한 녀석을 용서하지 않을 것이다. 내가 결코 만만한 상대가 아니라는 것을 보여줄 것이다. 녀석과의 전쟁은 이제 내 삶의 전부가 되어버렸다. 돌이킬 수 없는 악연의 시작이다. 털북숭이는 사태 파악을 하지 못한 채 여자에게 다가와 꼬리를 흔들고 있었다. 눈치 없는 녀석 같으니라고. 꼬리를 흔들려면 나에게로 와서 흔들어야지. 이리 온 내가 귀여워해줄 테니까. 그래 이 집에서는 모든 것이 목표가 될 수 있다. 나는 뒤늦게 그것을 알았다. 하지만 자만은 하지 않을 것이다. 내가 자만에 빠졌을 때를 놓치지 않고 녀석이 어떠한 공격으로 나를 무너뜨릴지 모르기 때문이다. 녀석은 찬바람이 부는 여자를 따라 집을 나섰다. 여자는 털북숭이를 데려가는 것을 잊지 않았다. 녀석이 나간 집안에는 적막이 돌았다. 이제는 내 공간이 되어버렸다. 예전에는 식구들과 친구들로 집안이 북적거렸는데 지금은 허전하다. 외롭다. 나는 소파 밑에 쭈그리고 앉아 서글픔을 머금었다. 내 외로움을 달래줄 이는 아무도 없다. 못난이가 있기는 하지만 그렇다고 못난이에게 손을 내밀 수는 없다. 내 자존심이 용납하지 않기 때문이다. 왜 남자들은 자존심을 저버리지 못하는 것일까? 그깟 자존심이 뭐기에. 이 집에는 못난이와 나만 있다. 어쩌면 한평생을 못난이와 단둘이 살아야 할지도 모를 일이다.

밖으로 나갔던 녀석이 살충제를 사가지고 온 모양이다. 진작 은신처에 숨어 있을 것을, 방심하는 사이에 독가스 공격이 시작되었다. 녀석은 제일 먼저 내가 있는 소파 밑을 공격 포인트로 삼았다. 나는 달리기 시작했다. 그대로 있다가는 복수를 하기도 전에 당할 것이 분명하다. 하지만 멀리 달아나기도 전에 퇴로가 막혔다. 이대로 있다가는 죽게 될 것이다. 그렇다면 방법은 한 가지 다시 소파를 타고 올라야한다. 녀석은 곳곳에, 아니 우리가 있을 만한 곳에 독가스를 살포하기시작했다. 녀석이 한눈을 파는 사이 나는 욕실로, 아지트로 입성할 수있었다. 하지만 못난이에게는 가까이 갈 수 없었다. 독가스에 살짝 중독되었기 때문이다.

"자기 왔어."

"가까이 오지 마."

"왜?"

"나 지금 독가스에 중독됐어. 한동안은 내 곁에 오지 않는 게 좋을거야. 그렇지 않았다가는 너도 중독될 거야."

사실 나는 독가스에 내성이 생겨 있었다. 그렇기 때문에 이 정도의중독으로는 죽지 않는다. 하지만 못난이에게는 위험할 수도 있다. 어지러웠다. 한숨 자고 일어나면 중독도 어느 정도 해소될 것이다. 점점정신이 혼미해졌다. 하루 종일 은신처를 찾기 위해 집안 곳곳을 헤매고 돌아다녀서 피곤이 함께 밀려왔다. 나는 정신을 놓고 말았다.

연막탄, 살충제, 바퀴겔, 끈끈이, 인간들은 살상 무기를 많이도 구비하고 있다. 그러고 보면 인간은 우리보다 한 수 위인 것이 분명하다. 그렇다고 겁을 먹을 내가 아니다. 우리는 우리 선조가 그래왔듯이앞으로도, 아니 이 지구가 없어지는 날까지 살아남을 것이다. 인간이멸종해도 우리는 멸종하지 않는다는 말이다. 우리는 잠시 인간들에게우리의 세계를 강점당하고 있을 뿐이다. 우리는 독립할 것이며 제아무리 화생방전으로 호시탐탐 우리를 노려도 우리는 그에 상응하는 대처 방법을 찾아낼 것이다.

3

복수는 나의 것

녀석이 조연이라면 주연은 바로 나다. 나는 죽지 않는다. 주연은 끝까지 살아남는다. 녀석이 뿌린 독가스에 중독되어 나는 하루 종일 정신을 잃고 누워 있었다.

"괜찮은 거야?"

나는 말없이 고개만 끄덕였다.

"걱정했잖아. 자기가 죽는 줄 알았어."

"녀석은?"

"가까이 갈 수는 없었지만 작은 방에서 무언가 하고 있는 것 같았어. 하루 종일 꿈쩍도 하지 않고 이상한 소리만 만들어 내던데. 그 소리 때문에 겁이 났어."

"가봐야겠어."

일어나려 했지만 어지러워서 나는 그 자리에 주저앉고 말았다. 살아남기 정말 힘들다. 나는 다시 정신을 가다듬었다.

"내가 얼마 동안 잠을 잔거지?"

"이틀."

"배고파."

"가자."

못난이가 걱정스러운 얼굴로 앞장섰다. 그 뒤를 따르며 나는 외로움을 잠시 접을 수 있었다. 아지트를 나와 욕실을 지나 주방으로 향했다. 주방에는 별다른 먹을 것이 없었다. 녀석은 작은방에 틀어박혀 무엇을 하고 있는 것일까? 궁금했다. 하지만 지금 녀석과 마주할 수는 없다. 우선은 뭔가를 먹고 배를 채운 후에 좀 더 쉬어야 할 것 같았다. 못난이는 싱크대로 올라가 녀석이 끓여먹었을 냄비가 있는 곳으로 나를 안내했다. 먹을 것이라고는 녀석이 먹다 남긴 냄비 속의 라면찌꺼기가 전부였다. 하지만 그거라도 먹어야 건강을 회복할 수 있을 것 같았다. 찌꺼기를 먹는 내내 못난이는 감시를 소홀이 하지 않았다. 그러면서 틈틈이 나를 바라보았다. 음식물을 먹고 나자 어느 정도 몸에 기운이 생겼다.

"자, 시작해 볼까?"

"안 돼."

못난이의 목소리가 들려오기 전에 나는 싱크대 위에서 고공낙하를 시도했다. 사실 그 정도의 높이는 식은 죽 먹기였다. 나는 평형감각이 누구보다 발달해 있기 때문에 뒤집힐 염려는 없다. 나는 안전하게 바닥에 착지할 수 있었다.

"놀랬잖아."

"너도 한번 해봐. 아주 쉬워. 뒤집히지 않게 무게 중심만 잘 잡으면 고공낙하는 식은 죽 먹기라고. 뒤집히면 내가 일으켜 세워줄 테니까 겁먹지 말고 어서 뛰어내려."

못난이는 눈을 찔끔 감더니 망설이다가 다시 눈을 떴다. 나의 독촉에 못난이는 할 수 없이 뛰어내렸다. 아니나 다를까 못난이는 바닥에 얼굴을 들이박으며 뒤집히고 말았다. 위급한 상황에서 뒤집히면 끝이다. 누군가 도와주지 않으면 우린 그대로 뒤집힌 채 발버둥 치다가 죽게 될지도 모른다.

"아랫배에 힘을 주면 쉽게 뒤집히지 않아. 만약에 녀석이 나타났을 때 도망치다가 그런 일이 생기면 난 도와주지 않을 거야. 그러니까 시간날 때마다 연습해두도록 해."

"못하겠어."

"처음 하기가 힘들어서 그렇지 성공만 하면 그 다음부터는 더 높은 곳에서도 고공낙하를 즐길 수 있어."

못난이와 가까워진 느낌이다. S라인 못지않게 못난이도 나름대로의 매력이 있었다. 아, 다시 속이 울렁거린다. 이러면 안 되는데. 나는 그만 페로몬을 게워내고 말았다. 못난이는 또 본능적으로 그것을 먹기 시작했다. 그 사이 나는 망설임 없이 또 못난이의 몸을 탐하기 시작했다.

못난이의 몸에는 알 수 없이 이끄는 상큼함이 있다. 내가 다가서자 못난이의 입에서 거친 호흡이 쏟아져 나오기 시작했다. 내 입에서도 마찬가지로 신음이 쏟아져 나왔다. 우린 주방 한복판에서 희열을 즐기기 시작했다. 못난이는 거부하지 않았다. 오히려 더 적극적으로 나를 받아들였다. 온몸이 타들어가는 느낌이었다. 가슴이 계속 부풀어 올라 터질 것만 같았다.

사랑, 나는 아직 사랑을 모른다. 결혼하고 싶은 생각은 추호도 없다. 그러나 상대가 S라인 그녀라면 나는 당장이라도 결혼을 하지 못해 안달을 할 것이다. 아니 어쩌면 더 망설일지도 모른다. 우리는 프리섹스에 익숙해져 있다. 하지만 섹스는 우리에게 있어서 쾌락의 도구가 아니다. 우린 종족 번식을 위해서만 섹스를 한다. 그래서 지금의 상황에 비추어 봤을 때 나 역시 종족 번식의 본능을 따르고 있는지 모르겠다. 그것은 못난이 역시 마찬가지일 것이다.

이제부터 사랑은 집어치우기로 했다. 사랑은 우리에게 의미가 없다. 생존 본능에 따를 뿐이다. 못생기고 잘생기고를 떠나 우린 다 같은 바퀴벌레인 것이다. 모든 바퀴벌레가 그러하듯이 나도 종족 번식에 공을 들이고 있는 중이다. 나는 지금 못난이와의 관계를 부정하지 않기로 했다. 부정하기보다는 있는 그대로를 받아들이기로 했다. 난 특별하지 않은 바퀴벌레에 불과하다.

나는 여태까지 특별나다고 생각해왔다. 아니 특별나다. 나는 사색을 할 줄 알고 즐거움과 괴로움을 느낄 수 있다. 다른 바퀴벌레들은 자신들이 살아가는 이유를 알고 있지 못하다. 먹고 싸면서 생존에만 급급해 있었다면 나는 그들을 한심하다는 듯 바라보고 있었다. 나는 그런 면에서 바퀴벌레들과 다르다. 특별한 존재인 것이다. 나는 단 한 번도 내가 특별하지 않다고 생각해 본 적이 없다. 그러기 때문에 녀석과의 전쟁도 선포할 수 있는 것이다. 전면전이 아닌 게릴라전도 그래서 생각해낼 수 있는 것이다. 사람들은 우리가 깨끗하지 않다고 생각하지만 우린 깨끗하다. 인간의 잣대에서 생각하자면 우리가 더럽겠지만 우리의 잣대에서 생각하면 인간은 우리보다 더더욱 더러운 존재들이다.

"무슨 생각을 그렇게 하고 있는 거야?"

"내가 녀석을 이 집에서 몰아낼 수 있다고 생각하니?"

"글쎄."

"그렇다면 미안하다. 너와 관계를 가진 건 내 실수였어. 내 상대가 되려면 먼저 생각부터 바꿔야 할 거야. 그런 면에서 보면 너보다는 S 라인 그녀가 더 나에게 어울릴지 몰라. 넌 단지 하룻밤 즐김의 대상이야. 내가 잘나서 그런 생각을 하는 건 아니야. 나와 함께 하려면 너도 달라져야 한다는 거야. 그렇지 않으면 영영 너는 내 쾌락의 대상이 될 수밖에 없을 거야. 나도 너를 사랑하고 싶어."

"사랑이 뭔데?"

"무식한 거야 아니면 머리가 안 돌아가는 거야. 난 네가 나와 영원히 함께 했으면 해. 이제 내게 남은 상대는 오직 너뿐이니까. 난 무식한 것은 딱 질색이야. 생각하고 느끼고 즐길 줄 알아야 한다는 말이야. 그동안 우린 너무도 평화롭게 지냈어. 그것을 앗아간 것은 녀석이야. 아니 이 세상의 모든 인간들이 우리의 적이라는 말이지. 나는 꿈을 꿔. 녀석이 내 발에 짓밟히는 그 순간을. 그 순간만큼은 너와 함께하고 싶어. 충분히 가능하다고 생각하는데, 너는 어떻게 생각해?"

"모르겠어. 무슨 말을 하고 있는지. 하지만 자기랑 함께할 수 있다면 난 자기가 시키는 대로 모든 일이든 할 생각이야. 똑똑해지라고 하면 그렇게 할게. 당장은 어렵겠지만. 노력할 거야. 내가 의지할 사람은 자기밖에 없어."

"자, 그럼 우리는 이제부터 남남이 아니야."

"만약 S라인이 돌아온다면 어떻게 할 거야? 그때까지만 내가 자기 여자가 되는 거야? 아니면 S라인이 돌아오더라도 나를 외면하지 않겠다는 약속을 해줘. 만약 나를 밀어낸다면 난 자살할 거야."

자살, 질투 때문에 자살을 하겠다고. 못난이가 그런 생각을 할 줄이야. 나는 여태까지 못난이를 무식하다고 생각했었다. 다른 바퀴벌레들처럼. 그런데 자살을 꿈꿀 수 있다니 못난이는 그렇게 무식하지 않다. 충분히 내 상대가 될 수 있을 것 같다.

자살이라는 말에 나는 흥분했다. 못난이에게서 육체적 관계뿐만 아니라 정신적 교감도 느낄 수 있을 것 같았다. 나는 망설이지 않고 못난이에게 달려들었다. 그러나 그 순간 우리를 방해하는 녀석의 발자국 소리가 쿵쾅쿵쾅 울렸다. 비상이다. 녀석에게 들켜서는 안 된다. 그렇게 된다면 녀석의 공격이 시작될 것은 불을 보듯 뻔한 일이다.

나는 못난이와의 육체적 관계를 중단할 수밖에 없었다. 아쉬웠다. 조금만 더 시간이 있었으면 관계의 고조를 이루는 정신적 교감을 이룰 수 있었을 텐데. 녀석은 훼방꾼이다. 살인자다. 침략자다. 그러나 이 순간 내가 할 수 있는 것은 녀석을 피해 도망치는 일밖에는 없다.

"도망쳐."

동시에 주방에 불이 켜졌다.

"이 바퀴벌레새끼들. 어디에 숨어 있다가 나타난 거야. 어라 게다가 짝짓기를 하고 있던 중이었어."

녀석이 재빠르게 손바닥 공격을 해온다.

"욕실로 달려."

나는 그 말을 하고는 반대편으로 달렸다. 둘이 함께 있다가는 둘다 위험에 처할 수 있다는 것을 잘 알기 때문이었다. 얼핏 못난이가 욕실 쪽으로 달리는 모습이 보였다.

쿵!

조금만 늦었더라면 녀석의 공격에 묵사발이 될 뻔했다. 나는 못난이와는 다른 방향으로 달렸다. 녀석을 유인하기 위해서였다. 나는 녀석의 작업실인 작은방을 향해 달리기 시작했다. 몇 차례 더 녀석의 공격이 이루어졌지만 나를 묵사발로 만들 수는 없었다. 나는 어두컴컴한 작은방으로 들어가 구석진 곳을 찾았다. 작은방에는 은신처가 많았다. 책장에 그득한 책과 컴퓨터. 그 사이로 숨으면 녀석도 나를 찾아내기는 힘들 것이다. 녀석이 재빠르지만 나만큼 재빠르지는 못했다. 녀석은 씩씩대고 있었다. 나는 오히려 그것을 즐기는 여유까지 부렸다. 녀석이 잠시 멈추었다. 나도 멈추었다.

작업실에 불이 켜졌다. 멈추어 선 채 녀석이 내가 어디로 튈지 계산을 하고 있는 것 같았다. 녀석이 움직일 때까지 나도 움직이지 않을 생각이다. 지레 겁을 먹고 달렸다가는 구석에 몰려 압사를 당하게 될 것은 뻔한 일이다. 당황한 가슴을 잠시 진정시킬 수 있었다. 녀석이 공격해오기까지 순간의 시간이 남아 있었다. 나는 어디로 달려야 할지 생각하며 엄폐물을 찾고 있었다. 그때 녀석이 몸을 날려왔다. 녀석이 필사적으로 달려들었다. 그렇다고 당할 내가 아니다. 나 역시 필사적으로 도망쳤다. 녀석이 일보 전진하면 나는 이보 후퇴했다. 녀석이 생각했던 방향과는 다른 방향으로. 녀석이 내가 달아날 방향을 감지하고 선재 공격을 해왔다. 그러나 내가 선택한 방향은 그 반대였다. 녀석도 내가 어디로 튈지 모르는 모양이다.

녀석과 대치하고 있는데 거실 쪽에서 못난이가 나를 지켜보고 있었다. 나는 도망가라고 손짓을 했다.

그 순간 나는 우쭐해졌다. 내 간은 배 밖으로 나와 있었다. 이참에 녀석을 시험해 볼 생각이다. 얼마나 민첩하고 머리가 좋은지. 녀석과의 한판 승부를 지고 싶지 않았다. 이 승부에서 진다면 난 결국 동족의 복수를 할 수 없을 것이다. 녀석과의 거리가 중요했다. 거리가 좁혀지면 질수록 승부는 녀석에게로 기울 것이다. 나는 최대한 녀석과의 거리를 벌린 채 녀석의 빈틈을 노리고 있었다. 그 순간 녀석은 무대포로 돌격해 왔다. 나는 녀석의 반대 방향으로 쏜살같이 달렸다. 그리곤 책장 밑바닥으로 기어들어갔다. 녀석의 입에서 아깝다는 탄성이 흘러나왔다. 그러고 보면 나는 녀석보다는 한 수 위다. 녀석이 어딘가로 달려가기 시작했다. 그렇다. 나는 이미 녀석이 근접할 수 없는 곳에 있었다. 녀석이 선택할 수 있다면 그건 오직 에프킬라 독가스뿐이다. 그렇다면 마냥 넋 놓고 있을 수는 없었다. 나는 녀석의 낌새를 알아차리고 책장 밑바닥에서 나와 책상을 향해 냅다 달렸다. 녀석의 독가스 살포에 대비해야 하기 때문이다. 책상 위에 도착한 나는 망설임 없이 컴퓨터 본체 안으로 들어갔다.

녀석은 살충제를 가져와 내가 기어들어갔던 책장 밑에 분사하기 시작했다. 미련한 녀석 같으니라고. 내가 아직도 그곳에 버티고 있을 줄 알았나 보지. 어림없는 소리. 난 이미 녀석과의 거리를 벌려놓은 상태다 설마 내가 컴퓨터 본체 안으로 들어와 있을 거라고는 생각하지 못했을 것이다. 컴퓨터 본체 안은 따듯했다. 그리고 별천지였다. 무슨 부속이 그렇게 많은지, 미끄럼틀도 있었고, 턱걸이도 있었다. 형형색색의 부품들. 이 모든 것이 컴퓨터를 움직이는 원동력일 것이다.

녀석이 내가 들어갔던 책장 바닥과 옆의 빈 공간을 쪼그리고 앉은 채 유심히 지켜보고 있었다. 녀석은 아마도 내가 중독되어 숨을 헐떡거리며 기어나오기를 기다리고 있는지도 모른다. 미련한 녀석 같으니라고. 내가 이번에도 당할 줄 알았나 보지. 이번은 녀석과의 싸움에서 내가 승리했다. 그러고 보니 은신처로는 이 컴퓨터 본체 안이 제격이다.

"나오기만 해봐라."

녀석이 씩씩대고 있었다. 그렇게 밤은 깊어갔다. 녀석도 이제 지쳤는지 불을 끄고 의자에 앉았다. 아마도 불이 꺼지면 어두운 곳을 좋아하는 우리가 다시 기어나올 줄 알고 있는 모양이다. 그러나 착각이다. 나는 그렇게 멍청하지 않다. 나는 한동안 이 본체에 은신할 것이다. 그나저나 못난이가 아지트로 잘 돌아갔는지 모르겠다. 무사해야 될 텐데. 내가 언제부터 못난이 걱정을 했지. 그것 참.

녀석은 아직 미련을 버리지 못한 모양이다. 내가 기어들어갔던 책장 바닥을 유심히 지켜보고 있었다. 대단한 녀석이다. 아직까지 미련을 버리지 못하고 있다니. 한심하기도 하지만 나름 녀석의 끈질김에 박수를 보낸다. 하지만 나는 여기에 있다. 녀석은 내가 왜 다시 그곳으로 기어 나온다고 생각하고 있는 것일까? 녀석은 급기야 문구용 자를 들고 책장 바닥을 후벼 파기 시작했다. 그런다고 내가 나오는 것도 아닌데. 나는 그 모습을 지켜보고 있었다. 과연 언제까지 그러고 있을지 확인하고 싶었다. 그러나 시간이 지날수록 지루해지기 시작했다. 저절로 하품이 나왔고 못난이가 있는 아지트로 향해야겠다고 생각했다.

컴퓨터 본체에서 나온 나는 아무런 장애 없이 작은방을 나설 수 있었다. 녀석이 다른 곳에 한눈을 팔고 있었기 때문에 가능한 일이었다. 미련한 인간 같으니라고. 나는 주방으로 향해 먹을 것이 없나 기웃거렸다. 그러다가 라면 부스러기를 발견했다. 못난이에게 가져다주면 좋아할 것 같았다. 내가 중독되었을 때 옆에서 간호해준 것을 생각하면 나름의 성의를 보여야 할 것 같았다. 내가 책장 밑으로 기어들어갔을 때까지 못난이는 나를 걱정하고 있었다. 조바심에 안절부절못하고 있을 못난이가 걱정이었다. 왜 자꾸 못난이 생각만 하는 것일까? S라인 그녀에 대한 생각보다도 더 못난이를 생각하는 것을 보면 내가 못난이를 사랑하게 된 것은 아닐까? 나도 나름의 이성이 있는 존재다. 못난이와의 관계를 부정하고 싶지는 않다. 그렇다고 인정하고 싶지도 않다. 나는 못된 바퀴벌레다.

못난이에게는 묘한 매력이 있다. 함께 있으면 있을수록 점점 더 그 매력에 빠지고 만다. 자살 충동을 느끼는 것도 그렇다. 나는 자살에 대해서 많은 생각을 해오고 있었다. 하지만 못된 상상일 뿐이다. 종교에서는 절대 용납하지 않는 타락의 종말. 내겐 종교가 없지만 그렇다고 종교가 없다고 꼬집어 말할 수도 없다. 아버지는 종교가 있었다. 독실한 신자였기에 나도 집안의 규율에 의해 아버지의 종교를 믿어야 했다. 하지만 나는 아버지를 따라 집회에 가본 적이 한 번도 없었다. 집회에 갈 시간이 되면 나는 아지트로 숨어들어 사색을 즐기곤 했다. 그러는 편이 더 나을 것 같았다. 나는 몽상가였다. 어디에 얽매이는 것이 싫었다. 그것을 잘 알고 있던 아버지였기에 집회에 가자고 말하지도 않았다. 친구들은 그런 나를 부러워하곤 했었다. 그런데 지금은 왜 그 집회에 참석하지 않았던 것이 후회가 될까? 그들이 그립다. 어쨌든 못난이는 몽상가 기질이 있는 것 같았다.

욕실에 도착했을 때 못난이는 아지트 입구에서 안절부절못한 채 나를 기다리고 있었다. 내 입가에 미소가 흘렀다. 단 한 번도 못난이에게 그런 미소를 보여주었던 적이 없었다. 사색이 되어 있던 못난이도 그제야 안심을 하는 눈치였다.

"어떻게 된 거야?"

"뭐가?"

"아까 말이야. 달리라고 하면서 자기는 왜 반대 방향으로 달렸냐는 말이야. 내가 아무리 밉다고 해도 그럴 수는 없는 거야. 어떻게 나를 버려둘 수가 있어."

"이 바보야. 둘이 같이 있다가는 둘 다 위험에 처할 수도 있었어. 그래서 내가 미끼가 되었던 거야. 그걸 꼭 말로 해야 알아듣겠어? 생각 좀 해라."

나는 못난이에게 라면 부스러기를 내밀었다. 나에게는 가장 큰 선심이었다. 못난이는 감격했다. 그렇게 감격할 일은 아니었지만 자신에게 웃어주고 또 살갑게 대해주는 것이 고마웠던 모양이다.

"한 가지만 말할게. 나와 절대로 행동을 같이 해서는 안 돼. 그러다가는 더 큰 위험에 처하게 될지도 모르니까. 웬만하면 나와 거리를 두란 말이야. 그리고 한 가지 더. 위험에 처했을 때는 절대 아지트로 들어오지 마. 우리의 은신처가 발각되면 우린 녀석의 손아귀에서 벗어날 수 없게 될 거야. 내말은 이곳이 무덤이 될 수도 있다는 말이야. 오래 살고 싶으면 주위의 엄폐물이나 숨을 곳을 숙지해두도록 해. 오늘 같은 일이 절대 벌어져서는 안 돼. 참 내가 봐둔 곳이 있는데 은신하기 좋은 곳을 발견했어. 작은방에 있는 컴퓨터 있지. 그 본체 안에 들어가니까 넓고 좋더라. 제아무리 녀석이라도 그곳에 숨는다면 알 수 없을 거야."

나는 호랑이 굴을 선택했다. 녀석이 제아무리 유난스럽다 해도 컴퓨터 본체에까지 살충제를 살포하지는 않을 것이기 때문이다. 녀석이 제일 아끼는 것이 바로 컴퓨터가 아닌가. 살충제를 뿌렸다가 고장이 나기라도 한다면 녀석은 살충제를 뿌린 것을 후회하게 될 것이다. 아,

내가 왜 그 생각을 하지 못했을까. 컴퓨터를 고장내는 것이다. 그래야 녀석이 더 화가 날 테니까. 녀석에게서 소중한 것을 빼앗을 수 있는 좋은 기회다. 그것뿐만 아니라 녀석을 골탕먹일 방법은 이 집안 곳곳에 널려 있다. 어쨌든 나는 게릴라전을 착실하게 수행해가고 있는 중이다. 앞으로의 일들이 기대된다.

또 가슴이 열리기 시작했다. 못난이와 함께 있으면 나도 모르게 페로몬을 분출하게 된다. 어떻게 된 일일까. 못난이는 내 몸에서 배출된 페로몬을 정성스럽게 핥기 시작했다. 못난이에게서는 상큼함이 느껴진다. 나는 그 상큼함을 탐닉하기 시작했다. 육체적, 정신적 교감을 이루며 나는 사랑에 빠져들었다.

못난이를 힘껏 끌어안았다. 못난이의 입에서 짧은 탄식이 쏟아져 나왔다. 나는 멈출 수가 없었다. 우린 그렇게 사랑을 가꾸어가고 있었다. 못난이와 함께 있는 이 순간이 좋다. 하루 종일 뒹굴어도 지칠 것 같지 않다. 한 영혼을 사랑한다는 것은 매우 가슴 벅찬 일이다. 비록 축하해 줄 가족들은 없지만 우리의 사랑은 변함이 없을 것이다.

4

시간이 늙어 간다

밤을 꼬박 뜬눈으로 보냈다. 불을 껐다가 켜기를 반복하면서 녀석들이 나타나기만을 기다렸지만 녀석들은 흔적도 보이지 않았다. 녀석들은 분명 어딘가에 숨어서 나를 지켜보고 있을 것이다. 그렇게 생각하니 더 분통이 터졌다.

빌어먹을 바퀴벌레 같으니라고. 그것도 두 마리 씩이나 되다니. 아니 집안 곳곳을 후벼 파면 적어도 열댓 마리는 더 나올지도 모른다. 어떻게 하면 바퀴벌레를 싹 쓸어버릴 수 있을까? 바퀴벌레를 너무 얕본 것이 문제였던 것 같다. 이대로 두고만 볼 수는 없다. 작업이 문제가 아니다. 일을 잠시 뒤로 미루고 보다 강력한 바퀴벌레살충제를 사다가 뿌리던가 아니면 방제회사에 전화를 걸어 방제를 요청해야 할 것 같다. 하지만 눈으로 확인한 두 마리 때문에 난리 법석을 떨 필요는 없을 것 같았다. 결혼하기 전까지 바퀴벌레를 잡으면 그만이다. 돌연변이 흰색 바퀴벌레. 녀석은 매우 재빠르다. 하지만 나에게 찍힌 이상 녀석은 살아남을 수 없을 것이다. 왜냐구? 난 꽤 끈질긴 구석이 있거든.

바퀴벌레 유인제를 찾아 인터넷 공간을 샅샅이 뒤졌다. 강력하다는 바퀴벌레살충제를 주문했다. 그리고 바퀴벌레의 습성도 알아냈다. 이제 본격적으로 바퀴벌레를 없애는 일만 남았다.

한숨 자야겠다. 약을 먹고 누웠다. 그러나 좀처럼 잠을 잘 수가 없었다. 온통 바퀴벌레 생각뿐이다. 영악한 것들. 내일이면 바퀴벌레들도 끝이다. 바퀴벌레 약만 도착한다면 게임 끝이다. 이리 뒤척이고 저리 뒤척이다가 겨우 잠에 빠져들었다.

밥을 먹고 있는데 바퀴벌레 한 마리가 기어나왔다. 나는 바퀴벌레를 손으로 때려잡았다. 그런데 이상한 것은 그 바퀴벌레를 때려잡자마자 또 다른 바퀴벌레가 기어나오는 것이 아닌가. 또 바퀴벌레를 때려잡았다. 그러자 이번에는 두 마리가 기어나왔다. 나는 열이 받기 시작했다. 해서 기어나오는 족족 때려잡았다. 그러자 한 마리가 두 마리가 되고 두 마리가 네 마리가 되고 네 마리가 여덟 마리가 되더니 기하급수적으로 바퀴벌레가 늘어나기 시작했다. 마치 인해전술처럼 바퀴벌레 들은 끝없이 쏟아져 나왔다. 급기야 바퀴벌레가 새까맣게 내 주위를 둘러쌌다. 바퀴벌레들 사이에서 나는 점점 작아지기 시작했다. 아니 바퀴벌레가 하나가 되기 시작했다. 점점 거대해지더니 나보다도 몇 배로 큰 덩치가 되었다. 나는 겁에 질렸다. 식은땀이 등짝을 타고 흘러내렸다. 나는 움츠려 들 수밖에 없었다. 거대한 한 마리의 바퀴벌레, 올려다봐야만 바퀴벌레를 볼 수 있었다. 바퀴벌레가 내게 얼굴을 내밀었다. 그러더니 혀로 나의 얼굴을 핥았다. 공포 때문에 나는 눈을 뜰 수가 없었다. 도망쳐야 했다. 거대한 바퀴벌레를 피해 도망치기 시작했다. 하지만 저만큼 도망치면 바퀴벌레는 어느새 내 앞을 가로막았다. 이만큼 도망쳐도 바퀴벌레는 언제 낌새를 눈치챘는지 바로 앞에 다가와 입맛을 다시고 있었다. 바퀴벌레는 강자가 되어버렸고 나는 약자가 되어버렸다. 바퀴벌레가 발을 들어 순식간에 나를 밟았다. 안 돼! 나는 눈을 떴다. 꿈이었다. 징글맞은 꿈이었다. 꿈속에까지 나타나 나를 괴롭히다니. 내 입에서 가위눌림의 한숨이 쏟아져 나왔다.

빌어먹을 놈들. 제아무리 기를 쓰고 달려들어도 네 놈들은 바퀴벌레에 불과하다. 나는 주방에서 물 한 컵을 따라 마셨다. 그리곤 바퀴벌레가 있는지 살폈다. 바퀴벌레는 야행성이라 낮에 나타날 리 없다. 그런데 이게 어떻게 된 일인가 돌연변이 흰색 바퀴벌레가 버젓이 내 발 밑을 지나가고 있었다. 간이 큰 녀석이다. 대낮에도 활개를 치고 다니다니. 나는 발을 들어 바퀴벌레를 밟았다. 그러나 바퀴벌레는 재빠르게 달려 냉장고 밑으로 기어들어가고 말았다. 바퀴벌레를 잡기 위해 나는 긴 자를 가져다가 바퀴벌레가 들어간 곳을 후벼 파기 시작했다. 그러나 바퀴벌레는 나오지 않았다. 할 수 없이 뒤돌아서려다가 나는 큰마음을 먹었다. 냉장고를 통째로 들어내는 것이었다. 큰 냉장고를 혼자서 들어내기란 여간 어려운 일이 아니었다. 냉장고를 배달하는 사람들은 혼자서도 척척 잘 옮기던데. 나는 초보라서 옮기기가 힘들다. 가까스로 냉장고를 들어냈지만 바퀴벌레의 행적은 묘연했다. 결국 바퀴벌레 잡기는 허사로 돌아가고 말았다.

바퀴벌레에게 참패를 당하다니 인간으로서 자존심이 상한다. 다음 번에 눈에 보일 때는 꼭 잡고 말겠다고 다짐을 했다. 바퀴벌레와의 동거는 있을 수 없는 일이다.

허기가 졌다. 어제는 간밤에 끓여 먹은 라면이 전부였다. 그렇다고 마땅히 해 먹을 것도 없었다. 냉장고는 텅텅 비어 있다. 신혼살림만 들어왔다 뿐이지 먹을 것은 전혀 없었다. 그렇다고 라면이 당기는 것도 아니었다. 할 수 없이 시켜 먹는 수밖에 없다. 그래 짬뽕이나 시켜 먹어야겠다. 혓바늘이 돋아서 입이 까칠까칠했다. 밥도 넘어갈 것 같지 않았다. 중국집에 전화를 걸고나서 소파에 앉았다. 피곤이 밀려왔다. 간밤을 꼬박 새우고 잠이라곤 겨우 두 시간 잔 것이 전부였기 때문이다. 그것도 모자라 바퀴벌레 녀석에게 밟히는 꿈에 깨다니 어이

없는 일이다.

작업을 하려면 기력을 회복해야 한다. 하지만 작업보다도 내겐 바퀴벌레를 잡는 일이 우선이다. 오후에는 친구들과의 약속이 있기 때문에 꼭 참석해야 한다. 결혼을 앞두고 만나자는 친구들의 약속을 어길 수가 없다. 녀석들이 삐져서 피로연 때 무슨 짓궂은 장난을 할지도 모를 일이다.

초인종이 울렸다.

"누구세요?"

"식사배달입니다."

달랑 짬뽕 한 그릇을 시키다니 나도 너무하긴 너무했다. 배달원의 얼굴이 살짝 일그러져 있었다.

"맛있게 드세요."

퉁명한 말투로 문을 닫고 나가는 배달원의 뒷모습이 불만으로 가득했다. 이럴 줄 알았으면 탕수육이라도 작은 걸로 하나 더 시키는 건데. 괜히 미안해졌다.

식탁 위에 단무지와 짬뽕을 올려놓았다. 갑자기 식욕이 당겼다. 랩을 벗겨내고 국물을 마셨다. 매콤한 것이 입맛을 당기기엔 제격이었다. 후루룩, 면발이 쫄깃쫄깃했다. 배달원의 표정을 봤을 때는 맛이 그럭저럭 하겠구나 생각했었다. 그런데 맛이 제법 일품이었다. 나는 정신없이 짬뽕을 먹기 시작했다. 단무지와 양파도 곁들여가면서 오랜만에 맛을 즐기고 있었다. 면을 모두 먹고 나서 국물을 마시기 위해 그릇을 기울였을 때 나는 깜짝 놀라고 말았다. 국물 위에 바퀴벌레가 둥둥 떠 있는 것이 아닌가. 발은 어디론가 사라졌고 몸통만 둥둥 떠

있는 것이 역겹기 그지없었다. 나는 이미 삼켜버린 것을 싱크대에 게 워냈다. 바퀴벌레가 들어간 짬뽕일 줄이야. 게다가 맛있다고 다 먹어 치우다니 국물만 남은 짬뽕이 야속하기만 했다. 이대로 넘어가서는 안 될 일이다. 나는 다시 중국음식점에 전화를 했다. 그리곤 바퀴벌레 가 들어간 짬뽕을 먹으라고 보낸 거냐며 화를 버럭 냈다. 그러자 저쪽 에서는 미안하다면 다시 짬뽕을 만들어 보내주겠다고 했지만 나는 필 요 없다고 했다. 다시는 그 집에서 음식을 시켜 먹지 않을 것이다.

물로 입을 헹군 후에 나는 작업실로 들어갔다. 짬뽕 속의 바퀴벌레 때문에 정신이 확 돌아왔다. 모니터를 바라보며 커서의 움직임에 익 숙해지려 노력했다. 처음은 집중을 할 수 없었지만 나름 이야기가 잘 풀려나가기 시작했다.

전화벨이 울렸다.

"어떻게 된 거야? 지금 어디야?"

나는 시계를 보았다. 벌써 7시다. 친구들과 약속을 깜빡 잊고 있었 다. 벌써 만나고도 남을 시간인데 나는 아직 컴퓨터 앞에 앉아 있다.

"집에서 나왔어. 금방 도착할 거야."

그래야 녀석들의 원성을 어느 정도 잠재울 수 있을 것 같았다. 나 는 서둘러 옷을 입었다. 간단하게 세수를 하고 곧바로 집을 나섰다.

비가 내리고 있었다. 언제부터 비가 내리고 있었는지는 모른다. 나 는 다시 집으로 들어가 우산을 가지고 나왔다. 비오는 거리를 걷는 것 은 나름 운치가 있어서 나는 비오는 날 걷는 것을 좋아한다. 상대적으 로 눈 오는 날은 싫어한다. 눈이 오면 미끄러질 염려도 있고 또 눈이 녹아 질퍽거리는 느낌도 싫다. 하지만 결혼식 날 비가 오면 큰일이다. 아무리 비를 좋아한다고는 하지만 결혼식 날 하객들을 생각하면 비가 오지 말아야 한다. 사람들은 간사스럽다. 나도 사람이기에 별 수 없나 보다.

약속 장소인 술집 안으로 들어가자 친구들이 모여 벌써 한잔씩 기울이고 있었다. 나도 한 자리를 차지하고 앉아서 호프를 기울이기 시작했다. 술맛이 상쾌했다.

"안주가 왜 이렇게 빈약한 거야. 오늘은 내가 쏠 테니까 안주나 시켜봐."

"오, 새신랑 마음에 드는데. 오늘도 3차까지 가는 거냐?"

"그런 말 하지 마라. 이제부터는 적당히 마시기로 했다. 술을 너무 많이 마셨더니 장가도 가기 전에 머리 수술부터 받아야겠더라. 술은 적당히. 오늘은 미안하지만 1차에서 끝내야 할 것 같다. 그러니까 여기서 많이들 마셔."

"근데 함은 왜 안 판 거냐?"

"요즘 번거롭게 누가 함을 파냐. 술이나 마셔."

솔직히 함을 팔고 싶었다. 그러나 주연이가 생략하자고 했다. 부모님이 안 계신데 함을 팔기도 그렇고 해서 서로 생략하기로 한 것이다. 대신 술자리를 마련한 것이다.

"제수씨는 안 오냐?"

"친구들 만나고 있어."

주연이 보고 싶다. 그러나 친구들을 만나고 있으니 오라고도 할 수 없는 노릇이었다. 친구들이 채근했지만 딱 잘라 말했다.

술을 마실 때는 기분이 좋다. 그러나 뒤끝이 좋지 않다. 술이 술을 먹어버릴 때가 되면 내 의지와는 달리 나는 술의 노예가 되어버리고 만다. 그래서 술은 멀리해야 할 대상이다. 결혼식도 며칠 남지 않았으니 몸도 관리해야 한다. 나는 술잔을 기울이는 시늉만 했다. 대신에 안주를 많이 먹었다. 술로 몸이 망가지는 것보다는 안주로 살이 찌는 것이 차라리 낫다.

나는 빨리 원고를 끝내고 싶은 생각뿐이었다. 그래서 이 자리도 빨리 마치고 집으로 되돌아가고 싶었다. 하지만 친구들은 나를 놓아주지 않았다. 술이 적당히 올랐을 즈음 안주를 먹기 위해 젓가락을 가져갔다. 그런데 이게 웬일인가? 어디서 많이 보던 것이 젓가락에 걸려들었다. 술집의 조명이 어두웠기 때문에 가까이 들여다보고서야 정체불명의 그것이 바로 바퀴벌레라는 것을 알 수 있었다. 이런 제기랄! 오늘은 되는 일이 없다. 술맛도 입맛도 다 가셨다. 점심에 먹던 짬뽕 속의 바퀴벌레보다도 더 큰 바퀴벌레가 떡하니 안주 속에 감추어져 있다니. 이건 악몽이다. 왜 나에게 이런 일이 벌어지는 것일까. 웬수 같은 바퀴벌레들. 친구들도 덩달아 경악을 금치 못했다. 친구들은 주인을 불러 따져가며 호들갑을 떨었다.

우린 술집을 나와 다른 술집으로 향했다. 그리고 그곳에서 술을 거나하게 마신 뒤에 헤어졌다. 결혼식 때 만나자는 약속과 함께 나는 집으로 돌아왔다.

집에는 주연이 와 있었다.

"얼굴이 왜 그래? 밖에서 무슨 일 있었어?"

"아무것도 아니야."

"아니긴 얼굴이 그렇지 않은데. 도대체 왜 그러는 거야?"

"글쎄, 아니야."

"말해봐."

"바퀴벌레가 나온 거야. 친구들과 술을 마시고 있는데 안주에서 바퀴벌레가 나왔어. 그것뿐인 줄 알아. 점심에 시켜 먹은 짬뽕에서도 바퀴벌레가 나왔지 뭐야. 정말 짜증나는 하루였어."

"그래서 그걸 먹었어."

"먹고 난 다음에 알았다니까."

"가까이 오지 마. 더러워."

"내가 먹고 싶어서 먹었나. 모르고 먹다가 나온 건데 뭐가 그렇게 더럽다고 그래."

"아니야. 비위가 상해서 그래. 식사 차려 놨으니까 먹어. 참 작업은 잘되고 있는 거야?"

"그게. 아직. 생각 같지가 않네. 빨리 끝내긴 해야 하는데. 걱정이야. 하지만 결혼식 전에는 끝낼 거야."

"너무 서두르지는 마. 안 될 때도 있으면 잘될 때도 있겠지. 그럼 나 이만 가 볼게. 된장찌개 끓여놨으니까 맛있게 먹고."

"그냥 갈 거야?"

"왜?"

"같이 있고 싶은데."

오늘 같은 날은 함께 보내도 좋으련만 주연은 자꾸만 집에 가려고 한다. 나는 주연을 잡기 위해 삐친 척했다. 하지만 주연에게는 통하지 않았다.

"앞으로 평생 같이 살 건데 며칠도 못 참아."

"키스 한 번만……."

"바퀴벌레가 들어간 음식을 먹은 그 입으로. 더럽게."

아, 가슴이 저리다. 괜히 그 얘기를 한 모양이다. 그렇지 않았으면
좋았을 텐데. 바퀴벌레가 밉다. 모두가 바퀴벌레 탓이다. 주연은 뒤도
돌아보지 않고 집을 나섰다.

식탁 앞에 앉았다. 그러나 식사를 할 수가 없었다. 친구들과 술을
마시면서 안주를 많이 먹은 탓에 입맛이 돌지 않았다. 주연이 정성스
레 준비했을 음식을 나는 다시 냉장고에 그대로 옮겨두었다.

나는 혼자 남았다. 아니, 정확히 말하자면 나와 바퀴벌레뿐이다.
어디엔가 숨어서 처량한 내 모습을 지켜보며 낄낄대고 있을 바퀴벌
레들. 나는 바퀴벌레를 증오한다. 내 기필코 바퀴벌레를 소탕하고 말
테다.

아, 열 받는다. 이놈의 바퀴벌레. 어디에 숨어 있다가 또 나타난 거
야. 오랜만에 술술 풀려나가는 문장을 부채질하고 있을 때 바퀴벌레
가 또 나타났다. 그것도 내 눈 앞 자판 위에서. 나는 홧김에 자판 위를
강하게 쳤다. 그러나 녀석은 나를 유린하듯이 후다닥 도망치고 말았
다. 바퀴벌레는 나를 비웃기라도 하듯이 모니터 위로 도망치다가 바
로 옆 컴퓨터 본체 속으로 들어갔다. 손을 쓸 수 없는 아주 짧은 순간
이었다.

아! 그런데 이게 무슨 일이냔 말이다. 홧김에 내려친 자판, 그것 때
문에 원고의 일부분이 날아가고 말았다. 하늘이 무너지고 땅이 꺼졌

다. 어떻게 한 작업인데 그것이 허사로 돌아가기 일보 직전이다. 아, 짜증난다. 나는 망연자실 모니터를 바라보고 있었다.

아, 이놈의 바퀴벌레. 내게 닥친 불운을 어떻게 수습해야 할지 막막하기만 하다. 가만두지 않겠어. 나는 홧김에 살충제를 가져왔다. 하지만 컴퓨터 본체에 살충제를 뿌릴 수는 없었다. 대신 본체의 주위에 직사각형으로 살충제를 뿌렸다. 녀석은 이제 컴퓨터 본체에 갇혀버리고 말았다. 본체 밖으로 나오다가 살충제에 중독되도록 다량을 뿌렸다. 살충제 냄새가 코를 찔렀다. 하지만 바퀴벌레를 잡기 위해서는 감수해야 한다. 나는 계속해서 컴퓨터 본체를 살폈다 그러나 바퀴벌레는 눈을 씻고 찾아 봐도 나오지 않았다. 아주 독한 녀석이다.

그동안의 작업을 허무하게 원점으로 돌려놓은 바퀴벌레. 용서하지 않겠다. 무슨 수를 써서라도 나는 바퀴벌레를 잡고야 말 것이다. 그러자면 기다리기보다는 녀석을 찾아 나서는 것이 더 빠를 것이다. 컴퓨터의 본체 속으로 들어갔으니 도망치지는 못할 것이다. 컴퓨터의 본체를 뜯을 참이다. 남은 원고를 백업 시켜둔 후에 나는 컴퓨터의 전원을 껐다. 이제 해체 작업만 남았다. 공구함을 가져다가 컴퓨터 본체를 본격적으로 뜯기 시작했다. 그런데 어떻게 된 일인지 컴퓨터 본체 안에는 바퀴벌레가 없었다. 짜증이 물결처럼 밀려들었다. 파도가 포말로 흩어지듯 내 피가 거품을 물기 시작했다.

누구를 탓하겠는가 모두가 나의 실수인 것을. 허망하기만 할 따름이다. 바퀴벌레를 잡지 못한 것이 원망스러웠다. 그렇다고 이대로 포기할 수는 없는 노릇이다. 바퀴를 잡는 것도, 원고를 쓰는 것도 포기해서는 안 된다. 혼이 났을 바퀴벌레는 적어도 한 동안은 이곳에 나타나지 않을 것이다. 살충제 냄새 때문이라도 나타날 수 없을 것이다. 녀석은 그만큼 겁을 먹었을 것이다.

나는 다시 원고를 살피기 시작했다. 원고가 날아간 부분은 그다지 많지 않았다. 따로 저장해 놓은 것이 있어서 복구하는 데도 얼마 걸리지 않았다. 나는 시간이 가는 줄도 모른 채 원고를 다듬기 시작했다. 그렇게 얼마가 흘렀을까, 초인종이 울렸다. 시계를 보니 벌써 오전이었다. 택배가 도착한 것이다. 택배 박스 안에는 바퀴벌레약이 들어 있었다. 바퀴벌레 방제약품은 겔로 되어 있었다. 사용설명서에 따르면 그것을 바퀴벌레가 다닐 만한 곳이나 숨어 있을 만한 곳에 콩알만큼 짜두면 된다고 했다. 나는 A4용지를 잘라 그 위에 콩알만큼 바퀴벌레 방제약품을 짜 놓았다. 그리고 사용설명서 대로 바퀴벌레가 있을 만한 곳에 놓아두었다. 효과가 탁월하다니 이제 남은 것은 기다리는 일밖에 없다.

한숨 자고 일어나면 바퀴벌레는 배를 보인 채 죽어 있을 것이다. 간만의 평온이 나를 마주하고 앉았다. 되도록 그 평온이 오래 가기를 바라며 나는 차분한 휴식 속으로 빠져들었다. 재깍재깍 초침이 내달리기 시작한다. 그 뒤를 분침이 소리 없이 달린다. 얼마간을 그렇게 누워 있었는지 모른다. 생각처럼 잠이 오지 않았다. 정신은 점점 맑아졌고 초침이 채근했다. 초침을 잠재우고 싶다. 시간이 멈추었으면 좋겠다. 하지만 시간은 내 공간 속으로 들어와 어지럽게 돌아다니고 있었다. 빌어먹을. 그대로 멈춰라. 쥐덫이라도 놓아 시간을 잡아먹고 싶은 심정이다. 그 사이를 바퀴벌레 한 마리가 어이없게 돌아다니고 있다. 그 녀석은 내 자신일지도 모른다. 평온을 깨고 싶은 내 속의 또 다른 나.

불면의 낮이다. 요즘은 통 잠을 잘 수가 없었다. 작업을 할 때마다 꼬리표처럼 붙어다니는 불면증의 나날들. 그 나날중의 일부인 오후. 오후는 소화불량이다. 거기에 위경련까지 겹쳐 곤혹이다. 버벅대는 오후를 위해 소화제를 처방한다. 녹차 한 잔의 여유. 그래도 오후는 쉽사리 내달릴 생각을 하지 않는다. 아무래도 가까운 병원에 입원이라도 시켜야할 것 같은데. 설마 꾀병은 아니겠지?

초침과 분심과 시침과 함께 시간은 요란하게도 달린다. 덜커덩덜커덩. 뭘 그리도 방정맞게 잡으려고 하는 것일까? 혹시 바퀴벌레? 그래 바퀴벌레를 잡을 때 휴지는 사치다. 배려 또한 오만이다. 한 마리 바퀴벌레가 달리기 시작하면 덩달아 사방에서 수만은 바퀴벌레가 춤을 추듯이 달리기 시작한다. 그러면 나도 덩달아 춤을 춘다. 댄서의 순정을 알아야 할 필요는 없다. 댄스타임이 시작되면 나는 무대 위에서 바퀴벌레와 경쟁을 한다. 누가 조금 더 리얼하게 춤을 잘 추나. 내 일상을 야금야금 갉아먹는 빌어먹을 바퀴벌레들. 녀석들은 내 일상에 이미 존재한다.

숨을 쉴 수가 없다. 차라리 이대로 나는 어디론가 달려가고 싶다. 아! 가위눌려 발버둥치는 오후. 오후는 매우 무기력하다. 침대가 익숙하지 않다. 내 간이침대가 몹시도 그립다. 바퀴벌레와 함께 춤을 추지 않아도 되었던 내 원룸이 그립다. 나는 작업실로 들어가 군용간이침대를 찾아 한쪽에 펴고 누웠다. 멀뚱멀뚱 무기력한 오후를 지나 심심한 저녁이 되었다. 심심한 저녁식사를 하고, 심심한 TV를 보면서 더욱 심심한 나를 발견하고 싶다. 그리고 심심한 평온 속을 걷고 싶다.

되도록 심심하게.

오늘은 하루 종일 전화벨이 울리지 않았다. 나는 휴대폰을 찾다가 오도카니 앉아 있는 유선전화기를 바라본다. 언제부터 그렇게 입을 다물고 벙어리가 되어버렸을까? 외톨이가 되어버렸다. 아무도 말을 걸어주지 않는 통에 희미한 존재가 되어버렸다. 한 달, 아니면 두 달? 언제부터 그렇게 청승맞았는지는 모르겠다. 측은해서 손을 잡아보지만 냉랭한 두통뿐이다. 유선전화가 불쌍하다. 반면 내 휴대폰은 지금도 쉴 사이 없이 스마트하게 진화 중이다. 그러고 보면 나는 자꾸만 퇴화하는 유선전화일지도 모른다. 평온을 갈구하는 유동적이지 못한 존재. 주연에게서 전화가 올 때가 됐는데 바쁜지 아직 감감무소식이다.

심심한 커피가 마시고 싶다. 주방으로 향하다가 또다시 바퀴벌레와 마주쳤다. 시도 때도 가리지 않고 등장하는 엑스트라. 어쩌면 녀석은 엑스트라가 아닌 조연을 지나 주연이 되고 싶은지도 모르겠다. 호시탐탐 내 자리를 노리는 녀석을 나는 용납할 수가 없다. 나는 물불을 가리지 않고 녀석을 향해 후닥닥 달려간다.

바퀴벌레의 반응속도는 0.5초. 그리고 내 반응속도는 모르겠다. 세계 상위권 육상선수의 출발 반응 속도는 0.2초. 수영선수 박태환의 출발 반응속도는 평균 0.65초. 그러고 보면 바퀴벌레의 반응속도는 엄청 빠른 것이다. 어쨌든 내 반응속도는 바퀴벌레의 반응속도에 미치지 못했다. 의기양양하게 사라져 버린 녀석의 꽁무니를 바라보면서 나는 분을 삭이지 못했다. 심심한 커피는 물 건너간 지 벌써 오래다.

돌연변이 녀석. 네가 언제까지 그렇게 기고만장한지 어디 두고보

자. 커피는 텁텁했다. 달콤하고 그윽한 커피의 향기는 어디론가 사라지고 대신 돌연변이 흰색 바퀴벌레가 눈앞에 아른거렸다. 그렇다고 내겐 바퀴벌레와 씨름할 시간이 없었다. 결혼식 전에 작업을 끝낼 수 있을지도 의문이다. 바퀴벌레 때문에 계획이 자꾸만 어긋나고 있었다. 내 일상을 뒤죽박죽 들쑤셔 놓는 바퀴벌레와의 전쟁이 곧 끝나기를 바라면서 나는 모니터를 마주하고 앉았다.

시간은 멈추는 법이 없다. 그 언제부터 계속해서 달렸을 시간의 개념을 나는 뛰어넘을 수가 없다. 나는 단지 그 시간 속에 존재하는 일부분일 뿐이다. 하지만 멈추어진 시간들도 내 속에는 존재한다. 이를테면 그 언젠가의 추억으로 고정되어 있는 시간의 그림자들. 돌이켜보면 언제나 그 자리에 자리하고 있기 때문이다. 얼마간의 시간이 흐른 뒤에 지금의 나도 내 추억 속에 한 자리를 차지하고 있을 것이다. 생각 같아서는 시간이 멈추었으면 좋겠다. 젊어지지도 늙지도 않는 딱 이만큼의 나를 간직하고 싶은 욕심이다. 시간은 결코 멈추지 않기에 욕심 아닌 욕심을 한번 부려본다.

오늘도 시간은 늙어간다. 늙어간다는 말이 왜 이렇게 오늘 따라 슬프게 느껴지는지 모르겠다. 나는 왜 시간이 점점 성숙해진다는 표현을 사용하지 못하는 것일까? 젠장. 시간을 잡을 수 없다면 즐기는 방법밖에는 없다. 나는 시간을 탓할 만한 마땅한 이유를 찾을 수가 없다. 모니터의 커서가 자꾸만 나를 채근한다. 커서는 출발선에서 항상 대기 중이다. 그림자를 만들며 달려나가는 모습을 보고 싶다. 글자를 만들고 문장을 만들면서 달려가는 모습이 경이롭지 않은가? 그렇다고 의미 없이 달리게 하고 싶지는 않다. 나는 커서를 노려보고 커서는 나의 눈치만을 살핀다. 내 심장박동보다 조금 더 빠른 녀석을 바라보며 나는 호흡을 가다듬는다. 신나게 달려볼 생각이다. 그러나 생각처럼 나와 커서는 혼연일체를 이루지 못한다.

누군가와 두서없이 수다를 떨고 싶다. 의미를 두고 싶지는 않다. 그저 마냥 신나는 이야기였으면 좋겠다. 머리가 텅 비어 더는 이야깃거리가 없을 때까지. 그러나 나는 마땅한 상대를 찾을 수가 없다. SNS에 접속한다. 타임라인 아래로 쉴 사이 없이 쏟아져 나오는 문장과 이미지들. 그러나 막상 다가서고 싶은 대상을 찾지는 못했다. 그러다가 관심인물로 등록해 두었던 트위터리안을 클릭했다. 여자의 트윗은 멈추어 있었다. 유난히 낯이 익은 여자의 사진을 바라보다가 발길을 돌렸다. 주연의 트위터도 기웃거렸다. 쪽지를 보낼까 생각하다가 돌아섰다. 신간 준비로 많이 바쁜 모양이다. 적어도 하루에 한 번은 글을 올리던 그녀가 벌써 이틀째 글을 올리지 않은 것을 보면 알 수 있다. 전화라도 해야 하지 않을까 생각했지만 주연의 바쁜 시간을 쪼개고 싶지는 않았다. 정말 심심한 저녁이 되었다. 심심하다 못해 지루한 밤.

글을 쓴다는 것. 언제나 그렇듯이 누가 대신해 줄 수 있는 일이 아니다. 오직 나와의 싸움이다. 그래서 철저히 혼자가 되어야 한다. 나는 외로움에 중독되었다. 이제 만성이 되어 익숙해질 때도 됐지만 외로움은 참 견디기 어려운 것이다. 커피와의 친분도 끊을 수 없는 중독이 되었다. 한 문장도 만들지 못하고 나는 다시 주방으로 향했다. 살금살금, 바퀴벌레와의 마주침을 대비하며 불을 켰다. 동시에 내 시선은 주방 곳곳을 순식간에 탐색했지만 주위는 쥐 죽은 듯이 조용할 뿐이다. 이 평온 속에 커피의 은은함을 느끼고 싶다. 바퀴벌레도 나를 피해다니느라 지쳐 있을 것이다. 물론 나도 지쳐버렸다. 그러나 바퀴벌레와의 싸움을 질질 끌고 싶은 생각은 없다. 바퀴벌레와 마주칠 때마다 나의 반응속도는 점점 빨라질 것이다.

모니터 앞으로 돌아와 커피를 음미하며 글자들의 조각을 맞추기 시작한다. 작업노트의 스토리라인을 몇 번이고 들추어보면서 호흡을 쏟아냈다. 한 호흡이 풀리기 시작하자 다음 호흡이 자연스럽게 쏟아져 나왔다. 리듬을 타기가 힘들어서 그렇지 한 번 풀리기 시작하면 시간을 탓하지 않아도 된다. 이 틈을 노려 가슴 벅차도록 달려야 한다. 달리다가 지쳐 쓰러지는 한이 있더라도. 시간이 차분하게 흐른다. 가끔 쉼 호흡을 하면서 나는 걷다가, 달리다가를 반복했다. 얼마의 시간이 흘렀는지 모른다. 시간의 흐름이 내게는 그닥 중요하지 않다. 오랜만에 쏟아져 나오는 문장들을 다독거린다. 글을 쓴다는 것은 기나긴 달리기다. 마라톤처럼 거리가 정해져 있는 것이 아니다. 끊임없이 달리고도 모자란 것이 글쓰기다.

새벽을 향해 달린다. 아직까지 바퀴벌레의 무자비한 출현은 없었다. 언제 나타날지 모를 녀석 때문에 나는 언제든지 대기 중이다. 한참을 달리다가 나는 초인종 소리에 작업을 멈추었다. 이 시간에 누굴까? 잘못 들었나? 정적이 흐른 뒤에 다시 초인종이 울렸다. 혹시 주연인가? 반가운 마음에 문 앞으로 뛰어갔다. 그러나 비디오폰을 확인했지만 문 앞에는 아무도 없었다. 돌아서려는데 초인종이 다시 울리더니 급기야 쿵쾅쿵쾅 문 두드리는 소리가 들렸다. 심지어 문을 발로 걸어차는 것 같았다. 비디오폰을 다시 확인하자 흥분한 남자의 모습이 보였다.

"문 열어! 당장 열지 못해?"

술 취한 남자의 목소리가 다짜고짜 새벽을 폭행하기 시작했다.

"이봐요. 집을 잘못 찾은 것 같은데요."

저절로 눈살이 찌푸려졌지만 되도록 차분한 목소리로 비디오폰에 대고 말했다. 그러자 잠시 남자가 주춤거렸다. 그것도 잠시 남자는 더 요란하게 문을 걷어찼다. 남자는 쉽사리 돌아갈 것 같지 않았다.

"넌 누구야? 당장 나오지 못해?"

악을 쓰며 달려드는 남자를 그냥 지켜보고만 있을 수는 없을 것 같았다. 하지만 덩달아 흥분할 필요는 없었다.

"누굴 찾으시는데요?"

현관문을 사이에 두고 실랑이가 벌어졌다.

"차은이, 당장 나오라고 그래."

"그런 사람 여기 살지 않습니다. 그러니까 돌아가세요."

그러고 보니 남자는 언젠가 앞집 문을 두드리던 그 녀석이었다. 아마도 술에 취해 집을 착각한 모양이다.

"나와. 나오라면 나오란 말이야."

"혹시 앞집 찾아온 것 아닌가요?"

"잔말 말고 문 열어."

어쩌면 대꾸하지 않는 편이 더 좋았을지도 모른다. 녀석에게는 말이 통하지 않았다. 녀석이 빨리 정신을 차리길 바라면서 나는 돌아섰다. 하지만 녀석은 너무도 집요하게 현관문을 두들겨 패고 있었다. 내 인내심도 한계에 다다르고 말았다. 녀석을 혼내 줄 심산으로 뛰어가 현관문을 열었다.

"이 사람이."

"이 새끼!"

동시에 녀석의 주먹이 쏜살같이 날아왔다. 새벽의 날벼락이 다짜고짜 나를 향했다. 아! 하늘이 노랗다. 미처 대처할 겨를 없이 나는 고스란히 녀석의 주먹을 받아들였다. 재차 녀석의 연속 공격이 이루어졌지만 몸을 비틀어 살짝 피할 수 있었다. 뒤이어 팔을 꺾어 녀석을 제압할 수 있었지만 녀석의 반항도 만만치 않았다.

녀석에게서는 술 냄새가 진동했다. 사람이 술을 먹고, 술이 술을 먹고, 술이 사람을 먹는다는 말이 하나도 틀린 게 없다. 미친 듯이 날뛰는 녀석을 감당하기란 쉬운 일이 아니었다. 깜짝 놀란 새벽이 금방이라도 줄행랑 칠 기세였다. 생각할수록 어이없는 일이다. 이게 무슨 낭패냐 말이다. 시간이 허둥대는가 싶더니 급작스런 폭행으로 어둠이 깨어났다. 대신 평온은 산산조각 나고 말았다. 녀석은 개다. 술에 몸뚱이와 정신을 송두리째 저당 잡힌 미친개. 미친개는 몽둥이가 약이라는데. 그렇다고 덩달아 폭행을 가할 수도 없는 노릇이다.

"이거 놓지 못해?"

혀가 반쯤 굳은 녀석이 발버둥치기 시작했다.

"여긴 그런 사람 안 살아요. 그러니까 좋은 말 할 때 돌아가시라고. 몇 번을 말해야 알아듣겠어요."

"야아, 웃기고 있네!"

괴성을 지르면서 발악하는 녀석이 마치 짐승 같았다. 녀석은 용케도 꺾은 팔을 풀고 달려들기 시작했다. 밀쳐내고 또 밀쳐내도 녀석은 지칠 기미가 보이지 않았다. 녀석은 뭔가 단단히 오해한 모양이다. 아마도 차은이라는 여자와 나와의 관계에 대한 말도 되지 않는 추리일 것이다. 그런데 차은이라는 여자는 누구일까? 앞집 여자? 모르겠다. 만약 앞집 여자라면 이런 상황을 두고만 보고 있지는 않을 것이다. 하지만 녀석을 처음 봤을 때 녀석은 앞집 현관문을 두드리고 있지 않았던가?

이 집에 이사를 온 이후부터 되는 일이 하나도 없다. 바퀴벌레가 득실거리질 않나, 난데없이 새벽에 행패를 부리는 녀석이 있질 않나. 하루하루가 평온했던 예전의 내 원룸이 몹시도 그립다.

"차은이 나와? 빨리 나오지 못해?"

"글쎄 여기에 그런 사람 없다니까 그러네. 자꾸 이렇게 행패를 부리면 경찰을 부를 겁니다."

"경찰? 그래 어디 불러봐? 다 죽여버릴 거야!"

"젊은 사람이 못하는 말이 없네. 정말 혼나 봐야 정신을 차리겠어? 마지막 경고야."

"이런 싸가지 없는 새끼."

이럴 줄 알았다면 문을 열지 말고 차라리 경비원이나 경찰을 부를걸 그랬다. 그랬다면 이런 낭패도 없었을 것이다. 나는 늦은 판단을 후회하고 있었다. 녀석은 도무지 말이 통하지 않았다. 아무리 술을 마셨다고 해도 이렇게까지 이성을 잃은 사람은 처음 본다. 이 녀석을 어떻게 요리해야 할까? 물씬 두들겨 패주고 싶지만 나는 더 이상 녀석과 엮이고 싶지 않다. 아무리 술 탓으로 돌리려고 해도 이건 정말 아니다. 해도 해도 너무한다. 나는 새벽과 함께 지쳐가고 있었다.

"네가 원하던 게 이런 거였어? 그래서 날 찼던 거니? 나쁜 계집애. 둘다 죽일 거야. 그래, 차라리 우리 다 같이 죽자!"

시간이 지날수록 녀석은 점점 기가 살았다. 지치지 않는 알코올 근성에 나는 혀를 내둘렀다. 녀석과의 실랑이는 난공불락이었다. 달려드는 녀석의 다리가 풀려 위태로웠다. 잘못 건드렸다가는 중심을 잃고 쓰러질 것만 같았다. 그랬다가는 본의 아니게 덤터기를 쓸 수도 있는 상황이었다. 미친개는 짖는 것을 멈추지 않았다. 입에 게거품까지 물어가며 짖어대는 통에 고막이 터질 지경이었다. 이 상황을 어떻게 해서든 모면해야 했지만 현관문에 매달려 실랑이를 서슴지 않는 녀석 때문에 집으로 들어갈 수도 없는 상황이었다.

녀석은 더 이상 내게 달려들지 않았다. 그렇다고 제 풀에 지치기를 기다리는 것 또한 무리였다. 앞집 여자라면 이 상황의 해답을 제시할지도 모른다. 처음 녀석을 봤을 때도 녀석은 앞집 문을 두드리고 있지 않았던가? 게다가 여자는 집에 있었으면서도 문을 열어주지 않고 아무 대꾸도 하지 않았다. 모르는 사람이었다면 경찰을 부르고도 남았을 일이었다. 그렇다면 여자는 남자를 알고 있을 것이 분명하다. 나는 별 수 없이 앞집 초인종을 눌렀다. 그러나 앞집에서는 아무런 반응도 보이지 않았다. 집에 없는 걸까? 아니면 잠을 자고 있는 걸까? 아무리 잠이 들었다고 해도 이런 상황이라면 잠에서 깨도 벌써 깼을 것이다. 그러나 앞집의 대답 없는 현관문이 야속하기만 하다.

여자는 남자가 되돌아가기를 바라면서 수수방관하려는지도 모른다. 소극적으로 일관하는 여자가 마음에 들지 않는다. 여자의 정신 상태가 궁금하다. 이젠 나도 별 수 없는 일이 되어버리고 말았다. 녀석이 지쳐 빈틈을 보이는 사이에 집으로 들어가 경찰을 부르는 수밖에는 별 도리가 없었다. 그런 생각으로 손을 놓고 있을 즈음 뜻밖에 엘리베이터의 문이 열리더니 두 명의 경찰이 내렸다.

"신고받고 왔습니다. 무슨 일이죠?"

"문 열어. 안에 있는 것 다 알아."

녀석은 경찰의 출현에도 아랑곳하지 않았다. 정말이지 못 말릴 녀석이다.

"다짜고짜 문을 두드리는 겁니다. 아마도 다른 집으로 착각한 모양입니다."

"문 열라고 제발!"

그 와중에도 녀석은 현관문에 매달려 안간힘을 쓰고 있었다. 그런 녀석이 애처로울 정도였다. 녀석은 흥분을 가라앉히지 못하고 나에게 달려들어 멱살을 잡았다.

"이 사람 술 많이 취했네."

경찰들이 막아섰지만 녀석은 막무가내였다.

"누굴 찾는지는 몰라도 집에는 아무도 없어요. 이 사람 정말 황소고집이네."

이제는 새벽의 볼썽사납던 폭력도 거의 막바지에 다다르고 있었다. 나는 이 사태가 빨리 끝나기를 바랄 뿐이다. 경찰들도 녀석을 달래기에 이르렀다.

"집에 있다니까! 확인해보면 알거 아니야?"

녀석은 절대 포기할 기색이 없었다.

"누가 있다는 겁니까?"

"내 애인이요."

"애인이 있다는데 사실입니까?"

"지금 술 취한 사람의 횡설수설을 믿는 겁니까?"

"그런 건 아니지만. 그래도 저렇게 고집을 피우니……."

경찰은 난감한 표정이었다.

"설령 있다고 칩시다. 그렇다고 이 사람한테 확인을 받아야 하는 건 아니잖아요."

"그것 봐. 이 자식이 우릴 못 만나게 하는 거라구. 너 가만두지 않을 거야."

달려드는 녀석을 경찰이 제압했다.

"이 새벽에 이게 무슨 날벼락이야."

"혹시 다친 곳은 없습니까?"

"한 대 맞기는 했지만 괜찮습니다."

"고소하진 않으실 거구요?"

"네. 많이 취한 것 같으니까 그냥 돌려보내세요. 그럼 수고하시구요. 전 이만 들어가 보겠습니다."

나는 최대한 빨리 평온을 되찾고 싶었다. 그런데 문을 열고 들어가려는 순간 또 일이 벌어졌다. 녀석이 나를 밀치고 집안으로 뛰어들어간 것이다. 순간에 벌어진 일이라 경찰들도 감당할 수가 없었다. 집으로 들어간 녀석은 신발도 벗지 않은 채 집안 곳곳을 뒤지고 다녔다. 경찰이 녀석을 끌어냈지만 녀석은 현관에 매달려 최후의 발악을 하기 시작했다.

"차은이, 네가 나한테 어떻게 이럴 수가 있어. 이거 놔. 당장 나오

지 못해. 숨는다고 내가 못 찾을 것 같아? 이거 놔요. 놓으란 말이에
요. 왜 나만 가지고 그래요."

급기야 녀석은 엉엉 울어대기까지 했다. 정말이지 꼴불견이었다.
아무리 술 먹으면 개라지만 너무한다. 나도 술을 마시면 저렇게 추잡
한 행동들을 서슴없이 보이는 것일까?

"안에는 아무도 없잖아? 정신 차립시다. 도대체 몇 동 몇 호에 찾아
온 겁니까?"

"606동 606호."

"이 사람 참. 여긴 605호잖아. 왜 남의 집에 와서 행패야. 606호에
당신 애인이 산다는 말이죠?"

"네."

녀석은 문 앞에 주저앉아 있었다.

"그럼 앞집이잖아. 아휴 술 냄새. 어디서 이렇게 많이 마신 거야.
한번 확인해 봅시다."

경찰이 앞집 초인종을 눌렀다. 그러나 안에서는 아무런 대꾸도 반
응도 없었다. 새벽의 소란을 신고했다면 아마도 앞집이었을 것이다.
그런데도 아무런 인기척이 없는 것을 보면 정말이지 모를 일이다. 아
마도 녀석과 마주치고 싶지 않아서 철저히 자신을 숨기려고 하는지도
모르겠다.

"아무도 없나 본데?"

"그럼 신고는 누가 한 거죠?"

"605호에서 싸운다고 접수가 들어오기는 했지만 누군지는 모르겠
습니다. 전화도 불통이고. 확인할 방법이 없네요."

경찰과 말을 주고받는 사이 녀석은 바닥에 시체처럼 널브러지고 말았다. 경찰들이 눈살을 찌푸리며 녀석을 일으켜 세우려 했지만 그럴수록 녀석은 몽롱한 공간 속으로 빠져들었다. 이제부터는 경찰들의 몫이었다.

기다렸다는 듯 엘리베이터의 문이 열리고 녀석은 경찰들의 도움으로 인사불성인 채 올라탔다. 문이 닫히고 쥐 죽은 듯한 고요가 숨 막힐 듯이 찾아들었다. 새벽을 뒤흔들던 주범인 녀석은 끝끝내 내게 미안하다는 말 한마디 남기지 않은 채 그렇게 사라졌다.

나는 혀를 걷어차며 현관문을 닫았다. 쓰나미가 밀려오고 난 뒤의 폐허라고 말해야 하나? 나의 보금자리는 쑥대밭이 되고 말았다. 멍하니 현관 앞에 서 있다가 녀석이 들쑤시고 다녔을 흔적을 확인했다. 우선 녀석의 흔적부터 지워야 한다. 괘씸하기는 했지만 이미 지난 일이다. 마음에 두지 않기 위해 걸레를 가져다가 바닥을 닦기 시작했다. 또다시 이런 일이 벌어진다면 그땐 내 주먹이 기필코 용납하지 않을 것이다. 걸레를 몇 번이고 빨아가며 바닥을 닦고 또 닦았다. 그러고 나서야 어느 정도 안정을 되찾을 수 있었다.

맥주 한잔이 간절하다. 냉장고 문을 열고 캔맥주를 꺼낼 때 다시금 초인종이 울렸다. 녀석이 다시 온 것인가? 그렇다면 이번에는 철저히 무시할 것이다. 짜증이 미간에 쌓였다. 재차 초인종이 울리고 나는 앞집 여자를 확인할 수 있었다.

"죄송합니다."

"그쪽이 신고했나요?"

"네."

"아는 사람이었나요?"

"네."

"무슨 사정이 있는지는 모르겠지만 다음부터는 이런 일이 없었으면 합니다."

"죄송합니다."

그러고 보니 여자의 얼굴이 하얗게 사색이 되어 있었다. 나는 더 이상 그런 여자를 나무랄 수 없었다. 뒤돌아 선 여자의 모습이 힘이 없어 보였다. 금방이라도 주저앉을 것만 같은 위태로움이 깃들어 있었다.

문을 닫고 돌아섰을 때 이런. 돌연변이 흰색 바퀴벌레가 나를 빤히 바라보고 있었다. 그러다가 내 반응속도를 시험하기라도 하려는 듯이 달리기 시작했다. 반사적으로 나도 덩달아 달렸지만 녀석은 또 나를 희롱하고 말았다. 아, 정말이지 지긋지긋하다.

나는 아직도 새로 이사 온 이 집에 적응을 하지 못했다. 앞집 여자와의 관계가 그렇고 또 바퀴벌레의 질긴 생명력에 이도 저도 하지 못하는 내가 나약해 보일 뿐이다. 바퀴벌레의 본거지를 찾아야 했지만 나는 아직도 짐작조차 하지 못하고 있다. 하지만 녀석은 뛰어봤자 바퀴벌레일 뿐이다. 녀석을 잡았을 때 나는 좀 더 담담해질 것이다.

모니터 앞으로 돌아와 맥주를 마셨다. 집중이 되지 않아 작업을 할 수는 없었다. 대신에 SNS를 벗 삼았다. 타임라인은 새벽이라 그런지 조용했다. 그러나 그다지 읽고 싶은 글들은 찾아보기 힘들었다.

비공개 관심인물로 등록시켰던 트위터리안의 글들을 읽기 시작했다. 그러나 생각처럼 입맛에 맞지 않았다. 그러다가 새 글이 올라왔다. remake606(은이). 아, 알고 보니 그녀다. 앞집 여자. 어디서 낯이 많이 익는다 했더니 바로 그 여자가 내 관심인물로 등록되어 있었던 것이다. 이제는 확실하다. 세상 참 넓고도 좁다. 이렇게 가까이에서 그녀의 존재를 확인할 수 있다니.

<바라보면 언제든지 그 자리에 서 있겠다고 말했는데. 나는 정작 등을 보이고 말았어. 얼마나 힘들고 괴로운지 이해할 수 있을 것도 같지만. 오늘처럼 그런 모습으로 나에게 연연하지 말았으면……. 중요한 건 과거도 미래도 아닌 지금이라는 걸.>

남자와 여자와 그 남자의 아버지. 애인의 아버지를 사랑한다는 그 여자. 앞집 여자는 사랑을 넉넉히 가질 수 있을까? 나는 앞집 여자가 점점 더 궁금해졌다. 하지만 그녀에 대해 많은 것을 알기에는 그녀는 더 이상을 이야기하지 않았다. 하지만 여자가 상당히 위험한 줄타기를 하고 있다는 것은 알 수 있었다.

아, 복잡한 것은 정말 싫다. 맥주나 마시자. 가볍게 마시고 가볍게 배설하면 그뿐이다. 나는 내 평온을 소중히 간직해야 할 의무가 있다. 제발, 내가 고수하고 있는 그 선을 넘어오지 않기를.

그래, 나는 나고, 너는 너다. 시간은 늙어가는 것만이 아니다. 시간은 스스로 성숙함을 보여주기도 한다. 내가 시간을 걸어가고 있음이다. 이 시간은 나에게만 존재하는 것이다. 문제는 지금이다. 나는 단지 지금에 집중해야 한다. 그런데 지금은 배가 고프다.

5

괜찮은 거야?

모니터에 벌레가 있나? 검은 것이 깜빡깜빡거린다. 한순간도 쉬지 않고 깜빡거리는 통에 어지럽기 짝이 없다. 녀석은 별 희귀한 곤충을 키우고 있는 모양이다. 저 녀석이 훑고 지나간 자리에는 알 수 없는 그림자들이 빼곡하다. 어디서 본 것도 같은데. 그렇다. 책에서 봤던 그림자들이다. 아무튼 나와는 상관없는 일이다.

녀석과의 마주침은 이제 일상이 되어버렸다. 잠시라도 녀석을 확인하지 못하면 무언가 알 수 없이 찜찜했다. 마주침의 희열에 나는 중독되어 가고 있는 중이다.

지금은 잠들어 있는 이 녀석을 어떻게 해야 할지 생각 중이다. 녀석은 곯아 떨어졌다. 내가 아무리 녀석의 얼굴을 걸어다녀도 녀석은 반응하지 않는다. 녀석의 휴식을 가만히 내버려둘 내가 아니다. 나는 녀석의 곤한 잠은 괴롭히기 시작했다. 녀석의 귀에 올라타서 간지럼을 태웠다. 하지만 여전히 반응이 없었다. 그렇다면 더 강도를 높여야 한다. 나는 녀석의 귓바퀴를 사정없이 뛰어다녔다. 그제야 녀석이 반응하기 시작했다. 녀석의 손이 귀를 후벼 파기 시작했다. 그 덕에 나는 하마터면 녀석의 귓속으로 빨려 들어갈 뻔했다. 자유낙하로 간신히 위험에서는 모면하기는 했지만 잠시 여유를 부린 것을 후회했다. 녀석에게 잠시의 틈도 주지 말아야 한다는 것을 잊고 있었다. 다음부터는 정신을 똑바로 차려야 할 것 같다. 내가 먼저 녀석에게 당할 일은 없어야 한다.

주방 식탁에는 한 상 푸짐하게 차려 있었다. 혼자 먹기에는 너무 많은 양이었다. 못난이와 둘이 먹어도 너무 많은 양이었다. 1년은 두고 먹어도 못 먹을 양이었다. 녀석의 성의를 무시할 수는 없다. 알고 보면 이 모든 게 내 소유다. 녀석이 소유한 것은 모두 내 것이다. 허락 없이 내 집으로 이사 온 이상 모든 것은 내게 압수당해야 한다.

먹을 것이 많으니까 옆집 사람들도 불러야겠다. 사실 나는 옆집 동료들과는 그리 친한 편이 아니었다. 친구들을 따라 몇 번 다녀왔을 뿐 자주 왕래하는 사이는 아니다. 그래도 내겐 지원군이 필요하기 때문에 이즈음에서 그들을 초대하는 것도 그리 나쁜 일은 아닐 것이다.

"우릴 도와줄까?"

"먹을 것이라면 사족을 못 쓰는데 당연하지."

"우리 집에 연막탄이 터졌다는 소문이 돌았을 텐데 그들이 올까? 아마 오지 않을 거야."

"그래도 한번 가봐야지. 혹시 모르는 일이잖아. 연막탄이 터진 건 벌써 오래전의 일이야. 분명 초대에 응할 거야."

나는 못난이를 뒤로 하고 집을 나섰다. 옆집으로 가는 것은 그리 어려운 일이 아니다. 현관문은 열 수 없지만 현관문의 틈으로 갈 수도 있고 또 창문 틈으로도 갈 수도 있다. 그것도 되지 않는다면 위험을 무릅쓰고라도 미로 같은 하수구를 통해 가는 길이 있다. 나는 가장 손쉬운 방법을 택했다. 그것은 현관문을 이용하는 것이다. 아직 대낮이지만 위험을 감수할 가치가 있었다.

못난이가 현관 앞까지 배웅을 해주었다. 그런데 못난이의 몸이 예전하고 다르다. 예전에는 민첩했는데 요즘 들어 몸이 둔해지기 시작했고 또 가리는 음식도 많았다.

"녀석이 지금 잠들어서 세상모르고 자니까 못난이 너는 먼저 가서 식사를 하고 있어. 그래도 혹시 모르니까 주의를 게을리하지 말고. 내 걱정은 하지 마."

나는 돌아서서 곧바로 현관 틈 사이로 집을 나왔다. 옆집까지는 그리 먼 거리가 아니었다. 하지만 그곳으로 가는 동안 사람들의 눈에 띄지 않아야 한다. 나는 재빠르게 내달리기 시작했다. 다행히 인간들은 지나다니지 않았다. 옆집의 현관문으로 들어갔다. 예전에는 밤에 놀러왔지만 지금은 낮이다. 무슨 일이 벌어질지 모른다.

"자고 있나?"

야행성인 우리는 주로 낮에 잔다. 별다른 일이 없고서는 낮에 움직이지 않는다. 그것은 사람들의 눈에 쉽게 뜨이기 때문이다. 개중에는 자기의 용기를 과시하듯 낮에 돌아다니는 동료들도 있었다. 어디를 가나 흔히 그런 녀석들은 있기 마련이다. 우리가 가장 좋아하는 주방으로 향했다. 주방에는 먹을 것이 있을 뿐만 아니라 냉장고, 전자레인지, 가스레인지, 싱크대 등 숨을 곳이 많기 때문이다.

"누구 없어요?"

대답이 없다. 모두들 자고 있는 모양이다. 간덩이가 배 밖으로 나온 녀석이 있을 법도 한데 없다. 이곳에서 무슨 일이 벌어졌던 것은 아닐까? 나는 괜한 걱정에 휩싸였다.

나는 직접 동료들을 찾아 나섰다. 우선 냉장고 뒤쪽이었다. 그곳에서 어린아이들이 도란도란 모여 자고 있는 모습이 보였다. 하지만 아이들을 깨울 생각은 없었다. 조금 더 걸어가자 자고 있는 동료를 발견할 수 있었다.

"이봐요?"

쉽게 잠을 깨울 수는 없었다.

"화생방, 화생방!"

목소리를 높여 소리를 질렀다. 그러자 동족들이 너도 나도 할 것 없이 기어나오기 시작했다.

"우리 집에 화생방이라니? 그럴 리가 없는데."

얼굴에 게으름이 잔뜩 걸려 있는 노인이 말을 걸어왔다.

"미안해요. 잠을 깨우고 싶은 생각은 없었어요. 단지 우리 집에 초대하고 싶어서 왔을 뿐입니다. 화생방 같은 것은 없어요. 그리고 이 집 사람들도 화생방에 대비해야 할 것 같아서요."

"이게 누구야. 우리 7촌 조카 아니야?"

"네?"

아저씨 한 분이 다가와 말했다. 나는 어리둥절했다. 아버지 말로는 옆집에 아저씨 한 분이 살고 계시는데 덩치가 산만하다고 했다. 자세히 뜯어보니 우리 집에 한번 놀러왔던 분인 것도 같았다. 덩치가 큰 것이 힘 꽤나 쓰게 생긴 분이었다.

"무슨 일이야?"

한번 안면이 있는 친구였다.

"너구나. 너희 집은 지난번에 연막탄이 터졌잖아. 살아있었구나. 다행이야."

"고마워, 걱정해줘서."

"우리 집에 너희 집 사람들이 모여 살아. 한 삼사십 명은 될 거야. 어서들 나와봐요."

듣던 중 반가운 소리였다. 우리 집에서 살던 분들이 이곳에 있다니 천만다행이었다.

"바퀴, 바퀴가 맞구나."

나는 뒤돌아보았다.

아! 그녀였다. S라인 그녀. 그녀가 이곳에 살아있다니 정말 꿈만 같았다. 숨이 멎을 것만 같았다. 그토록 걱정했던 S라인 그녀가 나를 불러주다니, 내게 말을 걸어오다니 나는 꿈이 아니길 바랐다. 볼을 꼬집었다. 역시 꿈은 아니었다.

"살아있었으면서 왜 집으로 돌아오지 않은 거야?"

"놀러 나왔다가 화생방 공격이 있었다고 해서 돌아갈 수 없었어. 그리고 다른 분들도 모두 여기에 있으라고 만류했었고. 그런데 정말 괜찮은 거야?"

"응. 난 괜찮아. 이제 돌아가도 돼. 가스 살포는 종종 있지만 우리가 살기에는 더 편해졌어. 먹을 것도 많고. 네가 좋아하는 책이 쌓여 있어. 넌 종이 먹는 걸 좋아하잖아. 질 좋은 종이도 많다고. 그리고 우리 집에 사는 녀석은 조금 덜떨어졌어. 우리가 우리 가족들의 복수를 하자. 난 같이 싸워줄 동료가 필요해. 지원군이 필요하다고. 난 녀석과 싸우고 있어."

말이 술술 나왔다. 내가 S라인 그녀 앞에서 그렇게 말을 쏟아낸 것은 처음이었다. 내가 왔다는 소식에 친척들이 다 모였다. 그리고 이 집 토박이들도 모여들었다. 사실 이 집은 너무 많은 이들로 북적인다. 이주를 가야 하는데 망설이고 있는 이들이 태반이었다. 게다가 우리 집 식구들까지 합세해서 살고 있으니 불만이 이곳저곳에서 터져나오는 것은 불을 보듯 뻔했다.

"모두 함께 집으로 돌아가는 거죠? 가서 우리 가족들의 원수를 갚아요. 녀석을 혼내주자구요. 언제까지 셋방살이를 하고 있을 거예요. 여긴 우리 집이 아니에요. 그리고 우리 집으로 이주해오고 싶은 사람들도 함께 가요. 넓고 좋아요. 여기처럼 포화 상태가 아니란 말이에요. 조용하고 좋단 말이에요. 너도 가자 S라인?"

S라인이 제일 먼저 고개를 끄덕였다. 문제는 다른 사람들이었다. 다른 사람들이 망설이고 있을 때 이 집의 토박이가 이주해오겠다며 의중을 물어왔다. 나는 망설임 없이 좋다고 말했다. 우린 다시 식구를 이루어 살아가는 것이다. 막을 필요가 없었다. 동료들이 많으면 많을수록 복수의 칼날은 더욱 시퍼렇게 변할 것이다.

나는 든든했다. 동료들의 호응을 받으며 나는 더 호소 짙은 연설을 한바탕 쏟아내었다. 내 연설에 감동받은 사람들은 너도 나도 박수를 치기 시작했고 우리 종족에 대한 무차별적인 공격을 감행해온 녀석을 탓하고 있었다.

나의 마음은 유독 S라인 그녀에게 향해 있었다. S라인이 이렇게 큰 도움이 될 줄은 몰랐다. S라인이 내 팔짱을 낀 채 옆에 서 있었다. 그렇지만 왠지 부담스러웠다. 못난이 때문이었다. 못난이가 이 사실을 알게 된다면 질투를 할 것이 뻔하다. 그런데 뭔가가 이상하다. 자세히 보니 예전의 S라인이 아니었다. S라인의 몸이 조금 부은 것 같았다. 예전에 풍기던 그 야릇한 흥분의 냄새도 느낄 수가 없었다. 왠지 아줌마 냄새가 나는 것 같았다. 하지만 상관없다. S라인이 옆에 있는 것만으로도 나는 흡족했다. S라인은 내 희망이다. 못난이에게 미안하기는 하지만.

S라인이 뒤를 따랐다. 그리고 예전의 가족들도 뒤를 따랐다. 이 집

의 토박이들도 몇몇 뒤를 따랐다. 우리는 한 식구가 되기 위해 우리 집으로 향했다. 현관 앞에서 잠시 발걸음을 멈추었다. 단체로 움직여야 했기 때문에 주의를 더 기울여야 한다. 자칫 잘못하다가는 집에 가기도 전에 길 위에서 객사하게 될 것이기 때문이다. 인간들의 움직임이 느껴지지 않는다. 나는 앞장서서 현관을 나와 냅다 달리기 시작했다. 그리고 집 현관에서 잠시 뜸을 들였다. 무작정 들어갔다가는 녀석에게 당하게 될지도 모를 일이다. 먼저 안으로 들어선 나는 녀석이 잠들어 있는 것을 확인하고는 식구들을 불러들였다. 집으로 들어온 식구들은 각자 자기가 은신할 만한 곳을 향해 산개했다. 아무런 탈 없이, 불상사 없이 집으로 되돌아올 수 있었으니 다행이었다. S라인은 여전히 내 옆에 붙어 있었다.

"앞으로 어떻게 할 거야?"

"모르겠어. 바퀴 옆에 있으면 안 될까?"

"내 옆에?"

"그래. 난 누군가의 도움이 필요해. 지금 임신 중이거든. 그러니까 같이 있게 해줘?"

나는 말문이 막혔다. 도대체 S라인을 임신시킨 녀석이 누굴까? S라인의 사랑을 독차지한 녀석이 부러웠다. 그 녀석이 나였다면 얼마나 좋을까?

"임신을 했다면 그 상대는 누구야?"

"없어."

"없다니 그게 무슨 소리야?"

아, 그렇다. 상대가 없다면 그건 분명 S라인의 처녀생식이 분명하다. 아마도 우리 집이 초토화된 것을 알고 나름대로 처녀생식을 선택했을 것이다. 그렇다면 다행이다.

"앞으로 태어나게 될 아이들의 아빠가 되어줄 수 없을까?"

"그……래."

나도 모르게 대답하고 말았다. 하지만 내겐 못난이가 있질 않은가. 있을 수 없는 일이었다. 그리고 내 아지트는 셋이 지낼 수 없을 만큼 협소하다. 그렇다면 두 집 살림을 해야 한다는 건데. 나는 S라인을 포기하고 싶지 않았다.

"실은 나 못난이와 지내고 있어. 그래도 괜찮겠어?"

"그래. 상관없어. 난 훌륭한 아이들의 아빠가 필요한 거야. 그리고 바퀴는 그럴 자격이 있어. 내가 친구들과 놀러가지만 않았다면, 그리고 조금 더 일찍 돌아왔더라면 바퀴 옆에는 내가 있었을 거야. 아마도 그랬을 거야. 난 오래전부터 바퀴를 생각하고 있었으니까. 질투 따위가 뭐가 소용 있겠어. 우리의 삶을 망쳐놓은 그 녀석이 문제지. 난이는 지금 어디에 있는 거야?"

"우선 식탁에서 식사부터 먼저 해. 임신했으니까 먹고 싶은 것도 많을 거야. 그리고 난이한테는 내가 말할게."

나는 식탁으로 S라인을 안내했다. 그리고 잠들어 있는 녀석의 동태를 살핀 후에 아지트로 향했다. 난이는 그곳에 숨어 있었다.

"옆집에 갔던 일은 잘 됐어?"

"응, 잘됐어."

"그래, 천만다행이야. 이제 우리 집도 북적거리겠구나. 이제 살맛나겠어. 그리고 축하할 일이 생겼어."

"뭔데?"

"나, 임신했어."

아! 이건 또 무슨 날벼락이란 말인가. 나는 말문을 열지 못했다. 왜 나는 아직도 그 생각을 못하고 있었던 것일까. 교미를 가졌다면 당연히 생각했어야 할 일이다. 그런데도 나는 미처 그 생각을 하지 못했다. 난이를 나무랄 수 없다. 당연한 일이다. S라인은 또 어떻게 생각할까? 또 바보 같은 생각을 하고 있다. 내게 있어서 이제 우선은 난이여야 한다.

"S라인이 돌아왔어. 옆집에서 생활하고 있었어. 그리고 한 가지 더, S라인이 임신을 했어. 상대는 없고 처녀생식이야."

"자기는 어떻게 할 건데?"

"모르겠어."

"난 상관없어. 하지만 아이들 아빠가 당신이란 것만 잊지 말아줘. 처녀생식이라면 모두가 딸이겠네. S라인 닮은 딸들 말이야."

"아마, 그럴 거야."

나는 차마 S라인이 아이들 아빠가 되어달라고 했던 말을 할 수가 없었다. 난이에게 너무 미안했다. 그렇다고 S라인을 못 본 채 두고볼 수도 없는 노릇이었다. 아, 답답하다.

"난 우리 아이들이 당신을 닮았으면 좋겠어."

난이의 말에 가슴이 뜨끔거렸다. 내 답답한 가슴에 일침을 놓는 말이었다. 괜히 옆집에 갔다는 생각이 들었다. 가지 않았더라면 이렇게 복잡한 상황은 없었을 것이다. 난이도 S라인도 포기할 수는 없다. 우리 종족은 종족 번식을 위해 자유로운 성생활을 즐긴다. 그런데 나는 왜 그런 것에 괜한 걱정을 하고 있는 것일까. 바보 같은 생각들. 어쨌든 시간이 해결해줄 것이다.

"식사는 했어?"

"아직. 무서워서 그냥 이리로 돌아오고 말았어."

"우선 뭣 좀 먹자."

나는 나오지 않겠다던 난이를 데리고 욕실을 나와 주방으로 향했다. 식탁위에는 산개했던 식구들이 모여 있었다. 우리는 식탁 위에 있는 음식들을 신나게 먹으며 떠들어댔다. 다행스럽게도 녀석은 아직 꿈나라에서 서성거리고 있었다.

우리의 몫은 먹고, 게워내고, 어지럽히고, 또 병균과 세균을 옮기는 일이다. 음식물을 먹으며 온갖 균들을 퍼뜨렸고 배설을 했다. 그 누구도 말리는 이 없었다. S라인도, 난이도 음식을 먹으며 배부른 한때를 만끽했다.

우리의 식성은 잡식성이다. 뚝배기 안으로 들어가 된장찌개를 먹기도 했다. 식탁에 함께 놓여있는 과일은 S라인과 난이가 독점했다. 아마도 임신과 동시에 입맛이 바뀐 모양이었다. 어둠이 내리기 시작했고 우리의 식탐은 더없이 활발해졌다. 옆집은 많은 인구로 포화 상태였기 때문에 배불리 포식을 할 수 없었다. 게다가 하루에도 몇 십 마리씩 초상을 치르기도 했다. 우리 집은 종족을 늘리기엔 딱 안성맞춤인 곳이었다.

S라인은 새로운 환경에 적응하기가 힘든 모양이었다. 반면 난이는 S라인을 의식하고 있었다. 둘 사이에서 나는 어정쩡한 모습으로 서 있을 수밖에 없었다.

내게 있어서 문제는 그 둘이 아니다. 녀석과의 본격적인 싸움이다. 하지만 인간을 상대로 한 싸움은 어쩌면 불가능한 일인지도 모른다. 더 확실한 방법으로 녀석을 제압해야 하는데 그 방법이 떠오르지 않았다. 어쩌면 종족을 늘려 시도 때도 없이 녀석을 괴롭히는 것이 하나의 방법이 될 수도 있을 것이다. 그렇다면 이미 반은 성공한 것이다. 우리의 종족들이 먹는 만큼 종족 수 늘리기에 힘을 쓴다면 충분히 가능한 일이다. 우리는 하나가 되어 녀석을 괴롭혀야 한다.

집안이 울리는 소리가 들린다. 쿵, 쿵, 쿵, 아마도 녀석이 잠에서 깨어난 모양이다. 큰일이다. 이대로 있다가는 녀석에게 당하게 될 것은 불을 보듯 뻔하다. 나는 비상을 외쳤다. 하지만 식구들은 내 말은 안중에도 없었다. 내가 두 번째 비상을 외치고 녀석이 가까이 왔을 때 식구들은 눈치를 챘다. 불이 켜지기 전에 우리는 산개했다. 나는 산개하여 주방 구석 천장에 매달렸다.

다행히도 난이가 S라인을 데리고 아지트로 향했다. 녀석을 냉장고에서 물을 꺼내 마셨고 뒤이어 시장했던지 식사를 하기 위해 뚝배기를 열었다. 그러자 미처 피하지 못한 식구들이 뚝배기 속에서 바동거리고 있었다. 녀석은 외마디 비명을 질렀다. 그리고는 뚜껑을 다시 닫고 작업실로 달려가 에프킬라를 가지고 왔다. 녀석은 지체하지 않고 에프킬라를 뿌려댔다. 뚝배기 속에 있던 식구들이 순식간에 죽음을 맞이하고 말았다. 에프킬라의 위력은 대단했다. 한 번 뿌렸을 뿐인데 안에 있던 식구가 제각각 뒤집어져 몸을 떨어댔다.

"바퀴벌레가 갑자기 어디서 이렇게 나타난 거야. 분명 바퀴벌레 약을 짜두었을 텐데."

가슴이 아프다. 또 다시 몇을 잃었으니 종족을 번식시키지 못한 우리로서는 큰 타격이다. 녀석은 우리 식구들을 찾아 구석구석을 살폈다. 한 손에는 에프킬라가 여전히 들려 있었다.

녀석은 천장 구석에 매달려 있는 나를 발견하지 못했다. 그 덕에 녀석의 행동들을 낱낱이 지켜볼 수가 있었다. 녀석은 우리 식구들이 보이지 않자 주방으로 돌아와 이제 쓰레기가 되어버린 음식물들을 음식물쓰레기봉투에 담아 밖으로 나갔다. 그리고는 한참 뒤에 라면을 사가지고 돌아왔다. 라면을 끓여 먹은 녀석은 설거지도 하지 않고 곧바로 작업실로 들어갔다. 아마도 녀석은 컴퓨터와 씨름을 할 것이다. 아니나 다를까 녀석이 들어간 작업실에서 자판 두드리는 소리가 들렸다. 한동안 잠잠하다가 또다시 자판 두드리는 소리가 들리기를 반복했다.

이제 안전한 상황이다. 적어도 얼마 동안은 녀석이 나오지 않을 것이다. 그때 난이가 보였다. 그 뒤를 따라 S라인이 모습을 보였다. 나는 서둘러 난이를 향해 달려갔다.

"왜 벌써 나온 거야?"

"S라인이 배가 고프다고 해서 어쩔 수 없었어."

"그래, 남은 것은 접시에 담겨 있던 찌꺼기뿐이야. 녀석이 게을러서 미처 설거지를 하지 못했거든. 그것만으로도 충분할 거야. 그리고 뚝배기에 남은 것은 먹지 마. 녀석이 독가스를 살포했거든. 아지트가 많이 좁았지. 내가 알아뒀는데 음식물을 쉽게 구할 수 있는 싱크대 주변 가스레인지 속이 어떨까?"

"좋아, 아지트보다는 넓을 테니까."

"그래 나도 찬성이야. 아지트란 곳은 돌아가고 싶지 않아. 냄새도 칙칙하고 내 적성에 맞지 않아."

난이의 대답에 S라인이 거들었다. 우리는 가스레인지 속에 자리를 잡았다.

"가스레인지에 불이 켜질 때를 조심해야 돼. 화상을 입을 수도 있거든. 그리고 녀석은 언제 어디로 튈지 몰라. 그러니까 항상 주의를 게을리 하면 안 돼. S라인은 난이와 항상 같이 움직여. 난이가 녀석의 습성을 잘 아니까 많은 도움이 될 거야. 그리고 바닥에 깔린 것은 웬만해서는 먹지 않는 게 좋을 거야. 난 녀석에게 가볼게."

예전의 나였다면 S라인 앞에서는 단 한마디도 하지 못했을 것이다. 그런데 이상하게도 말이 술술 나온다. 이상한 일이다. 그리고 S라인이 여자로 보이지도 않았다. 반면에 난이에게는 이상한 감정이 생겼다. S라인보다도 난이에게 더 끌리기 시작했고 또 익숙한 냄새도 났다. 내가 정말 사랑하고 있는 여자가 난이란 말인가? 왜 S라인에게서는 맡지 못했던 묘한 냄새가 나는 거지? 그 이유를 알 수 없었다. 그동안 난이와 함께 지내던 날이 많아서 나는 난이에게 더 정이 가는지도 모른다. 익숙한 것을 좋아하는 나이지 않은가. 그렇다면 그만큼 난이는 나에게 익숙해 있는 것이고 반면 S라인은 아직 익숙해지지 않은 것이다. 나는 S라인에게 뭔지 모를 거리감을 느끼고 있었다. 그렇다고 S라인에게 향하던 감정이 식은 것은 아니었다.

여자들은 묘한 매력을 가지고 있다. 아니 어쩌면 그 묘한 매력이라는 것은 남자 스스로 만들어내고 있는 것인지도 모른다. 그렇게 못생겨 보였던 난이에게 사랑의 감정이 싹트다니.

나는 곧바로 녀석이 있는 작은 방으로 향했다. 녀석은 모니터를 보면서 무언가를 잔뜩 만들어놓고 있었다. 곤충의 움직임이 깜빡거리며 오가기를 반복하고 있었다. 녀석이 만드는 것은 책의 일종인 것 같았다. 어쨌든 녀석이 무엇을 만들던 간에 나와는 상관없는 일이다. 아니 어쩌면 상관있는 일인지도 모른다. 녀석이 그토록 공을 들이는 것을 보면, 그리고 지난번처럼 그림이 지워졌을 때 당황했던 것을 보면 녀석에게는 아주 중요한 것일 테다. 그 중요한 것을 빼앗아야 한다. 그러기 위해선 컴퓨터를 빼앗아야 할 텐데 나에게는 저 큰 컴퓨터를 짊어지고 갈 힘이 없다. 그렇다면 컴퓨터 본체의 부속품이라도 고장내야 한다.

나는 어두컴컴한 방을 유유히 걸어갔다. 그리곤 컴퓨터 본체 안으로 잠입했다. 그러나 무엇을 어떻게 해야만 컴퓨터를 고장낼 수 있는지 알 길이 없었다. 무작정 달려들고 볼 수밖에 내가 할 수 있는 일은 없다. 첨단 장비이기 때문에 한곳만 망가져도 컴퓨터는 무용지물이 되고 말 것이다. 이 집에서 이사 간 사람들의 텔레비전을 고장냈던 기억이 있었다. 나는 뭣도 모르고 부품 위를 돌아다니다가 마음에 드는 색깔의 부품을 빼가기 위해 며칠 밤낮을 고생했었다. 부품을 빼다가 S라인의 선물로 주려 했던 것이다. 친구들의 도움을 받아 부품을 빼내려 했지만 소용이 없었다. 결국 나는 실패하고 말았다. 그 후부터 텔레비전이 지지직거리기 시작했다. 괜한 욕심 탓에 텔레비전만 보지 못하게 되었었다.

나는 그 방법을 선택했다. 이제부터 녀석의 컴퓨터를 향해 돌격이다. 가장 만만한 것을 골라 물어뜯기 시작했다. 그러나 짧은 시간 안에 그것을 망가뜨리기란 쉬운 일이 아니었다. 그리고 컴퓨터 안은 더 웠다. 땀이 비 오듯이 쏟아졌다. 결국 나는 기진맥진한 상태로 밖으로 나왔다. 바로 그때였다. 녀석의 거동이 심상치 않았다. 다행히도 녀석은 나를 보고 있지 않았다. 녀석은 휴지를 뜯어 조심스럽게 자리에서 일어섰다. 그러다가 책장 쪽을 향해 후다닥 달려갔다.

아, S라인이었다. 저 멀리 책장 쪽에 S라인이 보였다. 녀석은 잠시 멈추었다. S라인도 멈추었다. 아마도 S라인은 책을 맛보기 위해 책장을 찾은 것일 테다. 난이와 함께 있으라고 그토록 말했건만.

녀석이 슬금슬금 S라인에게로 다가갔다. 그리곤 재빠르게 달려가 휴지로 S라인을 눌렀다.

"안 돼."

순식간이었다. 녀석은 S라인을 누른 것도 모자라 짓이기고 있었다. S라인의 최후를 보는 순간 나는 비명을 질렀다. 그 비명소리는 사방으로 애타게 울려 퍼졌다. 녀석은 그 어느 때보다 당당했다. 입가에 서린 미소는 비열하기 짝이 없었다.

"복수하고 말 거야. 복수할 거야."

너무나 처참한 광경이었다. 내가 집으로 데리고 오지만 않았어도 S라인은 옆집에서 잘 먹고 잘 살고 있었을 것이다. 나의 괜한 욕심에 결국 S라인은 죽고 말았다. 나 스스로가 원망스러웠다. 그리고 S라인과 함께 있어주지 않은 난이가 원망스러웠다. 하지만 그것은 누구의 탓도 아니다. S라인의 선택이었다.

나는 한동안 그 자리에서 움직일 수 없었다. 아무 의욕도 생기지 않았다. 가슴이 저려왔다. 이제 이 세상에서 S라인은 사라졌다. S라인을 다시는 만날 수 없다. S라인의 죽음으로 나는 좌절을 맛보았다. 나는 발길을 돌려 아지트로 향했다. 난이는 없었다. 아마도 가스레인지 속에서 내가 돌아오기를 기다리고 있을 것이다.

이 집은 무덤이다. 나는 잠시 나태했던 자신을 원망했다. 이 집에서 그 잔인했던 살상이 벌어졌음을 잊고 있었다. 이 집은 무덤이고 양변기는 비석이 되어 저렇게 서 있다는 것을 가슴에 새겨야 한다. 또 얼마나 많은 살생이 묵인될지 나는 아직 감당할 준비가 되어 있지 않다. S라인의 죽음처럼 더는 무책임할 수는 없다.

우리 바퀴벌레들은 인간들에 의해 수 없이 죽어나간다. 모든 것은 인간들 탓이다. 왜 인간들은 우리를 강점하고 한시도 편안하게 놔두질 않는 걸까? 함께 공생하며 살아갈 수 있는 방법은 없는 걸까? 세상은 너무나 불공평하다. 우리에게도 그만한 힘을 주었어야 하는 것 아닌가. 매일 살생을 저지르는 인간들을 어떻게 용서할 수 있겠는가.

이제는 돌이킬 수 없는 일이다. 그리고 나의 복수는 힘없는 발악에 불과할 뿐이다. 나는 나를 자책했다. 인간으로 태어나지 못한 것을 원망했다. 왜 하필이면 바퀴벌레로 태어나 하찮은 대우를 받고 살아가야 하는 것일까? 세상은 너무 불공평하다. 그래도 바퀴벌레로 태어난 이상 어쩔 수 없다. 녀석과 싸울 수 있을 때까지 힘을 다해 싸울 것이다.

죽음을 맞이하던 그 순간의 S라인이 자꾸만 떠올랐다. 겁에 질린 S라인의 얼굴을 기억에서 지울 수가 없었다. 나는 자괴감에 빠져들었다. 밖에서 쿵하는 소리가 들려왔다. 현관문 소리였다. 누군가 찾아왔거나 아니면 녀석이 나가는 소리일 것이다. 하지만 나는 그에 반응하지 않았다. 나에게는 무력함만이 남아 있었다.

"바퀴야? 자기야?"

난이의 목소리였다. 난이는 어느새 아지트로 들어왔다. 그리곤 나의 옆에 앉아 한동안 말을 꺼내지 않았다. 나도 말하고 싶은 생각이 없었다. 그렇게 얼마간의 시간이 흘렀는지 모른다. 먼저 말을 꺼낸 것은 난이였다.

"얘기 들었어."

"……."

"S라인, 아마 좋은 곳으로 갔을 거야."

"왜 잡지 않았어?"

"말릴 수가 없었어. 자꾸만 책 냄새가 당긴다면서 작은방으로 가는 거야. 내가 뒤를 따라 갔지만 소용없었어."

"그래도 잡았어야지. 말렸어야지. 그랬다면 S라인은 죽지 않았을 거야. 더군다나 S라인은 임신 중이었다고."

난이는 아무 말도 하지 않았다.

"돌아가!"

나는 딱 잘라 말했다. 난이가 화풀이의 대상이 된 것이다. 속으론 그렇지 않았다. 난이의 품에 안겨 엉엉 울고 싶은 심정이었다. 하지만 그러기는커녕 난이를 몰아세우고 말았다.

난이가 돌아가고 나서 한참 동안 나는 슬픔에 잠겨 있었다. 부모님의 죽음과 친구들, 동료들의 죽음, 그리고 S라인의 죽음은 내게는 감당하기 어려운 일이었다. 2주 동안의 믿을 수 없는 일들이 주마등처럼 스치고 지나갔다. 과연 내가 할 수 있는 일이 뭘까? 나는 녀석을 상대로 그동안 무엇을 해온 것일까? 내게는 준비된 것이 아무것도 없었다. 녀석은 준비되어 있었다. 그렇기에 그 많은 살상을 할 수 있었던 것이다. 또 언제 녀석이 비밀무기를 꺼내들고 우리를 공격해 올지 모를 일이었다. 녀석에게 나는 죽은 목숨이나 다름없다. 녀석에게서 내 목숨은 개미 목숨만도 못한 것이다. 제아무리 뛰어다녀도 나는 녀석을 당해낼 재간이 없다. 내가 할 수 있는 일은 종족 번식과 가끔 녀석을 괴롭히는 일 뿐이다. 하지만 그것들이 복수라고 생각하지는 않는다. 녀석이 죽거나 내가 죽어야 복수는 끝이 나고 마는 것이다. 나는 여태까지 내가 주연이라고 생각했다. 하지만 나는 결국 조연이라는 것을 깨닫고 말았다. 녀석은 강력한 존재다.

그래, 이즈음에서 끝내는 것이다. 나는 무작정 녀석의 방으로 향했다. 그러나 녀석은 없었다. 며칠 동안 켜져 있었던 컴퓨터도 꺼져 있었다. 모니터가 잠들어버린 것이다. 무작정 달려온 내가 한심스러웠다. 집안 곳곳을 찾아다녔지만 녀석은 없었다. 식구들만 산책을 하고 있을 뿐이었다.

임신부가 앞을 지나갔다. 나는 S라인인가 해서 임신부를 다시 쳐다보았다. 그러나 S라인은 아니었다. 이젠 헛것까지 보이고 난리다. 식구들은 나름대로 집에 잘 적응하고 있었다. 곳곳에서는 교미가 이루어지고 있었다. 당연한 일이다. 이 집을 통째로 삼키기 위해서는 종족 번식이 최우선이기 때문이다.

나는 그들을 훼방하고 싶지 않았다. 나는 조용히 소파로 향했다. 그리고 녀석이 나간 집에서 주인 행세를 했다. 오늘 같은 날은 슬픈 드라마라도 보고 싶은데, 내겐 리모컨을 누를 힘이 없다. 인간이 눌러

쥐야만 텔레비전을 볼 수 있는 것이다. 그것은 우리가 그만큼 인간에게 의지하며 살아왔다는 것이다.

나는 난이가 있을 가스레인지 속으로 가려고 길을 나섰다. 그때 현관문이 열렸다. 동시에 불이 켜졌고 털북숭이가 안으로 뛰어들어왔다. 뒤를 이어 녀석의 애인도 들어왔다. 녀석은 짐을 한보따리 안고 들어왔다. 나는 녀석을 똑바로 지켜보았다. 그러나 녀석은 나를 미처 발견하지 못한 모양이었다. 녀석은 또다시 밖으로 나가 짐을 가져왔다. 그동안 나는 그 자리에 서 있었다. 그러나 그 누구도 나에게 관심을 보이지는 않았다. 애완견 털북숭이는 집안 곳곳을 헤집고 다녔다.

나는 일방적으로 무시당하고 말았다. 어이없는 노릇이었다. 다른 때는 잡아먹지 못해 안달을 하더니 지금은 아예 신경도 쓰지 않다니. 이건 나를 물로 보는 행위다. 싸가지가 바가지다.

"맥주 마실래?"

"좋아."

여자가 소파에 앉은 채로 대답했다. 녀석이 냉장고에서 캔맥주를 꺼내왔다. 죽이 척척 잘 맞는다. 그래 언제까지 그렇게 죽이 잘 맞는지 두고 보자. 캔맥주를 마시기 전 둘은 입을 맞추어 타액 교환을 했다. 눈꼴사나워 못 보겠다.

녀석이 TV를 틀었다. 때마침 드라마가 하고 있었다. 오랜만에 보는 드라마다. 드라마의 내용은 막장이다. 일명 막장 드라마라고도 한다. 여자 주인공이 남자에게 배신을 당하고 복수를 하기 위해 남자가 사귀는 여자의 오빠에게 접근하는데 알고 보니 여자 주인공의 이복오빠라는 내용이었다. 드라마의 폭행이다. 그동안 내용이 어떻게 흘렀는지 모른다. 그건 그동안 TV를 볼 수 없었기 때문이다. 나는 드라마를 아주 좋아한다. 전에 살던 사람들도 드라마를 좋아했었다. 그래서 드라마를 자주 볼 수 있었지만 이 녀석은 드라마에는 통 관심이 없다. 관심이라고는 모니터에 그림자를 만드는 것 밖에는 없었다. 하나부터 열까지 마음에 드는 구석이란 없는 녀석이다.

어라, 녀석이 애정행각을 벌이기 시작했다. 인간들의 교미 방법이다. 나는 둘을 유심히 지켜보았다. 인간들은 교미를 할 때마다 옷을 벗는다. 그리곤 알몸이 되어 본격적인 행위가 이루어진다. 적나라한 포르노 한 편이다. 눈꼴셔서 못 봐주겠다. 하지만 어찌하랴 내 힘으로는 둘 사이를 갈라놓을 수 없는 것을. 털북숭이도 보기가 민망했던지 턱을 바닥에 대고 TV만 멍하니 바라보고 있었다. 보면 볼수록 흉측하다. 여러 가지 체위로 바꿔가면서 불을 내뿜고 있었다. 이럴 때 뒤통수라도 한 대 갈겨주는 건데. 저 여자의 머리끄덩이를 잡고 흔들고 싶다. 나도 남 잘되는 걸 못 보는 성격이다. 다른 사람 같았으면 그러려니 생각하겠지만 이 녀석만큼은 그대로 내버려둘 수가 없었다.

이제 더 이상 드라마에는 별 흥미를 느끼지 못했다. 나는 소파 밑을 기어내려갔다. 불이 꺼져 있었기 때문에, 그리고 소파가 회색이라서 녀석에게 발각될 염려는 없었다. 나는 아지트나 난이가 있는 가스레인지로 가려다가 발길을 돌렸다. 녀석을 골탕먹일 생각이었다. 가만 있자, 어떻게 골탕을 먹인다? 나는 곰곰이 생각에 잠겼다. 하지만 딱히 생각이 떠오르지 않았다. 녀석은 여전히 가쁜 숨을 몰아쉬며 여자에게 달라붙어 잠시도 떨어질 생각을 하지 않았다. 여자도 물론 마찬가지였다. 어쩌면 여자가 더 적극적인지도 모른다. 여자는 아래에 누워 있는가 싶더니 위로 올라타 녀석을 기쁘게 만들었다. 교미를 하는데 왜 저렇게 괴성을 질러대는지 모르겠다. 녀석이나 여자나 똑같았다. 실오라기 하나 걸치지 않고, 창피한 줄도 모른 채, 누가 보고 있다는 것조차 의식하지 못하는 향락의 순간이다.

사람들의 교미를 몇 번 봤지만 저렇게 서툴고 또 격정적인 교미 방법을 보지는 못했다. 사랑은 참 대단한 위력을 지니고 있는 것 같았다. 내가 보기에는 아플 것 같은데 녀석과 여자는 그것을 쾌락으로 승화시키고 있었다. 금방이라도 산의 정상을 넘어 산 아래로 굴러떨어질 것 같았다. 녀석은 여자에게 정신없이 달려들었고 여자는 그런 녀석을 받아주기에 급급했다. 하긴 결혼할 사이에 가릴 것이 뭐가 있는가. 녀석은 더욱더 거친 숨을 내쉬었고 여자는 질퍽한 신음을 토해내기 시작했다.

보고 있을 수만은 없다. 나는 털북숭이의 등을 타고 올라갔다. 털북숭이는 아무런 반응도 보이지 않았다. 역시 내가 생각했던 것처럼 무딘 놈인가? 나는 털북숭이의 얼굴을 향해 조심스럽게 발걸음을 옮겼다. 눈을 감고 있다. 이런, 잠들었잖아. 한심한 놈 같으니라고. 녀석과 여자의 신음소리를 자장가쯤으로 생각하는 모양이다. 어떻게 그렇게 빨리 잠들 수가 있지? 게다고 코까지 드렁드렁 곯고 있으니 정말 못 말릴 놈이다. 강적은 따로 있었던 것이다. 그래 오냐, 너를 이용해야겠다.

나는 녀석의 잠을 깨우기 위해 털북숭이의 얼굴을 뛰어다녔다. 하지만 무디긴 무딘 놈인가 보다. 그렇게 달려도 꿈쩍하지 않는 것을 보면. 나는 방법을 바꿔 놈의 귓속으로 들어갔다. 그러자 곧바로 반응이 왔다. 녀석은 귀를 후벼 파다가 잠에서 깼다. 그리고 울부짖으며 사방으로 뛰어다니기 시작했다. 그러다가 발라당 누워 고통의 괴성을 지르기 시작했다. 그 탓에 한 몸이 되어 뒹굴던 녀석과 여자가 관심을 보이기 시작했다.

털북숭이는 몸을 부르르 떨며 초주검이 다 되어 있었다. 그러면 그럴수록 나는 놈의 귓속 깊은 곳으로 들어가 더 박박 긁어댔다. 털북숭이가 울기 시작했다. 얼핏 털북숭이에게로 뛰어오는 녀석과 여자의 모습이 보였다.

녀석의 아랫도리가 덜렁거렸다. 참 꼴불견이다. 눈을 뜨고는 보지 못할 광경이다. 여자의 모습도 가관이었다. 녀석과 여자는 결국 교미의 절정에 달하지 못한 채 아쉬움을 남겼다. 여자는 털북숭이를 품에 안고 어쩔 줄 몰라 발을 동동 구르고 있었다. 녀석도 마찬가지였다. 지켜보던 녀석은 옷을 입기 시작했다. 그리곤 털북숭이를 여자에게서 받아 안고 진정시키려 애를 썼다. 그럴수록 나는 더 잔인하게 털북숭이를 괴롭혔다. 그러면서 괜한 웃음이 쏟아져 나왔다. 녀석의 당황한 모습을 본 것은 이번이 처음이었다. 둘을 갈라놓으니 대성공이다.

"동물병원에 가야 할 것 같아."

여자도 옷을 입고 있었다. 걸쳐야 하는 것이 뭐가 그리 많은지. 벗을 때보다 옷을 입는 시간이 더 걸리는 것 같았다. 둘이 호들갑을 떨면서 맥주를 엎었다. 바닥은 맥주로 흥건했다.

"깨개갱, 깨에에갱, 깨갱"

그렇게 아프면 더 짖어대, 나는 신이 났다. 남의 아픔은 곧 나의 기쁨이다. 여자의 눈에서 굵은 눈물방울이 쏟아져 내리기 시작했다. 그것을 보면 여자는 털북숭이를 아끼는 모양이었다. 그 모습을 지켜보는 녀석의 얼굴은 걱정이 태산이었다.

나는 기뻤다. 왜 이렇게 속이 후련한지 모르겠다. 둘은 서둘러 현관 앞으로 달려갔다. 그 사이 나는 녀석의 고막을 힘껏 깨물고 발로 걷어찼다. 그리곤 서둘러 뛰어나와 고공낙하를 시도했다. 오랜만의 만족스런 고공낙하였다. 녀석과 여자는 신발을 신는 둥 마는 둥 신고 현관문을 열었다. 그리곤 쿵 소리가 들렸다.

내 입에서 웃음이 터져 나왔다. 그렇게 통쾌할 수가 없었다. 털북숭이의 비명소리가 허공을 가르며 이내 사라지고 말았다. 그래, 그대로 도망쳐서 다시는 이곳에 한 발짝도 들이지 마라. 그때까지도 우리 식구들은 보이지 않았다. 내 웃음소리에 식구들이 하나둘씩 밖으로 나오기 시작했다.

"무슨 일이야?"

제일 먼저 달려온 것은 난이였다.

"그럴 일이 있어."

나는 털북숭이의 약점을 알아냈다. 어쩌면 그 약점이 녀석에게도 통할지 모를 일이다.

"혼자만 웃지 말고 말을 해봐?"

"나만의 비밀이야. 하하하하."

나는 다시 소파 쪽으로 향했다. 소파는 녀석과 여자의 체액으로 끈적거렸다. 이상한 냄새에 숨이 막혔다. 다시 소파 밑으로 내려오자 바닥은 알 수 없는 물질로 흥건했다. 이것이 녀석이 말하던 그 맥주란 것인가? 나는 맥주를 손으로 찍어 먹었다. 꽤 괜찮은 맛이다. 괘씸한 녀석 이렇게 맛있는 것을 혼자서 먹다니. 나는 바닥에 깔린 맥주를 벌컥벌컥 마시기 시작했다.

"먹지 마. 큰일 날 수도 있잖아. 우리를 잡기 위해 녀석이 뿌려놓은 약일지도 모르잖아."

"그럼 벌써 증상이 나타났을 거야. 녀석이 먹을 수 있는 거라면 우리도 먹을 수 있는 거야. 설마 녀석이 독약을 마셨겠어? 걱정하지 말고 자기도 먹어봐. 맛이 좋아."

나는 전투에서 이긴 개선장군처럼 어깨를 쭉 폈다. 식구들은 녀석이 없는 집을 들쑤시고 다녔다. 그러다가 배설물을 남기는 식구도 있었다. 컵이며 접시 그것도 모자라 녀석이 먹다가 만 오징어를 뜯어먹고 싸고를 반복했다. 당분간은 마음놓고 뛰어다닐 수 있어서 좋았다.

맥주는 마시면 마실수록 기분이 좋아졌다. 그래서 사람들이 맥주를 마시는 거라고 나는 짐작했다. 그런데 얼마 지나지 않아 어지러움이 느껴지기 시작했다. 하지만 연막탄이나 에프킬라에 중독된 증상은 아니었다. 뭔가가 달랐다. 내 얼굴은 어느 사이 붉게 변했다.

"괜찮은 거야?"

난이가 걱정스럽게 쳐다보았다. 나는 그런 난이의 볼에 입맞춤을 했다. 그리곤 난이와 타액을 교환했다. 깊고 진한 입맞춤이었다. 난이를 안고 싶었다. 난이와 교미를 하고 싶었다. 하지만 난이는 거절했다. 임신 중인 것을 깜박 잊고 있었다. 옆에 S라인이라도 있으면 좋으련만, 나는 울다가 웃다가를 반복했다. 마치 실성한 사람처럼.

얼마를 더 마셨는지 모른다. 정신이 알딸딸하다. 맥주를 마셔서 그런지 난이가 그렇게 예뻐 보일 수가 없었다. 자주 맥주를 마셔야 할 것 같다. 그러면 난이가 더더욱 예뻐 보일 테니까. 인간들이 존경스럽다. 별걸 다 만들어 내니 말이다. 이제 돌아갈 시간이다. 그런데 발걸음을 떼려는 순간 바닥이 울렁거리기 시작했다. 나는 비틀거리고 있었다. 그런 나를 난이가 부축하고 나섰다.

"조금만 먹지 그랬어?"

"너도 먹어봐. 정말이지 맛이 끝내줘. 둘이 먹다가 셋이 죽어도 모를 맛이라니까."

"알았어, 알았으니까 녀석이 오기 전에 빨리 피하자. 오늘은 아지트에 가서 자야겠어."

"피하긴 왜 피해. 우리가 무슨 죄를 지었다고. 녀석이 오면 따질 거야. 왜 우리를 못 잡아먹어서 안달인지. 녀석은 내 손아귀에 있어. 두고봐 녀석을 내가 꼭 꺾어버리고 말테니까."

나는 강심장이다. 누구도 나를 이길 수는 없을 것이다. 그건 녀석도 마찬가지다. 나는 세상의 모든 것을 가진 것처럼 든든했다. 이제 태어날 2세들을 생각하니 더 뿌듯했다. 난이가 고마웠다. 나를 사랑하는 난이를 잠시나마 등한시했던 것에 대해 후회했다. 난이는 세상에 둘도 없는 내 마누라다. 언제까지나 이렇게 함께 걷고 싶었다. 이 밤이 다 새도록 함께. 하지만 시간은 너무도 빨리 흘렀다. 비틀거리던 내 걸음도 아지트에 도착해서 멈추었다. 맥주가 또 마시고 싶어졌다. 맥주는 알 수 없이 당기는 중독성을 지니고 있었다.

"이리 누워봐."

옆에 누운 난이의 배를 쓰다듬었다. 난이에게서는 익숙한 냄새가 난다. 마치 내 체취처럼 향기로운 냄새가. 너무 많이 마신 탓일까? 아니면 피곤하기 때문인가? 오늘은 말 많고 일 많은 날이었다. 나는 난이의 몸을 더듬고 또 더듬었다. 난이는 흥미를 느끼지 못했지만, 흥분을 하지 않았지만 만지면 만질수록 기분이 좋아졌다.

"나를 좀 어떻게 해줘. 사랑해 난이야!"

맥주 때문만은 아니었다. 언젠가 사랑한다는 말을 한번쯤 해주고 싶었다. 그날이 이렇게 빨리 올 줄은 몰랐다. 아쉬움을 뒤로 하고 나는 내일을 향해 달린다.

6

나는 어떻게 하라고

세상은 정말 요지경 속이다. 내가 바퀴벌레와 전쟁을 벌이게 될 줄이야. 생각만 해도 끔찍하다. 어쩌면 그 전쟁이 계속될지도 모른다. 어떻게 하면 바퀴벌레를 박멸할 수 있을까? 바퀴벌레를 잡아먹는 애완동물은 없을까? 하지만 어디서도 그런 말을 들어본 적이 없다. 바퀴벌레를 잡아주는 로봇을 만들면 어떨까? 아마도 불티나게 팔리겠지.

깜빡 잠이 들고 말았다. 그리고 핸드폰이 쉴 사이 없이 울리기 시작했다.

"어디야? 빨리 오지 않고?"

지난밤은 줄곧 화장실만 들락거렸다. 먹은 것도 없는데 아래로 줄줄줄 쏟아져 내리는 통에 여간 곤욕이 아니었다. 그것 역시 바퀴벌레 때문일 것이다. 바퀴벌레가 세균을 옮긴 것이 분명하다. 그런 와중에도 원고를 탈고하려고 밤을 꼬박 새웠다. 하지만 나는 결국 원고를 끝내지 못했다. 모든 것이 바퀴벌레 탓이다. 약을 먹었지만 멈출 기미를 보이지 않았다. 물만 마셨을 뿐인데도 금방 소식이 온다. 그렇다고 먹지 않을 수도 없는 노릇이었다. 잘못하다가는 결혼식장에서 큰 낭패를 보게 될지도 모른다. 빌어먹을 바퀴벌레들.

왜 하필이면 오늘 같은 날 일이 터지고 만 것일까. 내가 신중하지 않았기 때문에 벌어진 일이다. 그런데 주연이는 속사정도 모르고 시간 타령을 하고 있다. 아직 시간이 넉넉하게 남았는데도 말이다. 왜 이렇게 다리가 후들거리는 것일까. 아무래도 뭐라도 먹어야 할 것 같은데 막상 먹으려니 겁부터 난다. 두통에 미열 심지어 구토 증세까지 나를 괴롭히고 있었다. 이대로 예식장까지 갈 수 있을지 걱정이다. 옷을 갈아입기 위해 옷장 앞에 섰다. 그런데 또 소식이 왔다. 나는 후다닥 화장실로 달려가 급한 불을 껐다. 도저히 무리일 것 같았지만 그렇다고 결혼식을 연기할 수도 없는 노릇이다. 막막하기만 했다. 어디선가 바퀴벌레 녀석들이 나를 보고 낄낄대고 있는 것만 같다. 생각 같아서는 연막탄을 사다가 다시 한 번 터뜨리고 싶지만 신부를 기다리게 할 수는 없었다.

서둘러야 했다. 좋은 날이니만큼 신부의 얼굴에 근심이 깃들게 만들고 싶지는 않았다. 정장으로 갈아입고 주방으로 향했다. 탈수증상이 심했기 때문에 이온음료라도 마셔야 할 것 같았다. 냉장고에서 이온음료를 꺼내 잔에 따랐다. 그리고 한 모금 마셨을까, 바퀴벌레가 눈 앞에 보였다. 바퀴벌레는 보란 듯이 컵 가장자리에서 나를 노려보고 있었다. 바퀴벌레의 눈과 내 눈이 마주쳤다. 녀석의 눈이 점점 더 커졌다. 나는 깜짝 놀라 컵을 떨어뜨리고 말았다. 그리고 구역질을 했다. 일순간에 벌어진 일이었기 때문에 나는 대처할 수 없었다. 바퀴벌레는 어디론가 사라지고 말았다. 바퀴벌레가 문제가 아니었다. 유리컵이 하필이면 발등에 떨어지고 말았다. 유리컵이 발등에 떨어지면서 통증이 느껴졌고 동시에 피가 흥건하게 흐르기 시작했다. 하필이면 오늘 같은 날. 징조가 좋지 않았다.

이온음료를 털어내고 조심스럽게 양말을 벗었다. 출혈은 좀처럼 멈출 것 같지 않았다. 제기랄! 구급상자를 꺼내 소독을 했다. 우선 급한 대로 지혈을 했다. 그리고 거즈와 반창고를 찾았다. 응급처치를 한 다음에 다시 새 양말로 갈아신었다. 그만하길 다행이었다. 자칫 잘못했다가는 신경을 다칠 수도 있었다.

절룩거리며 현관 앞에 섰다. 빠뜨린 것이 없나 생각하며 뒤를 돌아 보았다. 그런데 저만치에서 돌연변이 바퀴벌레가 나를 비웃듯이 쳐다 보고 있는 것이 아닌가. 울화통이 터졌다.

"바퀴벌레는 야행성이라는데 우리 집 바퀴벌레는 왜 이렇게 독한 거야. 특히 돌연변이 저 녀석!"

절로 한숨이 쏟아져 나왔다. 그러나 언제까지 그렇게 기죽어 있을 수는 없었다. 내가 지금 달려가야 할 곳은 주연이의 곁이다.

구두를 신는데 발이 들어가지 않았다. 반창고 때문이었다. 할 수 없이 구두끈을 풀어 끈을 느슨하게 묶었다. 아래위로 나는 만신창이 나 다름없었다. 게다가 잠도 모자란 얼굴이라니 십년은 훌쩍 늙은 것 같았다. 이대로 결혼식장까지 갈 수나 있을까? 차를 몰고 갈 수 있을 지도 모르겠다. 핸드폰이 재촉했다.

"어떻게 된 거야? 출발은 한 거야?"

"출발했어. 도로가 막혀서 조금 늦을 것 같으니까 걱정하지 말고 기다리고 있어. 되도록 빨리 갈게. 그리고 얼굴 찡그리지 마. 신부 얼 굴에 주름 잡히면 곤란하잖아."

핸드폰을 주머니에 집어넣고 주차되어 있던 차에 올라탔다. 눈앞 이 침침했다. 이럴 줄 알았다면 안경을 쓰고 나올 걸 그랬다. 괜히 멋 좀 부려보겠다고 안경을 벗었더니 뭔가 허전하다. 하필이면 오른발을 다쳐서 운전하기가 좀 불편하다. 이럴 때 친구 녀석이라도 같이 있었 으면 도움이 되련만.

통증이 점점 심해졌다. 결혼식이 끝나면 피로연이고 뭐고 다 집어 치우고 먼저 병원에 달려가야 할 것 같다. 왜 안 좋은 일은 한꺼번에

겹치는 것일까? 탈고하겠다는 욕심만 부리지 않았어도 이런 일은 벌어지지 않았을 것이다. 괜한 욕심에 몸만 상했을 뿐이다.

차에 올라 얼마 가지 않았는데 꾸물거리던 하늘이 심상치 않더니 급기야 비를 쏟아붓기 시작했다. 아, 낭패. 하지만 비 오는 날 시집가면 신부가 잘 산다는 말도 있지 않은가. 이런 일로 신부의 맘이 상할까봐 걱정이었지만 나름대로 그 말에 위안을 가졌다.

이런 젠장. 도로가 막히기 시작했다. 주말인데 이 많은 차들은 도대체 어디서 이렇게 꾸역꾸역 치고받으면서 들어오는 것일까? 아직 20분은 더 가야 하는데. 마음이 조급해지기 시작했다. 20분이 40분이 될지도 모른다는 불안한 생각이 들었다. 차를 돌려 집으로 되돌아가 이 저주를 퍼부은 바퀴벌레를 짓이기고 싶은 심정이었다. 그래도 참고 신부가 기다리고 있는 곳으로 갈 수밖에 없었다. 주연이가 이런 내 모습을 보면 실망하게 될 것은 불을 보듯 뻔하다. 나는 룸미러를 통해 표정을 가다듬었다. 되도록 웃는 표정을 만들기 위해 안간힘을 썼다. 그런데 생각처럼 얼굴에 미소가 생기지 않았다. 발의 욱신거리는 통증과 아무것도 먹지 못해 허한 뱃속 게다가 비까지 오고 도로는 정체현상에서 벗어날 수 없다니 이건 정말이지 최악이다.

정체는 서서히 풀리기 시작했다. 하지만 이번에는 신호등이 문제였다. 달릴 만하면 신호등에 발이 묶이기를 거듭했다. 점차 짜증이 나기 시작했다. 운이 없어도 왜 이렇게 없냔 말이다. 조급해하지 말자. 되도록 침착하자. 하지만 생각과 몸은 따로 움직였다. 정말이지 지옥에 떨어진 느낌이었다. 신호가 풀리자 나는 서서히 움직이기 시작했다. 바로 그때 신호를 무시하고 달려온 차량에 의해 접촉사고가 나고 말았다. 눈 깜짝할 사이였다. 나는 황당함을 감출 수가 없었다. 어찌하면 이 악몽에서 벗어날 수 있을지 나는 감당할 수 없을 것 같았다.

"괜찮으세요?"

차창을 내리자 달덩이 얼굴의 아줌마가 서 있었다. 나는 소리 지를 힘조차 없었다. 아줌마는 순순히 자기의 잘못을 인정했다. 가벼운 접촉 사고였다. 아줌마는 하얗게 질려 있었다. 차에서 내리면서 발을 절룩거리는 것을 보고 더 사색이 되었다. 게다가 금방이라도 쓰러질 것 같은 나의 모습에 아줌마는 안절부절못했다. 나는 오히려 아줌마를 더 안심시켰다. 시간이 없었기 때문에 나는 아줌마의 연락처를 받아두었다. 그것으로 사고는 마무리되고 말았지만 그만큼 시간을 소비하고 말았다. 이대로는 안 되겠다 싶어서 차를 근처 주차장에 주차시켰다. 예식장까지는 택시를 이용하기로 했다. 택시를 잡아타자마자 기다렸다는 듯이 핸드폰이 카랑하게 성질을 부렸다.

"다 왔어. 한 5분만 더 가면 도착할 거야. 메이크업은?"

"다했어. 자기도 메이크업을 해야 할 것 아냐. 빨리 와. 기다리다가 눈이 빠지겠어."

"알았어. 걱정하지 말고 기다려."

"그런데 목소리가 왜 그렇게 힘이 없어? 무슨 일이라도 있는 거야? 도대체 왜 그래?"

"이제 다 왔어."

나는 서둘러 전화를 끊었다. 더 통화를 했다가는 눈물이라도 펑펑 흘리고 말 것 같았기 때문이었다.

도로 위의 정체로 택시는 가다 서다를 반복하고 있었다.

118

"결혼식에 가시나 봐요?"

"네."

"친구 분이 결혼하시나 보죠?"

나는 피식 웃어넘기고 말았다. 누가 나를 새신랑으로 보겠는가. 몰골이 말이 아니다. 택시기사가 그렇게 말한 것도 내 몰골을 보고 한 말 같았다. 새신랑도 신랑의 친구도 아닌 그저 하객쯤으로 보일 것이다. 내가 봐도 그랬다. 도무지 신랑 티가 나지 않았다. 그래도 웨딩 촬영을 할 때는 누가 뭐래도 신랑 티가 팍팍 났었는데 지금의 내 모습은 삶에 찌든 노숙자 같았다.

"여기부터는 걸어가는 것이 더 빠를 텐데요."

택시기사가 말했지만 나는 대답을 하지 않았다. 퉁퉁 부은 발로는 걸어가기란 무리였기 때문이다. 대답이 없자 택시기사도 말없이 전방을 주시했다.

도망치고 싶다. 멀리 도망쳐서 아무도 찾지 않는 곳에서 그저 편안하게, 한가롭게 지내고 싶다. 결혼식은 누가 만들었는지 모르겠다. 의식에 불과한 것을 꼭 복잡하게 예식장을 빌려가며 요란을 떨어야 하는 걸까? 신랑과 신부를 기계적으로 뽑아내는 그 공정이 싫다. 그저 간소하게 정화수 한 대접받아 놓고 서로 하나됨을 기약하면 되는 것 아닌가. 모든 것이 귀찮아졌다. 그렇다고 도망갈 수도 없었다. 나에게는 그런 용기가 없기 때문이다. 알고 보면 난 나약한 존재다. 바퀴벌레에 유린당했던 2주 동안의 아픈 기억들. 생각하면 나는 바퀴벌레만도 못한 그런 사람인지도 모른다.

예식장에 가까워질수록 나는 불안해졌다. 또 무슨 일이라도 벌어지지 않을까 조바심을 내고 있었다. 그리고 몸도 제대로 가눌 수가 없을 것 같았다. 다행히 택시는 예식장 앞에 나를 내려주고는 뒤도 돌아보지 않은 채 휭하니 떠나가고 말았다.

나는 절뚝거리며 예식장 안으로 들어갔다. 그런 나를 먼저 알아본 것은 친구들이었다.

"어떻게 된 거야?"

"신랑이 그게 무슨 꼴이냐? 피죽도 못 얻어먹은 사람처럼. 그리고 다리는 왜 그래? 다친 거야?"

"말도 마라. 결혼이 이렇게 힘들 줄은 나도 몰랐다. 그나저나 주연이는 어디에 있는 거야?"

"화장 끝내고 신부 대기실에 있어. 그런데 그대로 결혼식장에 들어갈 거야? 턱시도로 갈아입어야 하잖아. 그리고 화장도 해야 하고."

나는 친구들의 말을 들은 채 만 채 신부대기실로 향했다. 그리고 그곳에서 곱게 화장을 하고 웨딩드레스를 입은 채 가지런히 앉아 있는 주연이를 보았다. 순간 눈물이 핑 돌았다.

"어떻게 된 거야? 꼴이 그게 뭐야?"

"말도 마. 나 죽다가 살아왔어."

시계를 보니 예식이 15분도 남지 않았다. 나는 서둘러 턱시도를 입고 화장을 대충 끝냈다. 그렇게 차려 입고 보니 말끔해졌다. 하지만 화장을 한 탓에 허옇게 뜬 얼굴이 더 누렇게 떠 보였다. 그래도 할 수 없었다. 어떻게 해서든 예식은 마쳐야 했다. 이제 더 이상의 불상사는 생기지 않을 거라고 믿는다.

재수가 없는 사람은 뒤로 넘어져도 코가 깨진다는데 내가 그 꼴이

다. 서둘러 신부대기실에서 몇 장의 사진을 찍고 신랑 입장을 기다리고 있었다. 친가 식구들과 처가 식구들에게 인사도 미처 하지 못한 채 나는 어정쩡한 모습으로 서 있었다. 내 결혼식이라는 것조차 부담스러울 뿐이었다.

곧 예식이 시작되었다.

"신랑 입장"

하객들이 일제히 나를 바라보고 있었다. 나는 퉁퉁 부은 다리로 되도록 티가 나지 않게 입장하기 시작했다. 하지만 몇 걸음 가지 못하고 다시 절룩이기 시작했다. 친구들은 그런 나의 모습을 안타깝게 지켜보고 있었다.

예식만 마치면 곧장 병원으로 달려갈 것이다. 결혼식 뒤처리는 친가 형님들이 대신 맡아주면 그만이다. 이 고비만 잘 넘기자. 나는 이를 악물었다. 그리고 젖 먹던 힘을 다해 앞으로 성큼성큼 걸어갔다. 하객들의 박수소리가 이어졌다. 뒤이어 웨딩마치와 함께 신부가 들어오기 시작했다. 그런데 신부의 발걸음이 오늘따라 느리게 느껴지는 것은 왜일까. 나는 금방이라도 쓰러질 것만 같은데 신부는 웨딩마치를 즐기고 있었다. 1분이 10분 같은 지경이었다. 하객들의 박수 소리가 끝날 즈음 신부는 내게로 왔다.

참아야 한다. 버텨내야 한다. 몸무게가 20킬로그램은 빠진 것만 같았다. 혼인 서약을 하고 은사님의 주례사가 이어지기 직전이었다. 결혼식장 안이 술렁이기 시작했다. 나는 얼핏 뒤돌아보았다. 만삭의 여자가, 신부가 걸어왔던 길을 걸어 들어오고 있었다.

이건 또 뭐야? 악몽이다. 분명히 이건 꿈속일 거야. 그래야만 하는데. 젠장. 이젠 버틸 힘조차 남아 있지 않았다.

"우리 여보야?"

만삭의 여자가 큰 목소리로 말했다. 여자의 시선은 나를 향하고 있었다. 하객들이 오해하고도 남을 상황이었다. 신부가 나를 쏘아 보았다. 당장이라도 부케로 나를 후려갈길 것만 같았다. 친구가 여자를 끌고 밖으로 나가려 하자 여자는 뿌리치며 내 쪽으로 달려왔다.

"자기야! 거기서 뭐해?"

아, 미치고 환장할 일이다. 자기라니? 생판 처음 보는 여자가 나를 그렇게 부른다. 여자는 내게 달려와 내 팔을 잡고 늘어졌다. 있을 수 없는 일이다. 그러나 꿈속은 더더욱 아니다. 꿈이 아니고서는 이런 일이 벌어질 리가 없는데. 하지만 엄연한 현실이었다. 나는 황당함을 감출 수가 없었다. 어떻게 해야 할지 난감하기 짝이 없었다. 여자가 매달리자 신부를 데리고 들어왔던 처남이 나에게 달려들어 주먹을 날릴 찰나였다. 그때였다.

"예민아! 거기에서 뭐하고 있는 거야?"

50대 중반의 아줌마가 달려왔다. 그리고는 여자를 데리고 나가려 했다. 오해받기 안성맞춤인 이 상황에서 아줌마는 단 한마디 변명도 않고 걸어 나가려 했다.

"이봐요, 아줌마. 그냥 나가시면 어떻게 해요. 이 상황을 정리해 주고 가더라도 가야죠. 나는 어떻게 하라구요? 나 맞아 죽으면 아줌마가 책임질 거예요?"

나는 가까스로 아줌마를 잡아 세웠다.

결혼식장은 술렁이다 못해 난장판이 되기 일보직전이었다. 처남도 나를 향해 이를 갈고 있었다. 나 혼자로서는 감당할 수 없는 상황이었다. 빌어먹을.

"미안합니다. 우리 애가 정신이 없어서요. 미안하게 됐습니다. 정말이지 죄송합니다."

"엄마, 저 오빠는 누구야?"

"빨리 나가자."

모녀는 아무 일도 없었다는 듯이 대수롭지 않은 대화로 서 있었다. 결혼식장이 어느 정도 정리가 되어가는 것 같았다. 아줌마는 만삭의 딸을 데리고 무책임하게 도망쳐버렸다.

휴우. 저절로 한숨이 쏟아져 나왔다. 그러나 결혼식장의 분위기는 이미 깨져버리고 만 상태였다. 사회를 보던 친구도 고개를 절레절레 흔들어댔다. 다시 주례사가 시작되었다. 그런데 이건 또 무슨 날벼락이란 말인가. 잠잠했던 반응이 다시 오기 시작했다. 배가 살살 아프기 시작하더니 시간이 지날수록 속이 부글부글 끓기 시작했다. 금방이라도 아래로 주룩 쏟아낼 것만 같았다. 나는 괄약근에 힘을 주었다. 그러나 힘을 준다고 해서 모든 일이 끝나는 것은 아니었다.

얼굴은 비지땀으로 범벅이었다. 등짝으로 땀이 홍건히 흐르고 있었다. 나의 표정은 오만상이었다. 주례사를 하면서 은사님도 꽤 걱정이 되는 눈치였다.

참아야 한다. 결혼식을 이대로 망치면 안 된다. 나는 이를 악물었다. 이를 악물수록 속은 계속해서 요동을 쳤다. 더는 참을 수가 없을 것 같았다. 다리가 후들거렸다. 나는 은사님과 신부를 번갈아 쳐다보았다. 그러나 이런 내 속사정을 알 리 없었다.

나는 나도 모르게 손을 들었다.

"잠시만 쉬었다가 하죠."

하객들이 또 웅성거리기 시작했다. 나는 그 말과 동시에 결혼식장을 뛰어나갔다. 금방이라도 쏟아질 것이다. 아니 벌써 막장이다. 결혼식장에서 설사를 한다면 그건 또 무슨 망신살이란 말이야. 나는 괄약근에 힘을 주고 달렸지만 멀리 가지 못해 그 자리에 멈추어 섰다.

"뭐야, 신랑이 도망가는 거야?"

"세상에, 이런 결혼식은 내 살다가 처음이야. 별일이 다 있네. 이거원 참!"

사람들의 말이 귀에 들렸다. 그러나 그것에 귀 기울일 시간이 없었다. 내겐 지금 화장실 가는 것 외에 더 중요한 일은 없었다.

"결혼식은 잠시 쉬었다가 하겠습니다. 하객 여러분들께서는 잠시만 기다려주시기 바랍니다. 결혼식은 곧 다시 시작하겠습니다. 그러니까 자리에 다시 앉아주시기 바랍니다.

사회자가 혼란한 식장을 정리하고 있었다. 이젠 조금도 참을 수가 없을 것 같았다. 나는 마지막 힘을 다해 괄약근에 힘을 주고 화장실로 달려갔다. 하지만 화장실은 만원이었다. 젠장! 그나마 가장 끝에 문이 열려 있었다. 나는 물불을 가리지 않고 그곳으로 들어가 바지를 내렸다. 동시에 설사가 쏟아져 나왔다. 별로 먹은 것이 없었기 때문에 물만 나오는 것 같았다. 입에서 절로 한숨이 쏟아져 나왔다. 그리고 맺혀있던 얼굴의 식은땀도 점차 가시기 시작했다.

"괜찮아?"

친구들의 목소리였다.

"하마터면 쌀 뻔했어. 식장에 가서 주연이 좀 진정시켜줄래?"

"그래 알았어."

친구 중 한 명이 뛰어나가는 소리가 들렸다.

"결혼식장이냐? 난장판이냐? 너도 진짜 복 없다. 어떻게 이런 일이 벌어지는 거냐. 담배나 펴야겠다. 나도 보다보다 이런 결혼식은 진짜 처음이다."

속은 비웠는데 문제는 발이었다. 발이 쑤시기 시작했다. 축축한 것이 아직도 피가 멈추지 않고 흘러나오는 것 같았다. 하지만 문제는 결혼식장으로 빨리 달려가는 것이다. 그런데 휴지가 없다.

"휴지 좀 줄래?"

"야, 이를 어쩌냐? 휴지가 없어. 다 뒤져봤는데도 휴지가 없다. 이 예식장은 휴지도 안 걸어놓았네."

"손 닦는 휴지라도 있을 것 아냐? 그거라도 줄래?"

"없어. 이거 낭패다. 할 수 없지 내가 손수건이라도 줄 테니까 이걸로라도 닦아라."

친구가 밑으로 손수건을 건넸다. 할 수 없었다. 그거라도 사용을 해야 할 수밖에. 손수건으로 닦는데 아래가 쓰려왔다. 밤새도록 화장실을 들락거렸으니 당연한 일이다. 급하게 일을 처리하고 나는 화장실에서 나왔다. 발도 좀 살펴야 했지만 시간이 없었기 때문에 나는 식장으로 서둘러 달려갔다.

식장 안으로 들어서는데 하객들이 여전히 수군거리고 있었다. 그래도 나는 꿋꿋하게 걸어 들어갔다. 은사님께 죄송하다는 표현으로 인사를 꾸벅. 은사님의 주례사는 간단하게 끝나고 말았다. 그리고 하객들에게 인사를 하고 행진이다. 행진곡이 울려 퍼지고 나는 신부와 함께 보조를 맞춰 걷기 시작했다. 하지만 발이 절룩거리는 통에 행진이 마음대로 이루어지지 않았다. 신부와 어긋나기 일쑤였다. 힘겹게 발을 맞췄는가 하면 다시 발이 어긋났다.

어지럽다. 아무 소리도 들리지 않는다. 쓰러질 것만 같았다. 하지만 이렇게 쓰러진다면 식장은 쑥대밭이 되고 말 것이다. 쓰러지더라도 식이 모두 끝나고 쓰러져야 한다. 이를 악물고 또 악물었다. 이러다가는 이가 남아나지 않고 몽땅 빠지게 생겼다. 입안도 헐어서 쓰라렸다. 결혼식이 이렇게 엉망이 될 줄은 꿈에도 생각하지 못했었다. 지난밤에 작업이고 뭐고 다 때려치우고 잠이나 잘걸 괜히 오기를 부렸나 보다. 문제는 그 바퀴벌레 녀석들 때문이다. 바퀴벌레만 아니었어도 이런 일은 벌어지지 않았을 것이다. 하지만 이제 와서 탓한들 무슨 소용이 있겠는가.

행진 중에 사람들이 웃어대며 박수를 쳤다. 그중에는 짓궂게 휘파람을 불어대는 하객도 있었다. 드라마도, 아니 막장드라마도 이 정도는 아닐 것이다. 난 결국 사람들의 웃음거리가 되었다. 주연이 역시 얼굴 표정이 썩 좋지는 않았다. 예식이 끝나고 신부에게 한 방 먹을 걸 생각하면 아찔하다. 나는 결혼식 내내 신부가 화가 나서 식장을 뛰쳐나갈까봐 그것이 걱정되었다.

"이게 뭐야! 자기 각오해."

그래 나는 각오해야 한다. 예식을 망친 장본인은 바로 나이기 때문이다. 그리고 나 말고 또 각오해야 할 녀석들도 있다. 바로 바퀴벌레다. 기필코 끝을 보고야 말 것이다. 방제 업체에 연락해서 싹을 잘라

126

버릴 생각이다. 겁 없는 것들, 내가 가만두나 봐라. 오늘 이후부터 바퀴벌레 녀석들은 후회를 하게 될 것이다.

사진을 찍기 위해 앞으로 걸어갔다. 죽을 맛이다. 결혼식이 끝나가는 데도 즐겁지가 않았다. 여전히 내 얼굴은 오만가지 상이었다. 신부 역시 그랬다. 신부도 생에 한 번밖에 없는 결혼식을 망쳤으니 화가 날 만도 하다. 신부는 애써 웃음을 만들었지만 어색했다.

어지럽다. 주위가 온통 빙글빙글 돈다. 멀미를 하는 것처럼 속도 좋지 않고 금방이라도 속을 게워 낼 것만 같았다. 이제 마지막이다.

가족사진을 찍고 친구들과의 사진을 찍을 차례였다. 첫 컷은 그런대로 좋았다. 그런데 신부가 부케를 던지는 타임에서 문제가 발생했다.

"자기야, 나 좀 이상해."

말했지만 신부는 듣지 못한 모양이다. 이런 낭패가 다 있나. 친구들 중에 한 녀석도 눈치 빠른 녀석이 없다. 미련한 녀석들 같으니라고. 친구들과 신부 친구들이 더 신나 있었다. 정작 좋아해야할 나와 신부는 뚱한 표정에서 벗어날 수 없었다. 게다가 나는 지금 위태로운 상태다.

어라, 눈앞이 하얗다. 더는 견딜 수가 없었다. 부케가 날아가는 순간 누가 받았는지 보기도 전에 나는 그 자리에 쓰러지고 말았다. 더는 서 있을 힘이 없었다. 신부에게 미안했다.

"왜 그래. 정신 좀 차려봐?"

"자기야!"

얼핏 신부의 눈가에 눈물이 맺히는 것이 보였다. 하지만 그것도 잠시 눈앞이 다시 희부옇게 변해버렸다. 태어나서 이런 경험은 처음이다. 군대에 가서도 이런 일은 없었다. 아무리 더위를 먹어도 끄떡없던 나였다. 그런데 이렇게 예식장에서 그것도 사진을 찍다 말고 쓰러지게 될 줄이야. 나는 나약하다. 바보 멍청이다. 사람들의 조롱거리가 될지도 모르겠다. 아니 이미 입방아거리다. 그것이 싫다. 그렇지만 이미 벌어진 일은 돌이킬 수 없다. 나는 그만 정신을 놓고 말았다.

"빨리 병원으로 옮겨."

"119에 연락해."

"신랑이 쓰러지다니 이건 또 무슨 조화람!"

아련히 그러한 말들이 귓가를 스치고 지나갔다. 그리고 더 이상 아무런 소리도 느낌도 전해지지 않았다. 이대로 죽는 것은 아닌지 모르겠다. 알고 보면 나는 엄살쟁이다.

내가 눈을 뜬 것은 병원 응급실에서였다. 옆에서 주연이가 어두운 표정으로 나를 지키고 앉아있었다. 미안했다. 하지만 나는 미안하다는 말 대신에 다른 말을 하고 말았다.

"방제회사에 연락해. 녀석들의 씨를 말려야해. 그렇지 않고서는 분해서 잠을 이루지 못할 거야."

"또 그 소리야. 정신을 잃고 쓰러지면서도 그 말을 하더니. 걱정하지 마. 그깟 바퀴벌레 몇 마리 정도는 신경 쓰지 않을 테니까. 그러니 어서 몸이나 추슬러."

"미안해."

"괜찮아. 우리 자기한테 내가 더 미안하지. 자기 작업하느라 얼마나 힘들었는지 알아. 장염에 탈수, 게다가 발까지 그렇게 다쳤는지 미처 몰랐어. 내가 무딘 탓이야."

"피로연은? 우리 신혼여행은 어떡하지?"

"괜찮아. 안 가면 좀 어때. 다음에 가면 되잖아. 자기가 아프니까 나도 아프잖아."

내 사랑, 세상에 둘도 없는 내 사랑은 역시 다르다. 그러나 나는 피로연도 신혼여행도 망치고 싶지 않았다. 팔에는 링거바늘이 그리고 링거가 매달려 있었다. 나는 링거의 수액이 떨어지는 속도를 높였다. 그래야 친구들이 있는 피로연장으로 빨리 갈 수 있을 테니까. 신부에게 기억에 남는 결혼식이 되기를 바랄 뿐이다. 그렇지만 신부는 이미 기억에 남는 결혼식을 치른 뒤였다. 아마도 오늘을 잊지 못할 것이다.

나는 침대에서 일어나 앉았다. 목이 말랐다. 신부가 이온음료와 슬리퍼를 사왔다. 발에는 응급처치가 되어 있었다. 의사가 CT촬영을 권유했다. 할 수 없이 CT를 촬영할 수밖에 없었다. 촬영 결과가 나오는 동안 나와 신부는 애틋한 시간을 보냈다.

이 여자가 정말로 나의 아내란 말인가? 그렇다면 나는 행운아다. 외로운 내 가슴을 이제 곁에서 녹여줄 여자가 생긴 것이다. 생각만 해도 가슴이 뿌듯했다. 그러나 예식장에서의 일을 생각하면 아직도 얼굴이 후끈거린다.

의사가 발에는 문제가 없다고 했다. 찢어진 발등을 몇 바늘 꿰매는 것으로 마무리 지을 수 있었다.

"괜찮아?"

"응, 괜찮아. 이제 가자."

"어딜?"

"피로연장에. 친구들이 기다리고 있을 거야. 그리고 나는 팔팔하다고 이제 진정이 됐어."

신부의 만류에도 불구하고 나는 자리에서 일어섰다. 잠시 어지럼증이 느껴졌지만 견딜 만했다. 이런 일을 이겨내지 못한다면 남자가 아니다.

신부의 부축을 받으며 나는 택시에 올라탔다. 설마 더 큰 악몽은 벌어지지 않겠지? 지금까지의 악몽으로도 나는 충분하다. 택시 안에서 신부가 안겨왔다. 나는 벌써부터 첫날밤을 치를 생각에 들떠 있었다. 그건 신부도 마찬가지일 것이다. 택시가 우리를 피로연장에 내려주었다. 우리는 곧 피로연장으로 들어갈 수 있었다.

"이게 누구야 오늘의 주인공들 아니야."

"자, 박수!"

"축하해!"

친구들의 환영에 나는 결혼식을 실감할 수 있었다. 이제부터 주연이는 누가 뭐래도 나의 아내다. 아내를 위해 건배. 다 같이 건배. 오늘 같은 날은 죽었다 깨어나도 경험할 수 없을 것이다.

"막장 신랑을 위하여, 그리고 신부를 위하여 건배!"

막장 신랑이라는 말에 나는 껄껄껄 웃었다. 그래, 어쨌든 나는 이 순간을 즐기고 싶다. 다시는 없을 시간들이니까. 내게 큰 경험을 안겨준 바퀴벌레야 너희들도 건배다. 하지만 이제부터 각오 단단히 해야할걸!

꼭꼭 숨어라 머리카락 보인다. 아니 더듬이가 보이면 내가 달려가서 마지막을 선사하마. 나는 술래다. 자 술래잡기 시작.

나는 신혼여행을 마치고 집에 돌아오자마자 방제회사 직원을 불렀다.

"바퀴벌레를 모조리 쓸어낼 수 있겠지요?"

"그럼요. 우리 회사는 바퀴벌레가 박멸될 때까지 관리해드리고 있습니다. 더 이상 걱정하지 않으셔도 좋을 겁니다."

"믿겠습니다."

이제 걱정거리는 해결된 셈이나 마찬가지다.

저녁에는 처남 집에 가기로 되어 있었다. 일찍 부모님을 여읜 주연에게는 오빠 집이 곧 친정집이며 나에게는 처갓집이다. 결혼식장에서의 웃지 못할 에피소드를 생각하면 처남을 볼 염치가 없었다. 오늘은 처남과 적어도 늦은 시간까지 술을 마셔야 할 것 같다. 그런데 미처 선물을 준비하지 못했다. 뭐가 좋을까? 생각하다가 무심결에 컴퓨터를 켰다. 처남이 술 모으는 것이 취미라는 소리를 들은 적이 있다. 술이라면 막걸리, 소주, 맥주밖에 모르는 나로서는 정보가 필요했다. 그러기 위해서는 웹서핑이 제격이다. 그러나 어찌된 일인지 컴퓨터는 부팅이 이루어졌다가 바로 꺼지고 말았다. 멀쩡했던 컴퓨터가 먹통이 되다니. 그렇다면 내 원고는? 도대체 원인이 뭐야? 큰일이다. 이렇게 원고를 송두리째 날려버린다면. 아, 막막했다. 부디 그런 불상사가 생기지 않기를. 나는 할 수 없이 서비스센터에 전화를 걸었다. 다행히도 서비스센터에서는 근처에 직원이 나가 있으니 바로 처리해주겠다고 말했다.

한 시간쯤 기다리자 초인종이 울렸다. 서비스센터에서 직원이 나온 것이다. A/S기사는 컴퓨터 본체를 뜯어 이곳저곳을 신중하게 살폈다. 그리곤 컴퓨터를 껐다 켜기를 반복했다.

"파워서플라이에 문제가 발생했네요."

"그럼, 컴퓨터에 저장되어 있던 자료는 찾을 수 있나요?"

"네. 파워서플라이의 문제라면 그렇겠지만 하드웨어에도 문제가 발생했을 가능성이 있습니다."

"원고를 백업해두지 않았는데. 어떡하죠?"

"지금으로서는 그렇게 걱정하지 않으셔도 될 것 같습니다."

"원인이 뭐죠?"

"납땜이 타거나 파워서플라이의 전원부가 터져서 그럴 수도 있습니다. 먼지, 먼지가 많이 쌓여서 그럴 수도 있고 또 간혹 바퀴벌레 때문에 이런 문제가 발생할 수도 있습니다."

아, 바퀴벌레 녀석들. 끝까지 사람을 가지고 논다. 나는 바퀴벌레를 주범으로 몰았다. 걷잡을 수 없이 혈압이 올라갔다. A/S기사가 파워서플라이를 교체하자 컴퓨터는 거짓말처럼 생명을 되찾았다. 원고도 구사일생으로 살아남아 있었다.

A/S기사가 되돌아가고 난 후에 우린 집을 나서기 위해 현관 앞에 섰다.

"이 녀석들 어디 누가 이기나 보자."

나는 집을 나서며 회심의 미소를 지었다. 오늘은 마음껏 뛰어다녀라. 그리고 마음껏 먹어라. 그러면 내가 할 일은 너희의 사체를 쥐도 새도 모르게 치우는 것뿐. 이 싸움은 곧 나의 승리로 돌아갈 것이다.

괘씸한 것들 같으니라고. 어디까지 버틸 수 있는지 보자. 그리고 나는
너희가 없는 이 집에서 승리의 만찬을 즐길 것이다.

7

난이야, 난이야!

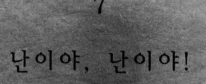

녀석의 그 회심의 미소가 왠지 찜찜하다. 나는 불안함을 감출 수가 없었다. 녀석이 또 무슨 일을 벌이고 있는지 알지 못하기 때문이다. 며칠간은 우리의 독무대였다. 하지만 오늘 녀석이 돌아왔으니 잠시의 휴전도 깨지고 말았다.

녀석과의 싸움도 이제는 흥미를 잃어가고 있었다. 끝없는 전쟁이 언제 까지 이어질지 모를 일이다. 성과 없이 지속되는 이 싸움에 나는 지쳐 있었다.

나는 난이와 지내는 시간이 많아졌다. 우리 가족은 어느새 많이 늘었다. 옆집에서 이주해오기도 하고 다른 집에서 방문하는 사람도 많았다. 문제는 도처에 위험이 도사리고 있어서 그것이 걱정이었다.

너무 뻔한 삶이 싫다. 뭔가 획기적인 일이 있다면 좋을 텐데. 우린 먹고 싸는 것, 자는 것에 너무 연연하는 것 같다. 인간의 강제 점령에 익숙해진 탓이다. 살아남기 위해서 먹어야 하고 살아남기 위해서 교미를 해야 한다. 종족 번식은 우리에게 있어 크나큰 일이다. 나 역시 종족 번식에 연연하고 있다. 집안을 돌아다니다가도 상대만 있으면 교미할 생각에 들떠 있기 마련이었다. 어쩔 수 없는 우리의 의무다. 인간을 상대하기 위해서는 그 방법밖에 없기 때문이다.

심심하다. 먹는 것도 싫고 동료들과 어울리는 것도 싫다. 이럴 때는 아지트에 틀어박혀 시간을 때우는 것이 그만이다. 나는 아지트로 향했다. 얼마 만에 와보는 아지트인지 모른다. 나는 잠시도 난이 옆에서 떨어지지 않았다. 난이가 원했기 때문이다. 난이는 알게 되면 될수록 새로운 매력을 만들어낸다. 내가 질릴 만한 일은 하지 않는다. 그러고 보면 난이는 S라인 그녀보다도 더 똑똑한지 모른다. 그것을 일찍 알았더라면 S라인에게 빠져 시간을 허비하지 않았을 텐데. 어쨌든 지금은 난이가 내 옆을 지켜주고 있다. 그리고 S라인은 이미 이 세상에 존재하지 않는다. 하지만 가끔 보고 싶을 때가 있다. 예전 우리 가족들이 행복했을 때로 돌아갈 수는 없는 걸까? 그때로 돌아가고 싶다. 난데없이 외로움이 밀려온다. 세상살이가 그리 달갑지 않다. 무엇을 해도 흥미를 느낄 수가 없다. 먹는 것도 싫다. 나는 점점 무뎌져가고 있었다. 그 무딤을 무엇으로 해소해야 될지 나는 모른다.

무기력함이 나를 짓누른다. 그 무기력함에 내 몸이 점점 더 무거워진다. 세상살이를 감당할 수가 없을 것만 같다. 나는 자살이라는 것을 오래전부터 생각하고 있었다. 녀석이 우리 집에 연막탄을 터뜨린 그날도 자살을 꿈꾸고 있었다. 혼자 살아남는다는 것이 무서웠다. 하지만 언젠가 우리는 죽기 마련이다. 그 언젠가를 내 의지대로 이끌 수가 없는 것이 조금은 서운하다. 내 생을 내 마음대로 조절할 수 있었으면 좋겠다. 그 방법은 오직 자살을 하는 방법밖에는 없다. 그러나 자살은 무의미의 일부일 뿐이다. 자살로 무의미하게 생을 마감하고 싶지는 않다. 그렇다면 뭐 좋은 방법은 없을까? 벌써 생의 마감을 준비하는 나이가 되었다는 것이 허무할 뿐이다.

아이들이 태어나고 또 그 아이들이 커서 인간의 강점 아래에서, 이 집에서 살아갈 것을 생각하면 우리 아이들이 너무도 불쌍하다. 그렇다고 인간의 강점에서 벗어날 수 있는 방법은 없다. 인간은 영원한 우리의 숙적이다. 숙적인 이상 공생할 수 있는 방법은 없다. 우리의 의지대로 숙적이 된 것은 아니다. 인간의 일방적인 생각에 의해 우리는 제거의 대상이 되어버리고 말았다. 인간이 이 세상을 지배하게 되면

136

서 우리는 그에 순종하여야 하는 대상이 되고 말았다.

인간은 가진 것이 많다. 그리고 신기한 물건들을 많이 만들어낸다. 그에 반에 우리의 지능은 많이 뒤처져 있다. 인간이 하늘이라면 우리는 그에 상응하지 못할 정도로 뒤처진 미개한 존재에 불과할 따름이다. 도무지 인간을 따라잡을 수가 없다. 인간에게 대항해봤자 더 큰 재앙만 몰고 올 뿐이다. 우리는 재앙을 대비하며 종족 번식에만 연연한다. 인간이 멸망하는 날 우리는 그제야 해방될 수 있을 것이다. 그러나 인간은 갈수록 발전해 간다.

뛰어난 지능을 가지고 태어난 바퀴벌레가 있더라도 우린 그 바퀴벌레의 지도력에 늘 불만을 가지고 살아왔다. 우리는 단결할 줄 모른다. 그것은 아무리 단결해도 인간을 이길 수 없기 때문인 것이다. 나는 자괴감에 빠지고 말았다. 그 자괴감에서 헤어날 수 있는 방법은 없다. 스스로 바퀴벌레임을 인정하고 살아가는 수밖에 별 도리가 없다. 나는 인간이 없는 세상을 꿈꿔본다. 그러나 인간이 없더라도 인간을 대신할 숙적이 또 나타날 것이다. 우리의 삶은 늘 그래왔다.

세상을 바꿀 수 있는 힘이 내게는 없다. 답답하다. 나의 수명은 얼마 남지 않았다. 기껏해야 7-8개월을 살 수 있을지 모르겠다. 상대적으로 인간에 비해 우리의 생은 너무나 짧다. 그 짧은 생은 먹고 싸고 즐기기에 급급한 삶이다. 나는 인간이 위대하다고 생각한다. 그 위대한 존재에 대항하는 나는 어떤가? 그건 객기에 불과하다. 나도 하찮은 바퀴벌레에 불과하다.

인생은 짧고 이루어야 할 것은 수없이 많다. 그것이 문제다. 그 거대함에 우리는 스스로 주눅 들고 만다. 나 역시 예외는 아니다. 인간과의 싸움에 벌써 지쳐 있지 않은가. 숨어 살아야 하는 이 징글징글한 세상. 떠나고 싶다. 내 삶을 놓고 싶다. 하지만 아이들이 문제다. 곧 태어나게 될 아이들에게 나는 아빠로서 큰 주춧돌이 되어야 한다. 나 스스로 무너지면 안 된다. 그것을 알면서도 나는 스스로 무너지지 못해 안달하고 있다. 내 자신이 한심하다.

"자기야? 여기에서 뭐하는 거야? 많이 찾아다녔잖아. 그런데 여기는 왜 와 있어?"

"그냥 생각할게 있어서. 그런데 왜 찾은 거야? 무슨 할 말이라도 있는 거야?"

"보고 싶어서."

난이가 다가왔다. 그리곤 내 품에 안겼다. 내 가슴이 요동치기 시작했다. 사랑은 이런 것이다. 곁에만 있어도 가슴이 뛰고 잠시만 떨어져도 참을 수 없이 보고 싶은 것이다. 나는 사랑을 뒤늦게 깨달았다. 난이가 고마웠다. 깨물어주고 싶을 정도로.

"만져줄까?"

"어딜?"

"알잖아."

스스럼없이 다가온 난이가 나의 가슴을 어루만지기 시작했다. 교미를 할 수는 없어도 흥분을 느낄 수는 있다. 나는 충분히 그럴 자격이 있다. 나는 난이를 힘껏 끌어안았다. 난이도 거부하지 않았다. 세상의 모든 것을 얻은 기분이었다.

"배가 많이 불렀어."

나는 난이의 배를 쓰다듬었다. 이제 곧 난이는 출산을 할 것이다.

난이의 배가 불러올수록 나의 기대는 그만큼 커져갔다. 아이들이 태어나면 해주고 싶은 것도 많았다. 나는 자식 욕심이 그 누구보다도 많다. 난이는 또 임신을 하게 될 것이고 나는 그만큼 뿌듯한 나날을 보낼 것이다. 녀석이 방해만 하지 않는다면 우린 그렇게 행복한 삶을 살아가게 될 것이다. 부디 녀석이 돌아오지 않기를.

내가 흥분할수록 난이도 같이 숨을 몰아쉬었다. 나의 기쁨은 곧 난이의 기쁨이었다. 난이는 나를 만족시켜주기 위해 최선을 다했다. 시간이 지날수록 나는 달아올랐고 난이는 더 달아오르게 하기 위해서 덩달아 달아오른 시늉을 해보였다.

직접적인 교미를 하지 않아도 흥분할 수 있다는 것을 오늘에야 알았다. 난이는 정말이지 내 마음을 꿰뚫는 능력을 가지고 있는 것 같았다.

"지금은 이렇게 할 수밖에 없지만 출산하고 나면 자기가 만족할 수 있도록 최선을 다할 거야."

그 말에 나는 그만 정상을 넘어서고 말았다. 색다른 전율이었다. 나름의 흥미가 있는 만남이었다. 상상의 즐거움, 마치 실제로 교미를 하고 있는 것 같은 알 수 없는 착각에서 나는 빠져나오고 싶지 않았다. 그렇게 한동안 난이를 껴안고 있었다. 포근하다, 체온이 느껴진다. 살아있음의 증거다. 살아있지 않고는 느낄 수 없는 감정들이다. 살아있기에 느껴야 하는 감정들이었다.

"배고파."

난이가 말했다. 먹을 것을 마련해야 하는 것은 당연히 나다. 나는 서둘러 아지트를 나왔다. 그러나 그다지 먹을 것은 없었다.

"어디 맛난 것 없나?"

"글쎄."

"태교를 위해서 책을 먹어보는 것은 어때? S라인이 책을 먹으면 맛있다고 했는데. 한번 먹어볼래?"

"아이들을 위해서라면 그것을 마다할 이유가 없잖아. 어서 가자. 나도 식욕이 당기기 시작했어."

우리는 작업실로 향하기 시작했다. 그런데 현관문이 덜컹거렸다. 설마 녀석이 이렇게 빨리 되돌아온 것은 아니겠지? 나는 현관을 주시했다. 그때 현관의 불이 켜지며 웬 남자가 들어왔다. 남자는 복면을 하고 있었다. 그리고 랜턴을 꺼내 어두운 집안을 살피기 시작했다. 아무도 없음을 알고 남자는 복면을 벗었다. 예쁘장하게 생겼다. 도둑질이라고는 할 것 같지 않은 얼굴이었다.

"도둑이야?"

"그래, 도둑이야."

"그렇게 보이지 않는데."

"얼굴이 잘 생겼다고 도둑질하지 말라는 법 있어. 하여간 여자들은 못말린다니까."

나는 난이를 나무랐다. 우리는 현관문 앞에 서서 남자를 주시했다. 남자는 간 크게도 사방의 불을 켰다. 우리가 서 있었지만 우리에게는 관심이 없어 보였다. 그런데 놈의 발 냄새가 지독하다. 이렇게 지독한 발 냄새는 처음이었다. 며칠 닦지 않은 것 같았다. 녀석은 큰방으로 들어가 옷장을 뒤지기 시작했다. 하지만 마음이 드는 것이 없었던지 큰방을 온통 난장판으로 뒤집어놓았다. 그것도 모자라 작업실에 들어가 책장을 뒤집고 거실에서 값이 나갈 만한 것을 찾기 시작했다.

"뭘 찾는 거지?"

"몰라. 도둑놈이니까 뭐든 훔쳐서 나가겠지. 그냥 지켜보자. 우리에게 해코지를 할 것 같지는 않은데."

나는 놈이 마음에 들었다. 더러운 것도 그렇고 또 집을 어질러놓는 것도 그렇고. 우리 취향에 맞는 놈이다. 그러나 그 발 냄새만큼은 견디기 어려웠다.

놈은 민첩했다. 한두 번 그런 일을 해본 것 같지 않았다. 그렇다고 전문 도둑놈 같지는 않았다. 어딘가 모르게 조금은 서툴렀다. 전문털이범 같았으면 도둑이 들었다는 것도 모르게, 쥐도 새도 모르게 일을 해치우고 나갔을 것이다. 그러나 놈은 그렇지 못했다.

작업실에서 놈이 가방을 가지고 나왔다. 그러고는 큰방으로 들어가 돈이 될 만한 물건들을 담았다. 놈이 드레스 룸으로 향했다. 입을 만한 옷을 골라 담기 시작했다. 그중에서 마음에 드는 옷이 있었는지 한참을 바라보고 있었다. 그러다가 옷을 갈아입으려는지 겉옷과 팬티를 훌러덩 벗어던졌다. 놈은 잠시 멈칫거렸다. 그리곤 알몸으로 욕실을 향해 대담하게 걸어갔다. 문을 열어놓은 채 놈은 샤워를 하기 시작했다. 겁을 상실한 녀석이 분명하다.

샤워를 끝낸 놈은 녀석의 옷으로 갈아입었다. 놈은 거울을 보면서 옷태를 살폈다. 상당히 마음에 드는 모양이다. 놈은 다시 돈이 될 만한 것들을 가방에 담기 시작했다. 그러다가 배가 고팠는지 주방으로 향했다.

주방을 뒤지다가 먹을 것을 발견하지 못하자 놈의 얼굴에는 실망하는 표정이 역력했다. 놈은 겨우 라면을 찾아 손에 들고 잠시 망설였다. 그리곤 냄비에 물을 받아 가스레인지에 올렸다. 물이 끓자 라면 세 봉지를 뜯어 냄비 속에 투하했다. 스프와 건더기 스프까지 알뜰하게 넣고 익기를 기다렸다.

우리는 어이없는 표정으로 녀석을 바라보았다. 마치 제집처럼 행동하는 놈이 더없이 황당했다. 나처럼 놈의 간도 배 밖으로 나온 것이 분명하다. 강적을 만난 것이다. 하지만 놈도 우리와 같은 신세다. 나는 놈을 보면서 불쌍하다는 생각이 들었다.

라면이 채 식지도 않았는데 녀석은 라면을 입에 넣기 시작했다. 먹는 다기보다는 구멍난 위에 라면을 쓸어담는다는 표현이 맞을 것이다. 놈은 허겁지겁 배부름의 미학을 향해 달렸다.

라면을 깨끗이 해치운 놈은 배를 두드리며 소파로 다가가 앉았다. 놈이 하품을 하면서 텔레비전 리모컨을 눌렀다.

"그 녀석 드라마 시간에 딱 맞추어 텔레비전을 틀었네. 마음에 들어. 그 덕에 드라마를 보게 생겼다."

"드라마가 그렇게 좋아?"

"자기는 재미없어?"

"별로."

"재미있잖아. 인간들이 살아가는 세상을 엿볼 수 있으니 말이야. 그리고 인간들의 습성도 파악할 수 있고. 그런데 아무리 봐도 왜 드라마에는 바퀴벌레가 출연하지 않는지 모르겠어. 인간과 공존하는 건 애완견이나 우리나 마찬가진데. 보면 애완견이나 고양이만 출연하는 것 같아. 그게 불만이야."

우리는 여유롭게 텔레비전을 보면서 무료한 시간을 보내고 있었다. 얼마가 지난 후에 놈이 자리에서 일어났다. 그리곤 냉장고에서 맥주를 꺼내왔다. 놈은 맥주를 거침없이 들이켰다. 냉장고에 있는 맥주를 모두 마신 후에 놈은 자리에서 일어섰다. 놈이 집을 나갈 모양이다.

놈은 현관 앞에서 신발장을 열었다. 그리곤 마음에 드는 신발을 꺼내 신고는 현관문을 나섰다. 이제 집안에는 우리 바퀴벌레들뿐이다. 놈이 벗어놓고 간 헌신발이 현관에 초라하게 놓여 있었다.

집안을 발칵 뒤집어놓고 나간 놈. 놈이 잘했다는 것은 아니지만 나는 통쾌했다. 녀석의 고통은 곧 나의 행복이니까. 녀석은 돌아와서 발칵 뒤집어진 집안 꼴을 보고 어떤 표정을 지을까? 하하하, 절로 웃음이 쏟아져 나왔다. 녀석이 되돌아올 동안 나는 맥주를 마시면서 텔레비전이나 봐야겠다.

맥주는 시원했다. 난이와 함께 나는 축배를 들었다. 마시면 마실수록 기분이 좋아졌다. 놈이 안주로 남겨놓은 땅콩은 더없이 고소했다. 나는 인간들을 흉내냈고 난이는 내 모습을 보면서 즐거워했다. 난이의 얼굴은 발그스름해졌다. 그 모습이 더 없이 아름다웠다. 그래, 여자는 얼굴만 보는 것이 아니다. 못생겼다고 여자가 아니라고 생각한다면 큰 오산이다. 못생겼든 잘생겼던 간에 여자는 여자다. 여자는 보면 볼수록 신비로운 대상이다. 난이를 보면 알 수 있다. 사랑을 하게 되면서 난이의 모습은 180도 변해 있었다. 보면 볼수록 사랑스런 난이를 나는 잘 선택했다고 생각했다.

온통 난장판이 되어버린 집안을 우리 동료들이 들쑤시고 다녔다.

동료들도 신이나 있었다. 이곳저곳 그동안 다니지 못했던 곳을 헤집고 다녔다. 곳곳에 먹은 것을 토해내기도 하고 배설을 하기도 하면서 우리가 살기 좋은 최적의 조건을 맞추기 시작했다.

"녀석이 이 꼴을 봐야 하는 건데"

"그래도 너무 들쑤시고 다니는 건 아닌지 모르겠어. 아무리 우리의 주적이라고 해도 녀석이 불쌍하다. 그렇게 집을 애지중지 꾸몄었는데 온통 엉망이잖아."

"녀석은 당해도 싸. 그런데 왠지 찜찜하다. 녀석이 화풀이를 우리에게 할지도 모르잖아."

"내가 봤을 때는 그렇게 속이 좁은 녀석처럼 보이지는 않던데. 함께 동거를 해서 익숙해진 건지도 모르겠다."

"그래, 나도 조금은 녀석이 걱정되기는 해. 그렇다고 우리가 한 일도 아니고 우리가 원상태로 복구해 놓을 수도 없잖아. 우리가 할 수 있는 일은 아무것도 없어. 자, 맥주나 마시자."

다시 마주하게 될 안쓰러운 표정의 녀석을 생각하며 나는 씁쓸한 맥주를 마셨다. 밤은 점점 무르익어 갔고 우린 애정을 과시하며 나란히 누워 텔레비전을 시청했다. 술기운 때문이었을까 먼저 난이가 잠들었고 나도 그런 난이의 가슴을 만지다가 스르르 잠이 들고 말았다.

녀석은 아직 집으로 돌아오지 않았다. 녀석이 없는 집안은 무료함으로 가득했다. 난장판 속에서 하루를 보내야 하는 무료함은 쉽사리 날아갈 것 같지 않았다.

오후 늦게 나는 주위를 둘러보았다. 변한 것은 아무것도 없었다. 그런데 이상한 기류가 흐르고 있었다. 사방에 보이는 식구들의 사체

144

를 나는 그제야 발견할 수 있었다.

"도대체 어떻게 된 일이야? 난이야? 난이야?"

불러도 난이는 대답이 없었다. 그렇다면 혹시 난이도? 불길한 생각이 들었다. 나는 난이를 찾아다녔다. 그런데도 난이는 보이지 않았다. 난이가 갈 만한 곳은 다 찾아다녔다. 그렇다면 혹시 난이가 아지트에 갔나? 나는 서둘러 아지트로 향했다. 그곳에는 다행히 난이가 있었다. 그러나 난이는 고통스러워하고 있었다.

"어떻게 된 거야?"

"나 아마도 중독된 것 같아."

나는 말문이 막혔다. 그렇게 조심하라고 그랬건만, 아무것이나 먹지 말라고 했건만. 난이는 속을 게워내고 있었다. 이렇게 시름시름 앓다가 죽는 것은 아닐까 하는 불길한 생각에서 나는 헤어날 수 없었다. 이대로 두었다가는 난이는 죽고 말 것이다.

난이를 일으켜 세웠다. 그대로 둘 수는 없었다. 어떻게 해서든 난이를 살려야 한다는 생각밖에 없었다. 나는 난이를 데리고 아지트를 나와 세면대로 향했다. 다행히 물기가 남아 있었다.

"어서 물을 마셔. 먹을 수 있는 만큼 마시고 토해내는 거야. 그래야 살 수 있어."

그 방법밖에 없었다. 인간들은 아프면 약을 먹지만 우리는 아프면 약이 없다. 그냥 죽는 수밖에는 없다. 민간요법이지만 나는 난이에게 물을 마시고 토하도록 시켰다.

"죽으면 안 돼. 부탁이야."

몇 번을 그렇게 토해냈는지 모른다. 하지만 멈출 수는 없었다. 중독을 중화시켜야 한다. 난이는 내가 시키는 대로 계속해서 물을 먹고 토하기를 반복했다. 그러자 난이의 기력이 돌아오기 시작했다. 난이의 얼굴에 점점 화색이 돌기 시작했다. 천만다행이었다.

"왜 아무거나 먹고 다니는 거야? 자기가 죽는 줄 알았잖아. 자기 없으면 나 혼자 어떻게 살라고. 이제부터는 아무것도 먹지 마. 내가 먼저 먹은 다음에 음식물을 먹도록 해. 지금 도처에 녀석이 깔아놓은 화학물질이 쌓여 있단 말이야. 냄새와 향기가 좋다고 아무거나 먹었다가는 오늘 같은 일이 또 벌어질 거야. 그러니까 명심해. 오늘은 다행히 빨리 발견해서 살 수 있었지만 다음에는 죽게 될지도 몰라.

나는 난이를 부축해 소파로 올라갔다. 구석진 곳에 자리를 잡고 난이가 눕도록 했다. 난이의 입에서 신음이 쏟아져 나왔다. 얼마 동안은 고통이 가시지 않을 것이다. 난이가 아픈 만큼 나도 아프다. 대신 아파해줄 수 있으면 좋으련만 그럴 수도 없다. 난이를 안정시킨 다음 나는 식구들을 찾아나섰다. 녀석이 무슨 화학물질을 사용했는지 모르지만 식구들은 과반수가 약물에 중독되어 있었다. 고통을 호소하는 그들에게 물을 먹고 토하면 살 수도 있다는 말들을 전했다. 어린아이들부터 노인들까지 약물에 중독되어 신음을 쏟아냈다. 다량으로 약물에 노출된 식구들은 이미 돌아올 수 없는 길을 떠나고 말았다.

상당히 큰 피해였다. 나는 식구들이 먹었다는 약물을 찾아나섰다. 그리고 머지않아 아주 쉽게 발견할 수 있었다. 녀석은 우리가 다니는 길목에 약물을 놓아두었다. 약물은 고소하고 달콤한 냄새를 풍기고 있었다. 그 냄새에 너도나도 의심하지 않고 달려들었을 것이다. 살아남은 식구들에게 나는 되도록 아무것이나 섭취하지 않도록 신신당부를 했다. 그리고 다시 난이를 찾았다. 난이는 잠들어 있었다. 한숨 자고 나면 괜찮아질 것이다.

텔레비전은 여전히 요란한 소리를 내고 있었다. 텔레비전을 끄고 싶었지만 내 힘으로는 소용이 없었다. 내겐 리모컨을 누룰 만한 힘이 없었다. 전선 코드를 빼낼 힘은 더더욱 없었다. 텔레비전의 시끄러운 소리에도 굴하지 않고 잠이 든 난이가 너무 야위어 보인다.

'나보다도 오래 살아야 돼 난이야. 난 너 없이 혼자서 살아갈 용기가 없어. 아마 나도 따라 죽고 말 거야. 그러니까 오래오래 내 곁에 있어줘. 제발 부탁이야!'

아픈 난이의 모습을 보니까 가슴이 저렸다.

식구들이 떠난다. 생존자의 반이 옆집으로 가겠다고 짐을 쌌다. 이런 날벼락이 있을까? 아무리 말려도 그들은 말을 듣지 않았다. 급기야 나는 사정사정했다. 그러나 그들은 완고했다.

"여긴 저주받은 곳이야. 이곳에서는 더 이상 살 수 없어. 차라리 비좁더라도 옆집으로 들어가 셋방살이를 하는 게 나을 거야. 이곳에는 이제 희망이란 없다구."

"아니, 이 고비만 넘기면 우린 행복하게 살 수 있을 거야. 그러니까 다시 생각해줘. 아이들을 생각해. 옆집에서 셋방살이를 하면서 아이들을 천덕꾸러기 신세로 만들 거야. 어쨌든 여긴 우리의 고향이야. 우리의 집이라고. 이대로 집을 떠난다는 것은 녀석에게 쫓겨나는 것이나 다름없다구. 잘 생각해."

"소용없어. 우린 비참하고 허무하게 죽어나가고 싶지 않아. 차라리 옆집에서 셋방살이를 하는 게 훨씬 났다구. 말릴 생각은 하지마. 우린 이미 결정했으니까."

내게는 더 이상 말릴 만한 힘이 없었다. 녀석의 생각대로 우리 식구들의 절반을 잃었고 또 그중에서 절반이 옆집으로 이주해 갔다. 남아 있는 식구들도 깊은 곳으로 숨어버리고 말았다. 식구들은 당분간 겁에 질려 밖으로 나오지 않을 것이다. 한동안 우리 집에는 싸늘한 죽음의 기억들만 남아 있을 것이다.

식구들이 이주해 가는 모습을 보면서 나는 침울해졌다. 그들이 나가고 난 현관을 멍하니 바라보고 서 있었다. 하지만 언제까지 그렇게 허탈한 모습으로 서 있을 수만은 없었다. 나는 난이가 있는 곳으로 향했다.

난이가 눈을 떴다. 난이의 얼굴에는 아직 핏기가 없었다. 하얗게 질린 얼굴로 나를 뚫어져라 쳐다보았다.

"나 죽지 않은 거야?"

"그래, 살았어. 이 바보야."

"자기 지금 우는 거야?"

"울긴 누가 운다고 그래. 하품을 해서 눈물이 맺혔을 뿐이야. 이제 괜찮은 거야?"

"응."

"이리 와봐."

나는 난이를 힘껏 끌어안았다. 살아주어서 다행이다. 하지만 언제까지 이렇게 위험에 노출된 생활을 할 수 없다. 그렇다고 옆집으로 이주해 간다면 난 패배자가 되는 것이다. 그럴 수는 없다. 아이들을 생각하면 안전한 곳으로 이사를 가야겠지만 나는 언젠가는 우리 집에도 평화가 올 것이라고 생각했다. 그날이 빨리 왔으면 좋겠다.

식구들이 떠나간 집은 허전하기만 했다. 난이와 단둘이 남은 것만 같은 착각에 휩싸였다.

"식구들은?"

"반은 죽었고 살아남은 식구들 중에 반은 떠나버렸어. 아마 다시는 이곳으로 되돌아오지 않을 거야. 그리고 다른 이들도 우리 집에는 발길을 끊을 거야. 어쩌면 다행인지도 몰라. 수가 적을수록 우리가 발각되는 횟수도 줄어들겠지. 그러다 보면 녀석은 화생방이나 약물 공격을 해오지 않을 거야. 행복이 찾아오겠지. 내가 너무 나섰던 것 같아. 그놈의 복수가 뭐라구. 결국 내가 너무 나서서 우리 식구들이 죽게 된 거야. 나만 가만히 있었다면 그런 일은 벌어지지 않았겠지. 녀석을 안심시켜야겠어. 그러기 위해서는 우린 꼭꼭 숨어야 할 거야. 당분간은 쥐 죽은 듯이 지내야 녀석이 공격해오지 않을 거야."

"너무 실망하지 마."

"고마워."

"우리 아이들이 곧 태어날 거야. 그리고 아이들은 아빠를 자랑스러워 할 거고. 난 자기만 믿어. 자기는 나를 실망시키지 않을 거야. 그리고 우리는 행복하게 살겠지."

"그래, 약속할게. 우린 행복하게 살 거야. 실망시키지 않을 게. 약속해."

난이와 난 손가락을 걸었다.

우린 깊은 곳으로 숨었다. 깊은 곳이라 해봤자 냉장고 뒤였다. 냉장고는 쉽게 들어낼 수 있는 가전제품이 아니기 때문에 녀석은 우리를 찾지 않을 것이다. 그러나 다른 식구들이 문제였다. 다른 식구들은 안전한 곳에 숨었을까?

어두운 밤, 나는 먹을 것을 찾기 위해 밖으로 나왔다. 현관 밖에서 녀석의 목소리가 들려왔다. 잠시 후 문이 열렸고 녀석이 들어왔다. 녀석은 한동안 어안이 벙벙한 얼굴로 문 앞에 서 있었다. 녀석의 여자도 마찬가지로 넋을 놓고 서 있었다.

"이게 어떻게 된 거야?"

"도…도둑이 들었나봐."

여자는 재빠르게 녀석의 뒤로 숨었다. 녀석은 문 앞에 세워져 있던 우산을 집어들고 집안으로 들어왔다. 그리곤 거실을 살피는가 싶더니 큰방과 작업실, 드레스 룸을 번갈아 살폈다. 아무도 없는 것을 확인하고서 녀석은 우산을 내려놓았다. 그리곤 경찰서에 전화를 걸었다.

"우리 집에 도둑이 들었습니다. 빨리 와주셨으면 합니다."

녀석은 주소를 대고 전화를 끊었다. 나는 녀석을 유심히 지켜보고 있었다. 녀석은 의외로 담담했다. 하지만 여자는 겁에 질린 얼굴로 잠시도 녀석에게서 떨어지지 않았다.

"정말 미치겠네. 되는 일이 없어."

"자기야, 나, 무서워."

"자긴 오빠 집으로 다시 돌아가. 그리고 집이 정리되는 대로 내가 전화할게 그때 와."

녀석이 여자를 배웅해주기 위해 밖으로 나갔다가 되돌아왔다. 그리곤 없어진 것이 없나 확인하기 시작했다. 그 즈음에 경찰들이 왔다. 경찰들은 도둑놈이 벗어놓고 간 옷과 신발을 챙겨 되돌아갔다.

녀석은 그제야 텔레비전을 껐다. 그리곤 소파에 어이없는 얼굴로 앉았다. 한동안 녀석은 소파에 앉아 있었다. 그러다가 결심했는지 엉망이 된 집안을 정리하기 시작했다.

나는 녀석의 눈에 띄지 않기 위해 구석으로 숨어 들어가 녀석의 거동을 살폈다. 어느 정도 정리가 되자 녀석은 쓸고 닦기를 반복했다. 그리고 욕실에 들어가 또다시 청소를 했다. 녀석은 깔끔한 편이다. 그 도둑놈과는 다르다. 자신이 가진 것을 소중히 여길 줄 아는 사람이다.

녀석은 한참 뒤에야 욕실에서 나왔다. 그리곤 가스를 뿌리기 시작했다. 나는 그것이 생화학가스일지도 모른다는 생각에 더 깊숙이 숨었다. 다행히 그것은 방향제였다. 향기가 좋았다. 처음 맡는 냄새였다. 한결 기분이 좋아졌다.

"보조키를 달아야겠어."

녀석이 중얼거렸다. 그리곤 열쇠전문점에 전화를 걸었고 얼마 지나지 않아서 보조키를 달았다.

몇 시간을 그렇게 녀석을 지켜보고 있었는지 모른다. 밤이 되면 녀석은 낮보다도 더 활기가 넘쳤다. 녀석은 잠이 없는 편이다. 아마 불면증에라도 걸린 것 같았다. 몇 주 동안 녀석을 지켜본 바로는 그렇다.

"자기야 집은 어떻게 됐어? 경찰은 왔다가 갔어?"

"왔다 갔어. 주변 CCTV를 확인하면 범인의 윤곽을 잡을 수 있다고 했어. 요즘은 웬만하면 CCTV에 다 잡히잖아. 그러니까 걱정하지 마. 그리고 없어진 것은 내 옷과 구두, 그리고 잡다한 것들 뿐이야. 패물을 집에 두지 않은 게 다행이야."

"내가 지금 갈까?"

"오늘은 거기에서 자. 집에 와도 제대로 자지 못할 거면서 뭘 그래. 내일 와. 사랑해."

녀석도 사랑을 할 줄 아는 인간이다. 나도 물론 사랑에 희망을 걸고 있다. 그런 면에서 우린 동지다. 허나 녀석이 살아가는 방식과 내가 살아가는 방식은 다르다. 녀석은 인간이고 나는 벌레에 지나지 않는다. 녀석은 우리를 잡아먹지 못해 안달이고 우린 피해다니는데 익숙하다. 그런 면에서 우린 상극이다.

녀석이 침대 위에 누웠다. 녀석도 피곤할 때가 있는 모양이다. 나는 녀석이 침대에 눕는 것을 확인하고 먹을 것을 찾아다녔다. 그리고 라면 부스러기를 찾아들고 냉장고 밑으로 들어왔다. 난이는 내가 가져다준 라면 부스러기를 맛있게 먹기 시작했다. 그 모습을 보고 있자니 눈물이 났다. 하지만 얼마 남지 않았다. 녀석이 돌아왔으니 분명 집안에 먹을 것이 남아돌 것이다. 그때를 기다리는 수밖에.

다음날 아침부터 녀석이 부산을 떨기 시작했다. 장바구니를 들고 나서는 것을 보면 분명 맛있는 걸 많이 사가지고 들어올 것이다. 아니나 다를까 녀석은 장을 봐가지고 왔다. 그리곤 음식을 만들기 시작했다. 간만에 맛있는 냄새가 집안에 진동했다. 냄새만 맡아도 배가 터질 것 같았다. 녀석은 요리도 잘한다. 배울 점이 많은 녀석이다. 그렇다고 녀석이 좋아진 것은 아니다.

점심 때쯤 되었을까, 녀석의 여자가 왔다. 둘은 고작 하룻밤 떨어져 있었던 것인데 문 앞에서 보자마자 입을 맞추었다. 그리곤 한참 동안 타액을 교환하며 딱 달라붙어 있었다. 사랑은 그 누구도 말릴 수 없는 것인가 보다.

녀석과 여자가 식탁 앞에 마주하고 앉았다. 그리곤 녀석이 준비한 음식을 먹기 시작했다. 부러운 만찬이었다. 나는 언제쯤 사랑하는 난 이를 위해 저렇게 만찬을 준비할 수 있을까? 나는 불을 사용할 줄 모른다. 냉장고도 열 수 없다. 요리도 할 줄 모른다. 녀석이 흘리는 음식물에 만족해야 하는 존재다. 아, 가슴이 아리다.

"맛있어?"

"응 맛있어."

"우리 식사 끝내고 그거 할까?"

"자기는 너무 밝혀."

식사가 끝나기가 무섭게 대낮인데도 녀석은 여자와 애정행각을 벌였다. 지난밤의 그 어안이 벙벙하던 모습은 찾아볼 수 없었다. 어떻게 그럴 수 있는지 모르겠다. 나 같으면 분통이 터져서 며칠간은 일이 손에 잡히지 않았을 텐데 말이다.

오늘도 또 우리 식구가 약물에 중독되어 죽고 말았다. 이러다가 정말 우리의 씨가 마를 것만 같다. 하지만 녀석은 이제 우리에게는 신경을 쓰지 않았다. 그렇게 우리에게 행복이 서서히 찾아오고 있었다. 그러나 방심은 금물이다.

녀석은 무슨 힘이 그렇게 넘쳐나는지 밤에는 일을 하고 낮에는 여자와 달라붙어 교미를 했다. 녀석도 종족 번식에 목을 매고 있는 것일까? 그러나 내가 생각하는 것과는 달랐다. 녀석은 즐기고 있었다. 여자 또한 녀석이 달려드는 것에 거리낌 같은 것은 없었다. 조용할 만하면 녀석과 여자는 교미를 했다. 옷을 홀라당 벗고, 때론 급했던지 옷을 반쯤 벗은 채 그 짓을 했다. 그때마다 묘한 흥분이 집안에 흘렀다. 녀석은 참 대단하다. 우리 같으면 한 번 교미를 하면 한동안은 교미에 흥미를 붙이지 못하는데 녀석은 악착같이 그 짓을 했다.

인간들은 다 그런가? 의문이 생겼다. 어느 날 녀석은 노트북과 텔레비전을 연결해 묘한 영상을 만들어냈다.

드라마 같기도 하고, 나는 그것을 뚫어져라 바라보았다. 녀석은 드라마 속의 행동을 따라 하기 시작했다. 영상은 알몸의 인간들이 나와서 교미를 하는 것이었다. 뭐가 그리 재미있는지 녀석과 여자는 영상과 같은 행동을 따라 하며 키득거렸다. 그러다가 변함없이 정상을 향해 내달렸다.

어쨌든 나는 오늘도 식량을 챙겨 난이가 있는 냉장고로 향했다. 난이는 지루해 하고 있었다. 밖에 나가지 못하는 것이 따분했던 모양이다. 나는 밖에서 벌어지고 있는 일들을 이야기해 주었다. 그러자 난이는 묘한 미소를 만들면 나에게 다가왔다.

"우리도 인간들의 교미를 따라해 볼까?"

"배가 그렇게 부른데 괜찮아?"

"응. 그냥 흉내만 내는 건데 어때. 싫으면 관두고."

싫지 않았다. 잠시이기는 해도 인간놀이를 한다는 것이 흥미로웠다. 난이는 능숙했다.

"어디서 배운 거야?"

"저번에 인간들이 하는 걸 봤어."

우리의 교미 아닌 교미가 시작되었다. 따라 하면 할수록 재미가 있

154

었다. 우리는 인간들의 신음소리도 흉내냈다. 정말 재미있는 놀이다. 난이는 대단했다. 거침없이 달려드는 통에 내가 배겨나지 못할 지경이었다. 어디서 그런 힘이 나오는지 몰랐다. 난이는 역시 아줌마였다. 아니 나의 사랑스런 아내였다.

행복은 영원히 지속될 것만 같았다. 나도 녀석과의 전쟁을 잠시 휴전시켰다. 세상은 살 만한 곳이다. 이렇게 죽을 때까지 행복할 수만 있다면 얼마나 좋을까.

식구들과의 교류는 없었다. 약물에 중독되어 죽었거나 아니면 옆집으로 이사를 갔겠지. 나는 그렇게 생각하며 가볍게 넘겨버리고 말았다. 내게 중요한 것은 그들이 아니라 난이였다.

"그런데 우리 아이들은 언제쯤 볼 수 있을까?"

"곧 보게 될 거야."

"딸이 많을까, 아니면 아들이 많을까?"

"난 아들이 많았으면 좋겠어. 자기 닮은 아들 말이야."

"난 반대야. 자기 닮은 딸이 많았으면 좋겠어."

"날 닮으면 못생겼을 텐데."

"아니, 자기는 그 어떤 여자들보다도 예뻐. 자기처럼 예쁜 여자는 한 번도 본 적이 없어."

"거짓말. S라인이 더 예뻤잖아. 자기는 한때 S라인이라면 사족을 못 썼잖아."

"아니야. 당신이 S라인보다 10배는 더 예뻐. 그리고 예쁘기만 하면 뭐해. 똑똑해야지. 그런 면에서 자기는 이 세상 그 어떤 여자들보다도 예쁘고 마음씨 착하다고. 사랑해."

"나두!"

우린 꿈을 꾸고 있었다. 그 꿈이 실현되는 날은 이제 얼마 남지 않았다. 그 시간까지 아무 일 없기를 나는 간절히 원한다. 녀석도 행복한 일상을 지속하고 있었다. 그러나 언제부턴가 녀석은 낮에 혼자서 집을 지키고 있었다. 대신 여자는 아침만 되면 집을 나갔다가 저녁이 되면 집으로 돌아왔다. 이른바 맞벌이 부부인 셈이다.

나는 간만에 식구들을 찾아나섰다. 얼마나 깊은 곳으로 숨었기에 이렇게 행방이 묘연한 거야. 친구와 수다를 떨기도 하고 친척뻘 아저씨와 산책을 하기도 했다. 그들의 근황은 그런대로 행복해보였다.

나는 그들과의 만남을 뒤로 하고 다시금 냉장고로 발길을 옮겼다. 그런데 그만 일이 터지고 말았다. 녀석과 여자는 식탁에 앉아 저녁식사를 하고 있었다. 냉장고까지 다가가기가 쉽지는 않을 것 같았다. 할 수 없이 구석에서 녀석의 저녁식사가 끝나기를 기다리는 수밖에 없었다. 녀석은 무슨 말이 그렇게 많은지 쉴 사이 없이 입을 놀렸다. 여자도 죽이 맞아 대꾸하는 데 시간을 보냈다.

'난이가 기다리고 있을 텐데. 이참에 저녁거리나 준비해서 가야겠다.'

녀석과 거리를 두고 녀석의 행동에 예의 주시했다. 오늘따라 식사 시간이 길어졌다. 그런데 이게 무슨 날벼락이란 말인가? 난이가 보였다. 난이는 냉장고 쪽에서 나와 내가 있는 곳으로 걸어오고 있었다.

"오지 마, 돌아가라고."

그러나 난이는 내 목소리를 듣지 못한 모양이었다. 난이가 밖으로 나오는가 싶더니 구석 쪽으로 몸을 밀착시키며 조심스럽게 주위를 살피기 시작했다. 녀석이 있는 것을 알고 있기 때문에 난이는 무모한 행동을 하지 않을 것이다. 그렇지만 내 생각은 빗나가고 말았다. 난이가 나를 발견하고는 달려오기 시작했다. 그리고 그 모습이 녀석의 시야에 잡혔다. 큰일이다. 저렇게 가만 내버려두었다가는 난이의 목숨은 보장할 수 없다. 나도 덩달아 밝은 곳으로 뛰어나갔다. 녀석의 시선을 잡아끌기 위해서 나는 애를 썼다.

"이놈의 바퀴벌레."

녀석이 소리를 질렀다. 나는 방어 반경을 넘어서 녀석에게 접근했다. 그러나 녀석은 나를 발견하지 못한 모양이다. 녀석의 목표는 온전히 난이가 되고 말았다.

순간 시간이 길게만 느껴졌다. 난이에게 돌아가라고 손짓을 했지만 때는 이미 늦어버리고 말았다. 난이의 무거운 몸으로는 녀석의 공격을 피할 수 없을 것이다.

"휴지, 휴지 어딨지?"

"자, 여기."

녀석이 휴지를 받아들고 살금살금 움직였다. 그러다가 나와 눈이 마주쳤다. 나는 최선을 다해 녀석의 이목을 끌었다. 그러나 이미 목표가 정해져 있는 이상 녀석은 포기하지 않을 것이다.

녀석은 난이를 목표로 후다닥 달려들었다. 난이가 도망치려 발버둥을 쳤지만 이미 소용이 없는 상태였다.

"자기야!"

난이의 목소리가 애처롭게 들렸다. 난이는 체념한 상태였다. 그리곤 나에게 손을 흔들어주었다. 마지막을 대비하고 있는 것 같았다. 그 순간 동시에 녀석의 거대한 손이 난이를 향해 움직였다.

아!

나는 무너지고 말았다. 단 한 발짝도 그 자리에서 움직일 수 없었다. 난이는 그만 녀석에게 당하고 말았다. 하늘이 무너지고 땅이 꺼졌다. 녀석의 다음 목표는 나였다. 나는 필사적으로 달려 싱크대 밑으로 들어갔다. 녀석은 나를 찾지 못했다. 녀석은 나를 잡겠다는 욕심으로 싱크대 밑을 기웃거렸다. 그러다가 쓰레기통 앞에 섰다.

"이것 봐. 아직도 살아 있어."

"징그러워, 치워."

난이의 죽음이 녀석에게는 행복이었다. 가슴이 저려왔다. 가슴이 찢어지는 것 같은 고통이 밀려왔다. 나는 한동안 멍하니 구석에 틀어박혀 있었다. 그 무엇도 할 수가 없을 것만 같았다. 믿을 수 없는 일이다. 난이와 내 아이들이 녀석에게 당하다니.

"어디에 숨어 있다가 또 나타나기 시작한 거야. 끈질긴 바퀴벌레들. 약을 더 놓을까?"

"우선 손부터 씻고 밥이나 먹자."

"그래."

녀석이 난이의 사체를 싼 휴지를 쓰레기통에 버렸다. 녀석을 휴지로 짓눌러 쓰레기통에 처박고 싶다. 녀석을 통째로 씹어먹고 싶다. 용서할 수 없다. 녀석은 내 인생을 통째로 짓밟아놓은 것이다. 눈물이 소리 없이 흘러내렸다.

아무 소리도 들리지 않았다. 죽고 싶은 심정이었다. 조금만 일찍, 조금만 더 빠르게 녀석에게 달려들었더라면 녀석은 난이가 아닌 나를 목표로 삶았을 것이다. 그러면 난이는 살 수 있었을 것이다. 우리 아이들 또한 삶을 영위할 수 있었을 것이다. 그러나 모두가 부질없는 일이 되어버리고 말았다. 나는 울기 시작했다. 소리 없는 울부짖음이었다. 녀석에게는 내 울음소리가 들리지 않을 것이다. 나는 목놓아 울었다.

녀석은 꾸역꾸역 밥을 먹고 있었다. 살생을 저지르고도 어떻게 저렇게 태연할 수 있을까. 인간은 잔인하다. 죽을 때까지 녀석을 증오할 것이다. 녀석의 여자도 마찬가지다. 먹고 떠들고 웃는 저들의 평온함을 나는 짓밟고 싶다.

살고 싶지 않았다. 죽고 싶었다. 자살을 하고 싶었다. 내게서 모든 것을 남기지 않고 빼앗아간 녀석에게 나는 도대체 무엇으로 복수할 수 있다는 말인가?

나는 한없이 초라해졌다. 가만두지 않을 것이다. 꼭 복수를 하고 말 것이다. 하지만 여태까지 난 복수를 위해 달려오지 않았는가? 난 한낱 바퀴벌레에 불과할 따름이다. 내가 아무리 발버둥쳐도 나는 인간에게 미물일 뿐이다.

차마 난이의 체취가 남아 있는 곳으로는 돌아갈 수가 없었다. 나는 불 꺼진 주방을 지나 욕실로 향했다. 다리에 힘이 풀려 걷기조차 힘들었다. 가까스로 아지트에 이르렀을 때 나는 다시 눈물을 쏟아냈다. 그러나 눈물이 나오지 않았다. 대신 마른 눈물이 흘러내렸다. 아무리 흐느껴 울어도 난이는 되살아나지 않을 것이다.

아지트에서 금방이라도 난이가 뛰어나올 것 같았다. 그러나 난이의 목소리는 들리지 않았다. 내 부푼 꿈들은 산산이 부서져 허공으로 흩어지고 말았다. 아지트로 들어갔다. 나는 아지트의 깊은 곳으로 빨려 들어갔다. 그곳에는 난이가 있었다. 난이가 손짓하고 있었다. 난이의 희미한 체취가 느껴졌다. 그리곤 다시 아련하게 사라지고 말았다. 불쌍한 우리 난이는 지금쯤 돌아올 수 없는 길을 외롭게 걸어가고 있겠지. 차라리 그때 녀석에게서 도망치지 말고 난이와 함께 죽을걸. 내 스스로가 비겁하게 느껴졌다.

용기 없고, 비겁하고, 약삭빠른 놈. 바로 나다. 나는 살 자격이 없는 놈이다. 사랑하는 사람을 지키지 못한 죄를 받을 수 있다면 달게 받을 것이다. 복수, 복수를 외쳤으면서도 정작 복수라는 빈 쭉정이만 끼고 살았을 뿐 내가 정작 해놓은 것은 아무것도 없었다. 게다가 옆집으로 이주해간 동족들을 다시 이 집으로 끌어들여 죽게 만들지 않았던가. 내가 복수를 꿈꾸지 않았다면 그런 일은 없었을 것이다. 나는 바보다. 나는 멍청이다. 누군가 나를 죽여주었으면 하는 생각밖에는 들지 않았다. 그래 나를 죽일 수 있는 사람은 지금으로서는 그 녀석밖에는 없다. 하지만 녀석에게는 죽을 수가 없다.

미련이 남았다. 나는 차마 발길을 옮길 수가 없었다. 이대로 가면 영영 끝이다. 내 삶은 복수를 꿈꾸다가 사랑을 꿈꾸었고 결국 난이를 죽음으로 내몰고 말았다. 내가 외출만 하지 않았다면 난이는 밖으로 나올 일이 없었을 것이다. 그 모든 것이 나의 책임이다.

삶이 영원할 수 없다는 것을 알고 있다. 그러나 알 속에서 영문도 모른 채 죽어갔을 아이들을 생각하면 서럽다 못해 내가 원망스럽다. 나는 아빠의 자격이 없다. 애초부터 아빠란 단어는 나에게 어울리지 않는 단어였다.

혼자서는 도저히 살아갈 수 없을 것 같았다. 나는 결심을 해야 했다. 자살을 하거나 녀석에게 죽임을 당하거나 둘 중에 하나다. 나는 한동안 복잡한 시간 속을 헤매고 다녔다. 하지만 결심을 하는 데는 그리 많은 시간이 걸리지 않았다. 녀석에게 죽임을 당하고 싶지 않다면 방법은 단 한 가지 약물에 중독되어 죽는 것뿐이었다.

고통스러울 것이다. 내가 상상하는 것 그 이상으로 괴로울 것이다. 그래도 할 수 없다. 난이를 외롭고 쓸쓸하게 혼자서 가도록 내버려둘 수는 없었다. 함께하고 싶었다. 우린 운명이다. 그 운명의 끈을 놓고 싶지 않았다. 말은 안했지만 태어나기는 다른 날 태어났지만 갈 때에는 난이와 함께 가겠다고 생각하고 있었다. 서둘러야 했다. 난이가 더 먼 길을 가기 전에 난이의 뒤를 따라야 했다.

나는 거실로 나왔다. 그리곤 주방으로 향했다. 약물 특유의 냄새가 내 후각을 잡아당기고 있었다. 나는 어렵지 않게 방제약품이 있는 곳을 찾을 수 있었다. 그리고 그 앞에 섰다.

늦기는 했지만 가족들과 친구들, 동료들의 뒤를 따를 수 있다고 생각하니 마음이 편해졌다. 아무런 생각도, 아무런 의지도 내겐 없었다. 단지 자살을 해야 한다는 생각밖에는. 오직 난이를 만나고 싶다는 생각뿐이었다.

여자의 신음 소리가 들린다. 또 그 짓을 하고 있는 모양이다. 살인을 저지르고도 어떻게 저렇게 아무 일 없었다는 듯이 그 짓을 할 수 있을까. 녀석은 용서받지 못할 죄를 짓고 있는 것이다.

막 약을 먹으려던 참이었다. 그런데 언제 왔는지 친척아저씨가 나를 막아섰다.

"이러면 안 돼."

"난 살 자격이 없는 놈이라구요. 그러니까 나를 갈 수 있게 그냥 내 버려두세요. 제발 부탁이에요."

"그렇다고 달라지는 게 뭐지? 나도 아까 지켜봤어. 난이가 처참하 게 죽임을 당하는 모습을. 하지만 난이가 원하는 것은 이런 것이 아닐 거야. 다시 한 번 생각해보자. 나야 이제 늙어서 살날이 그리 많지 않 아. 그렇지만 더 오래 살고 싶은 생각이 들어. 많은 동족들이 죽어나 갔지만 그들을 대신해서 더 오래 살고 싶다고. 우리가 오래도록 살아 남는 것이 결국 인간을 괴롭히는 일이 될 테니까. 죽는다고 모든 일이 해결될 거라는 바보 같은 생각은 하지 마."

나는 아저씨의 품에 안겨 울기 시작했다. 설움이 복받쳐왔다. 아무 리 울어도 답답한 속이, 괴로움이 가실 것 같지 않았다. 아저씨의 말 이 맞다. 내가 자살을 한다고 해도 녀석은 콧방귀도 뀌지 않을 것이 다. 온갖 생각들이 내 머릿속을 헤집고 다녔다.

아저씨와 헤어진 후 나는 아지트로 가려다가 소파로 향했다. 텔레 비전이 틀어져 있었고 녀석은 계속해서 그 짓을 하는 모양인지 여자 의 신음 소리가 끊이지 않고 온 집안을 흔들었다. 그 소리가 자꾸만 귀에 거슬렸다. 그러나 그들의 행위는 사랑의 대화일 것이다. 내가 그 랬고 난이가 그랬던 것처럼.

신음 소리가 계속되다가 어느 순간 절정을 맞이하며 끝이 나고 말 았다. 텔레비전에서는 드라마를 하고 있었지만 나는 드라마에 흥미를 붙일 수 없었다. 녀석은 큰방에서 나와 주방으로 향했다. 그리곤 맥주 를 꺼내 다시 큰방으로 들어갔다. 불이 꺼져 있었기 때문에 나는 녀석의 시야를 벗어난 상태로 숨지도 그렇다고 도망가지도 않았다.

텔레비전을 보면 세상을 바라볼 수 있는 시각이 넓어진다. 내가 텔레비전을 즐겨보는 이유다. 사랑의 대화도 물론 배울 수 있다. 나는 과연 난이에게 얼마만큼의 사랑을 보여주었을까? 빈약하기만 하다. 더 많은 사랑의 대화를 나누었으면 했는데.

이제 담담하다. 더는 울지 않기로 했다. 내가 슬퍼하면 난이는 차마 길을 떠나지 못할 것이기에 나는 되도록 마음을 차분히 가라앉히기로 했다. 슬퍼하는 것은 살아남은 자의 몫이다. 하지만 때론 그것을 접어두어야 할 때도 있는 것이다. 나는 더 용감해져야 한다.

더는 그 누구도 사랑할 수 없을 것만 같다. 나는 사랑을 할 자격이 없는 놈이다. 하지만 자책하지는 않기로 했다.

"오늘 어땠어?"

"좋았어. 하늘만큼."

하늘만큼, 땅만큼, 바다만큼, 이 지구만큼 좋아해라. 내 기필코 좋아할 일이 아니라는 것을 곧 보여줄 테니까. 나는 발길을 옮겼다. 난이와 함께 지내던 아지트도 그렇다고 냉장고 밑도 아니다. 내가 향한 곳은 큰방이었다. 불이 꺼져 있었고 녀석은 여자와 끌어안고 누워 사랑을 속삭였다.

나는 침대 위로 올라갔다. 그리곤 녀석과 여자의 이야기를 듣기 시작했다. 하지만 그들의 사랑 이야기를 들으면 들을수록 소름이 돋기 시작했다. 너희들도 사랑을 하고 종족을 번식시킬 것이다. 언젠가 너희의 아이들이 무참히 죽음을 맞이하게 됐을 때 너희들은 사랑의 대화를 나눌 수 있을까? 하지만 내가 바라는 것은 그것이 아니다. 생명은 모두가 소중한 것이다. 한낱 바퀴벌레라도 생명은 소중한 것이다. 그렇게 무참하게 한 생명을 짓밟을 수는 없는 것이다. 녀석아, 명심해라. 사랑도 소중하지만 생명도 그만큼 중요하다는 것을. 사랑이 먼저는 아니다. 생명이 먼저라는 것은 세상의 이치인 것이다.

결심했다. 그리고 나는 그들이 자기만을 기다리고 있었다. 녀석은 맥주를 다 마시고 끊임없는 사랑의 대화를 나누었지만 곧 지치고 말았다.

녀석과 여자는 잠이 들고 말았다. 그 곤한 잠을 나는 깨울 생각이다. 녀석에게도 고통을 줄 생각이다. 녀석처럼 녀석을 죽일 만한 힘이 내게는 없지만, 정신적으로 고통을 선사할 수는 없지만 그래도 기대해라. 그 기대를 만족시켜줄 테니까.

마지막을 준비하고 있다. 난이와 함께했던 순간들을 정리하고 있다. 그 모든 것은 끝이 아니다. 내가 없는 이 세상을 생각해본다. 세상은 변함없이 돌아가고, 인간들은 우리를 괴롭히고, 우리는 인간들을 피해 숨어야 하고, 우리는 종족을 번식시켜 인간에게 대항할 것이다. 그런 의미에서 나의 죽음은 어쩌면 하찮은 존재의 최후에 불과할지도 모른다. 그래도 좋다. 잠시나마 모든 것을 가진 녀석에게 소중함이 무엇인지 일깨워줄 수 있을 테니까.

나는 난이와 함께했던 곳을 찾아다녔다. 소파에 누워 텔레비전을 보다가, 아지트로 들어가 난이를 생각하고 난이의 체취를 마음껏 누렸다. 그리고 싱크대 위로 올라가 자유낙하를 시도했고, 천장으로 올라가 고공낙하를 시도했다. 재미있다. 나는 왜 이렇게 재미있는 것을 포기하려 하는가? 이유는 잃어버린 사랑 때문이다. 사랑은 곧 아픔이 되었고, 사랑은 곧 자아를 의식하게 만들었다. 나에게 사랑을 일깨워 준 난이가 그립다.

변함없는 세상을 원망하지는 않겠다. 세상은 아름다운 곳이니까. 그 세상에 나 하나쯤은 없어져도 된다고 나는 생각했다. 그래 나의 결심을 이제는 굽히지 않을 것이다.

나는 녀석이 누워 있는 큰방으로 향했다. 이제 망설일 여지가 없었다. 큰방은 녀석의 코 고는 소리로 진동했고 여자도 새근새근 곤한 잠에서 헤어나지 못하고 있었다.

녀석아, 그동안 너와 동거하면서 탈도 많았지만 그렇다고 너를 원망하지는 않겠다. 하지만 난이를, 난이와 내 아이들을 짓밟은 죄는 용서할 수가 없다. 너도 그러할 것이다. 생각을 바꿔보면 내 마음을 이해할 수 있을 것이다. 그러고 보니 정도 많이 들었다.

미련이 남는 것도 사실이다. 그러나 그 미련은 난이 때문이라도 훌훌 털어내야 한다. 이제 미련 같은 것은 내게 남아 있지 않았다. 미련을 털어내니 가슴이 평온해졌다.

녀석을 향해 나는 진격한다. 그러나 그 진격은 복수의 진격이 아니다. 녀석을 짓밟고 싶었던 것뿐이다. 내가 그렇게 짓밟고 다녔는데도 녀석은 잠에서 깨어날 생각을 하지 않았다. 그래 즐기자. 그동안 녀석을 피해다닌 것이 한이 되었다. 그 한을 오늘 실컷 풀어보자. 나는 녀석을 짓밟고 또 짓밟았다. 속이 후련했다. 한참을 그렇게 돌아다니며 워밍업을 했다. 몸에서 땀이 나기 시작했다. 그 정도면 될 것 같았다. 이제는 고공낙하도 자유낙하도 할 수 없는 것이 아쉬울 뿐이다.

나는 녀석의 여자를 향해 달려갔다. 미안하기는 했지만 녀석과 여자는 동족이다. 그리고 녀석이 가장 아끼는 사람이기도 하다.

'준비는 됐지?'

자, 이제 돌격이다. 피곤했는지 내가 얼굴 위로 올라섰는데도 여자는 별다른 반응이 없었다. 내가 할 수 있는 일이 있어서 다행이다. 이건 복수 축에도 끼지 않는다. 그럼 본격적으로 내가 할 수 있는 모든 힘을 다해 여자를 공격해볼 요량이다.

출발!

나는 여자의 귀를 향해 돌격했다. 여자의 귓속 어두운 곳에 숨을 것이다. 그리하여 영영 나오지 않을 것이다. 귓속은 내가 들어가기에는 조금 비좁은 곳이었다. 그래도 나는 돌격해야 한다. 여자의 귓속으로 비집고 들어가는 찰라, 여자에게서 반응이 왔다. 여자의 손가락이 귓구멍을 막았다. 그리곤 동시에 비명이 터져 나왔다. 내가 원했던 바다. 이제부터가 시작이다. 녀석은 당황할 것이다.

"아악! 귀……귀가 아파. 아악! 자기야! 자기야!"

고통에 겨운 여자의 목소리가 쩌렁쩌렁 울려왔다. 나는 모든 힘을 다해 여자의 깊은 귓속으로 걸어 들어갔다. 그리곤 고막에 도달했을 때 잠시 숨을 가다듬었다.

"왜 그래?"

"귀에 뭐가 들어갔어. 아악!"

"잠깐만 기다려봐."

녀석의 목소리였다. 목소리는 다급했다. 나는 그 사이 여자의 귀를 후벼 파기 시작했다. 고막을 터뜨리고 말겠다는 신념으로. 그런데 밝은 빛이 귓속으로 들어왔다. 나는 더 깊이 숨었다.

"더 아파. 어떻게 좀 해줘!"

멍청한 녀석, 우리가 밝은 것을 싫어한다는 것을 모르는 것일까? 미련하게 불빛을 밝히다니. 그러면 그럴수록 네 여자는 아플 것이다. 고통에서 헤어나지 못할 것이다. 상식도 모르는 녀석.

나는 열심히 여자의 고막을 물어뜯었다. 그리고 발로 걷어찼다. 아, 이렇게 기분이 좋을 수가. 흥미진진한 싸움이 되어 가고 있었다.

"병, 병원에 가야 할 것 같아. 아악!"

여자는 발버둥쳤다. 발버둥칠수록 신나는 것은 나였다.

"바퀴벌레가 들어갔나봐."

녀석의 안절부절못하는 목소리가 들려왔다. 나는 고막을 파먹기 시작했다. 하하하.

"병원에 가자!"

그래, 병원에 가라. 내 최후는 병원에서 끝나게 될 테지만 병원으로 가는 동안 네 여자는 더 고통을 맛보아야 할 것이다. 더 이상 대화는 사절이다. 나는 열심히 고막을 팠다.

여자의 귓속에 숨어서 나는 나오지 않을 터이다. 그동안의 만남을 소중하게 여기겠다. 그래, 이를테면 아름다웠던 추억일 수도 있겠지. 하지만 지렁이도 밟으면 꿈틀거리는 법.

"자꾸 귀 파지마. 점점 더 깊숙이 들어가잖아."

"그러면 어떻게 해?"

"혹시 저절로 나올지도 몰라. 빨리 병원에 가자."

녀석이 서둘러 옷을 입기 시작했고 여자도 떡 실신의 몸으로 옷을 입었다. 여자는 녀석의 부축을 받으며 현관으로 가다가 거실에서 주저앉았다.

"조금만 참아."

녀석이 여자의 신발을 신겨주었다. 여자는 차마 비명조차 지르지 못할 정도로 고통스러워하고 있었다. 나는 점점 더 신이 났다. 그러다가 어렴풋이 낯익은 목소리가 들려왔다.

"이보게. 그대로 가면 안 돼. 자넨 아직 할 일이 남아 있어."

친척아저씨의 목소리였다. 하지만 나는 아랑곳하지 않았다. 여기에서 포기할 거였다면 애초에 여자의 귓속으로 들어가지도 않았을 것이다. 나의 결심은 확고했다.

"자네의 아이들이 곧 깨어날 거야. 이보게? 이보게?"

아이들, 아이들. 그럴 리 없어. 친척아저씨의 목소리는 점점 크게 들려왔다. 얼핏 아저씨의 모습이 보이는 것 같았다. 분명 아저씨였다. 위험을 감수하며 나에게 손짓하고 있었다.

"기회는 지금 뿐이야. 어서 뛰어내려! 자네 아이들이 기다리고 있어. 나를 믿으라고."

그럴 리가? 하지만 고작 나를 살리려고 위험을 무릅쓸 아저씨는 아니었다. 게다가 단 한 번도 거짓말을 해본 적이 없는 아저씨이지 않은가. 아저씨의 목소리에는 진실이 섞여 있었다.

"나를 믿어."

그래, 기회는 언제든지 있어. 여자와 남자가 막 현관문을 열고 밖으로 나가려던 찰나에 나는 재빠르게 여자의 귓속에서 빠져나와 고공낙하를 시도했다. 동시에 현관문이 닫혔다. 한밤의 발버둥은 현관문밖에서 서성거리다가 사라지고 말았다. 그 사이를 쥐 죽은 듯한 적막이 파고들어 왔다. 나는 흥분을 가라앉혔다.

"아이들이라니요? 난이는 죽었는데. 어떻게?"

"그래. 난이는 죽었어. 하지만 아이들까지 죽은 것은 아니야. 내가 혹시나 해서 확인했어."

"그게 무슨 말이죠?"

"난이가 이미 출산을 했다는 말이야. 이젠 자네의 몫이야. 자네가 아이들이 깨어나는 것을 도와주어야해. 그리고 아이들을 지켜줘야 하지 않겠나. 가자구."

친척아저씨가 먼저 앞장서서 걸어갔다.

아이들이 살아있다면? 그래, 그렇다면 난이는 아이들로 인해 또 다른 삶을 살게 되는 것이다. 난이의 삶은 이제부터가 시작이다. 나의 발걸음이 그 어느 때보다 빨라졌다. 또 다른 나와 난이를 확인하고 싶었다. 그리고 냉장고 밑에서 난이의 흔적을 발견할 수 있었다. 눈물과 함께 난이에 대한 의미가 되살아났다. 하마터면 나는 난이의 의미를 쓰레기통에 처박을 뻔했다.

아! 사랑스러운 나의 난이야.

8

사랑이 죄인가요?

녀석은 어쩌면 밤의 진정한 야수인지도 모르겠다. 하지만 나에게는 그저 해충에 불과할 뿐이다.

녀석은 독일바퀴다. 아프리카의 동북지역 에티오피아가 기원지다. 참, 멀리에서도 왔다. 빌어먹을 녀석. 녹말과 설탕을 좋아한다고. 그래, 기억해두겠다.

중국 윈난성에는 바퀴벌레 사육장이 있다. 표준화된 사육과정을 통해 미국바퀴를 생산한다. 바퀴벌레는 오래전부터 약의 원료로 사용되어 왔으며 고대 그리스에서는 귓병의 치료제로 사용되었고 작곡가 브람스(Johannes Brahms)는 바퀴벌레 스프를 즐겼다고 한다. 항암제 연구에도 사용되며 생리통에도 탁월하다. 중국에서는 바퀴벌레를 말려서 날로 먹기도 한다. 간식이며 영양제인 것이다. 꼬치로 구워먹기도 한다. 바퀴벌레튀김은 새우튀김보다 진한 맛을 낸다고 한다. 바퀴벌레의 단백질은 닭의 3배에 이른다. 학습이 가능하며 훈련 역시 가능하다. 어둠과 먹이, 적당한 무관심이 인간과 인연이 되었으며 생체시계는 밤에 활동하는 것으로 진화되었다. 항간에는 바퀴벌레를 박멸하면 생태계가 무너진다는 말도 있다. 그러고 보면 미국바퀴는 익충이다. 그러면 다른 종류의 바퀴벌레는? 모르겠다. 웹서핑에도 한계가 있다.

나도 바퀴벌레 사육장을 만들어볼까? 그러나 있을 수 없는 일이다. 주연이가 이 소릴 듣는다면 혼인신고를 하기도 전에 이혼 도장을 찍어야 할 것이다.

바퀴벌레 알레르기가 있다고 하더니 사실이었다. 특이체질인 주연이의 얼굴과 귀는 병원에 도착하기도 전에 두드러기가 피어나더니 퉁

통 부어올랐다. 그렇게 심각할 줄은 미처 예상하지 못했다. 바퀴벌레 때문에 병원에 입원하게 되다니. 이건 묻지 마 폭력이다. 귀신 같은 바퀴벌레. 내 일상을 야금야금 좀먹고 있는 바퀴벌레들. 너희를 처형하는 것이 이제 나의 몫이다.

나는 지금 시장으로 향한다. 사랑하는 사람이 아프다는 건 곧 나의 아픔이다. 대신 아파해줄 수 없으니 죽이라도 끓여볼 생각이다.

이제 내 일상은 온전히 나의 것이 아니다. 사랑 또한 나의 것이 아니다. 나는 결혼을 하면서 정확히 반만 소유할 수 있게 되었다. 그 이상을 소유하길 바랐다면 나는 여전히 혼자일 수밖에 없었을 것이다. 욕심 많은 혼자는 이기적일 수밖에 없다. 반이 되어 또 다른 반을 만났을 때 비로소 하나를 이룰 수 있는 것이 아닐까? 나는 주연에게 반 이상을 요구한 적이 없다. 앞으로도 그럴 것이다. 반을 요구하기 전에 하나 반을 더 주고 싶은 것이 사랑하는 사람들의 마음이라고 생각한다.

시간 속을 걷는다. 느리지도 빠르지도 않게. 마냥 걸어볼 생각이다. 조금만 더 여유로울 수 있다면 길을 잃을 염려는 없겠지. 그래 이즈음에서 쉬어가는 것도 좋은 방법이다. 너무나 빠르게 달리려하고 있지 않은가. 그러다 보면 쉬이 지치는 법이다. 걷다가 걷다가 지치면 쉬어가리라. 지금이 그때다. 바퀴벌레도 너무 서둘러 잡으려다가 화근이 되었는지도 모른다. 전쟁은 적을 알고 나를 알았을 때 승리하는 법이다.

시장통을 걷다가 퀭한 눈의 여린 초상과 마주했다. 어제 사망한 고등어 2,000원. 물론 타살이겠지. 그 주위를 파리들이 문상객이 되어

호시탐탐 노리고 있다. 점원이 파리채를 휘두르자 파리가 초주검이 되어 떨어진다. 그것 참, 파리 목숨이다. 문득 바퀴벌레의 잔영이 스쳐 지나갔다. 그래, 바퀴벌레를 잡을 때 휴지는 사치일지 모르지만 파리채라면 제 몫을 단단히 하고도 남을 것이다. 나는 왜 그 생각을 하지 못했던 것일까? 이제라도 무장을 하자.

내게 필요한 것은 싱싱한 전복이다. 적어도 이팔청춘이었으면 좋겠다. 어물전을 돌아다닌 끝에 통통한 청춘을 구했다. 그 와중에도 파리채는 내 머릿속에서 떠나지 않았다.

시장은 늘 활력이 넘친다. 사람 살아가는 냄새가 있어서 저절로 어깨가 들썩인다. 나는 주부의 마음으로 시장통을 기웃거린다. 이제 감자를 사야한다. 감자는 바퀴벌레에게 줄 선물이다. 바퀴벌레가 녹말을 좋아한다니 제격이다. 돌아오는 길에 든든하게 파리채도 하나 구입했다. 파리채면 어떠랴, 바퀴벌레를 잡으니 바퀴벌레채라고 이름을 고쳐주면 그만이다.

사람 살아가는 냄새도 질릴 즈음 나는 시장통을 벗어났다. 버스를 탈까 망설이다가 그냥 걷기로 했다. 길 위에서 길을 찾아가며 나는 오랜만에 여유를 즐긴다. 길 위에서 길을 잃을 일은 없다. 단지 길을 잘못 들어설 뿐이다. 잘못 들어섰다고 해도 길은 곧 하나로 통한다. 사람들은 왜 돌아가는 것에 익숙하지 않은 것일까? 나 역시 빠른 길만을 고집했다. 하지만 먼저 도착했다고 끝나는 것은 아니다. 바로 그 앞에는 또 다른 길이 기다리고 있기 때문이다.

계절의 변화를 실감하는 오후다. 바람도 적당하고 시간도 적당하다. 하지만 하늘이 소화불량이다. 소화제라도 처방해주어야겠다고 생각하던 중에 성질 급한 하늘은 벌써 먹구름을 몰고 와 설사를 쏟아낸다. 후두두둑. 배탈난 하늘의 배설은 요란하기도 하다. 이대로는 무리다. 잠시 비를 피해 가기 위해 건물 안으로 들어섰다. 빗방울은 좀처럼 가늘어질 생각을 하지 않았다. 빨간 우산, 파란 우산, 색색의 우산들이 길 위를 걷는다. 작은 우산, 큰 우산, 너나 할 것 없이 준비된 길 위를 걸어간다. 양산이면 어떠랴. 우산이 없으면 또 어떠랴. 때론 비를 맞는 것도 좋다. 나는 다시 길 위에 섰다.

어렸을 때는 비 맞는 것을 좋아했다. 비로 흠뻑 젖은 길 위를 맨발로 걷는 것을 좋아했다. 이유 없이 무작정 좋았다. 그런데 이 도심에서는 맨발로 걸을 만한 곳이 없다. 그래서 사람들은 걷고 싶은 길을 선택해 여행을 떠난다. 둘레길, 올레길, 오솔길, 언덕길, 돌담길, 가리지 않고 길 위를 걸으며 낭만과 운치를 즐기려 한다. 이제 길은 의미가 있어졌다. 무작정 앞만 보고 걸어가는 그런 길이 아니다. 비 오는 도심의 이 길도 때론 추억이 될지도 모른다. 그래, 걸어서 가자. 계절을 흐느끼며 걸어가자. 대신 일정하게 줄을 지어 걸어가는 것은 사양하겠다.

옷이 흠뻑 젖었지만 기분이 나쁘지는 않다. 엉금엉금 기어서 가자. 소나기가 그치고 하늘은 깊어졌다. 소화제와 진정제를 복용한 모양이다. 부디 약물 부작용이 없기를.

약삭빠른 돌연변이 바퀴벌레를 생각하면서 차곡차곡 걸어왔다. 텅 빈 놀이터가 울상인 얼굴로 나를 쳐다보고 있었다. 아파트의 오후는 퉁명스럽기 짝이 없다. 말을 걸어주고 싶어도 쌀쌀맞아서 엄두가 나질 않는다. 그래도 이미 너는 나의 일부다.

나는 엘리베이터 앞에 섰다. 그런데 더 걷고 싶어졌다. 계단을 오르며 평온 속을 더 걸었다. 오르고 또 오르고, 이곳으로 이사와 처음으로 걸어 올라가는 계단이다. 이 아파트의 사람들은 이 계단을 얼마나 자주 올랐을까? 계단이 말을 걸어왔다. 나는 뚜벅뚜벅 한 마디씩 던져주었다. 계단은 수다쟁이일지도 모른다. 하지만 말을 걸어오는 사람이 없어서 벙어리인 날이 더 많다.

"가지 말아요."

"미안해."

"이대로는 아니에요."

남녀의 목소리가 계단 위에서 들려오고 있었다. 계단을 오를수록 목소리는 더욱 선명해졌다. 6층에서 들려오는 소리가 분명했다. 5층에서 나의 발걸음은 망설이기 시작했다. 하지만 걸어 올라가는 것을 멈추지는 않았다.

"이유가 뭐예요?"

"우린 이러면 안 돼."

"왜 안 되는 대요? 우린 그동안 잘 지내왔잖아요. 그냥 이렇게 사랑하면 안 돼요?"

"안 돼."

내 발걸음은 오그라들었다. 계단 아래로도, 위로도 갈 수가 없었다. 나는 잠시 숨기로 했다.

앞집 여자와 50대의 스타일리시한 남자가 현관 앞에 서 있었다. 여자를 뿌리치고 남자가 가려고 했지만 여자가 자꾸만 잡았다. 남자와 여자는 초췌한 모습이었다. 남자의 얼굴에는 단호함이 깃들어 있었지만 좀처럼 여자를 뿌리치지 못했다.

"당신이 사랑하지 않아도 좋아요. 나는 당신을 사랑할 거예요. 그러면 되는 거예요. 그러니까 사랑하는 것까지 막지는 말아요. 그것도 안 된다면 난 아마 더 힘들 거예요."

"그래도 어쩔 수 없어."

"사랑이 죄인가요?"

앞집 여자가 턱없이 남자에게 안겼다. 대신 남자는 고목나무가 되었다. 그 남자, 아마도 예전 남자 친구의 아버지인 듯했다.

50대 중반의 어울리지 않을 것 같은 사랑은 이미 상당히 진행되어 있었다. 남자는 여자의 눈물에 약하다. 남자의 슬픔을 여자들은 한없이 감싸주려고만 한다. 사랑하는 남자라면 더더욱. 남자들은 언제나 한결같이 모성을 느낄 수 있다. 고목나무가 흔들리기 시작했다. 여자는 고목나무에 충분한 물을 주고 싶어한다. 그리하여 새싹이 피어날 수 있다는 걸 두 눈으로 확인하고 싶어한다. 여자들은 욕심쟁이다.

사랑도 나름일 것이다. 하지만 여자의 말대로 사랑이 죄인가? 사랑은 죄가 아니다. 하지만 불륜은 죄다. 시작과 끝을 생각하기도 전에 우선 저지르고 보는 사랑. 하지만 여자의 사랑이 정말 죄인가? 남자 친구의 아버지를 사랑한 것이 죄인가? 아, 모르겠다. 막장 드라마가 아니었으면 좋겠다.

"나에게는 죄가 돼."

"아니요. 그렇지 않아요. 단지 당신을 사랑한 나의 죄일 뿐이에요. 그러니까 당신은 그냥 그 자리에 서 있으면 돼요. 나는 그런 당신을 바라만 볼게요. 혼자 사랑하면서. 그러면 되는 거잖아요."

"그럴 수는 없어."

"육체적 사랑을 원하는 게 아니에요. 정신적인 사랑을 원할 뿐이잖아요. 더한 욕심은 내지 않겠어요. 그것도 죄가 된다면 이 세상 모든 사람들이 죄인이게요."

"우리의 사랑은 욕심일 뿐이야. 나는 힘들어. 이제 더는 받아들일 수가 없어. 그러니까 이즈음에서 끝내자. 우린 걸어오지 말아야 할 길을 걸어왔어."

"아니에요. 모든 길은 같아요. 난 당신을 사랑한 것이 부끄럽지 않아요. 내 사랑을 부정하고 싶지 않아요. 그러니까 당신도 제발 부정하지 말아요."

그래, 사랑을 부정해서는 안 된다. 사랑은 있는 그대로 받아들여야 하는 것이다. 물론 왜곡 돼서는 더더욱 안 된다. 여자의 말도 맞고 남자의 말도 맞다. 왜 저들은 복잡한 사랑을 하게 되었을까? 남자의 의지가 점점 흔들리고 있었다.

"미안해."

"뭐가요?"

"모든 게 다."

무슨 말을 할 수 있겠는가? 남자는 변명하는 것을 싫어한다. 더더욱 여자 앞에서는. 반면 여자들은 모든 것을 알고 싶어한다. 남녀의 사이는 시간이 지나도 좁혀질 것 같지 않았다. 여자가 다가서려하면 남자는 벌써 저만치 도망갔다.

나는 조심스럽게 계단에 앉았다. 저들이 저렇게 버티고 서 있으니 별 수 없는 일이었다. 저들을 방해하는 대신에 저들의 이야기를 들어주기로 했다. 낮말은 새가 듣고 밤말은 쥐가 듣는다고 하지 않았던가. 저들은 원하지 않을 테지만 나는 본의 아니게 저들 사이의 새가 되어 저절로 귀를 열고 말았다. 그렇다고 지저귈 생각은 추호도 없다. 비라 도 더 내렸으면 좋겠다. 그리하여 저들의 대화가 빗소리에 소리 없이 감추어지길 바랄 뿐이다.

"그리워할 거잖아요. 그만큼 아파할 거잖아요. 왜 자꾸만 힘든 길 로 가려해요?"

"어쩔 수 없는 일이야."

"저도 어쩔 수 없어요. 사랑은 그런 거잖아요."

여자는 양보하지 않았다. 양보할 거라면 시작도 하지 않았을 거라 는 표정이었다. 남자는 사랑이라는 길 위에서 갈팡질팡 중심이 흐트 러지고 있었다.

사랑? 사랑은 쉽고 어려운 것을 떠난 미묘한 문제다. 저들의 사랑 을 양변기 물 내리듯이 차르르르, 속 시원하게 내려버리고 싶은 심정 이다. 왜 저들은 그렇게 복잡한 사랑을 하게 되었을까? 저러다가 혹 시 사랑의 미아가 되어버리는 것은 아닐까?

갑자기 주연이 보고 싶어졌다. 우리의 사랑은 각자의 머릿속에서 키우던 개 때문에 시작되었다. 주연의 개가 짖어대면 내 개도 짖어댔 다. 짖다가 보니 우린 같은 종류의 사람이라는 것을 알게 되었다. 그 러던 어느 날부터 우리 머릿속의 개가 만나고 싶다고, 그립다고 짖어 대기 시작했다. 널 사랑해, 그냥 사랑해. 만나면 좋고 헤어지기는 정 말 싫어. 바라만 봐도 배가 부른걸. 그렇게 우린 단순한 것부터 시작 했다. 저들도 단순하게 시작했을 것이다.

시간은 말을 잃었다. 사랑은 방향을 잃었다. 나는 계단 위에서 마냥 하품 중이다. 오늘 오후도 평온하기는 글렀다.

어리다고, 나이가 많다고 사랑하지 말라는 법은 없다. 사랑은 때가 있는 것이 아니다. 언제든 다가오고 또 언제든 떠나가는 것이다. 사랑은 한척의 배고 우린 각자 노 젓는 뱃사공이다. 그래서 일방적이어서는 안 된다. 저들의 사랑도 일방적이지 않았을 것이다. 그러나 지금 저들의 배는 길을 잃고 표류하는 중이다. 선장도, 항해사도, 기관사도, 선원도 없는 배는 더 이상 항해를 할 수가 없다. 저들의 배는 탑승 인원 없이 출발한 무모한 도전이었는지도 모르겠다.

"이대로는 보낼 수 없어요. 들어가요. 들어가서 이야기해요."

여자가 남자의 팔을 잡아끌었다. 하지만 남자는 더는 참지 못하고 여자의 손을 뿌리쳤다.

"왜 못 알아들어?"

"이러지 말아요, 제발. 당신이 이러면 나, 아파요."

"아파하지 마. 슬퍼하지 마. 그리고 그리워하지도 마. 기다리지도 마. 그냥 아무것도 하지 마. 그러면 되는 거야."

"아니요. 난 견디지 못할 거예요. 그러니까 선을 긋지 말아요. 나는 당신만 바라볼 게요."

"아니야, 아니야."

"사랑해요. 그리고 언제나 고마워요."

"나도 그렇지만 이제는 아니야."

남자는 엘리베이터가 올라오기를 기다리고 있었다. 빨리 그 자리를 벗어나려는 듯 엘리베이터 버튼을 몇 번이고 눌러댔다. 하지만 엘리베이터는 느림보가 되어 남자를 자꾸만 여자에게 떠밀었다. 남자는 무책임을 무기로 삼고 싶은지도 모르겠다.

"나, 아파하면 금방 달려올 거잖아요."

"……"

그 말에 남자는 벙어리가 되었다. 솔직히 자신이 없었다. 남자는 빨리 그 자리를 벗어나고 싶을 뿐이었다. 내뱉는 한마디 한마디가 상처가 되어 되돌아왔고 또 여자에게 아픔을 주는 자신을 원망하고 있었다.

시작부터 잘못되었다. 시작하지 말았어야 할 사랑이었다. 이제는 돌이키고 싶지 않은 사랑이 되어버렸다. 남자는 점점 초라해졌다. 스스로 주눅 들고 말았다.

엘리베이터가 남자의 앞에 멈추었다. 문이 열리고 남자가 엘리베이터에 타려하자 여자가 필사적으로 남자를 막아섰다. 둘의 실랑이를 관망하던 엘리베이터는 기다리지 않고 갈 길을 서둘렀다.

"무서워요."

"제발, 제발, 제발. 날 그냥 내버려둬."

남자가 자신의 머리칼을 쥐어뜯었다. 남자는 여자의 시선을 애써 피했지만 여자의 시선은 남자를 괴롭게 따라다녔다. 남자의 입에서 한숨이 쏟아져 나왔다.

사랑이 무어냐고 물으신다면? 사랑은 그때, 그때 다르다. 누구나 아름다운 사랑을 꿈꾸지만 사랑은 때론 잔인하다. 저들의 사랑을 나무랄 자격이 내게는 없다. 안타깝고 서글픈 마음이다.

밀고 당기는 오후다. 남자와 여자에게는 각자의 입장뿐이다. 시간은 속절없이 흐른다. 멈추는 법이 없다. 느리게, 빠르게, 더 빠르게 달리다가도 평범하게 걷는다. 그러나 저들의 시간은 현관 앞의 작은 공간에 갇혀버리고 말았다.

여자의 두 눈에서는 눈물이 하염없이 흘러졌다. 남자의 가슴은 바싹바싹 말라가는 중이었다. 남녀가 서 있는 공간은 황량한 사막의 어느 즈음이다.

"난 후회하고 싶지 않아요. 절망하고 싶지 않아요. 당신을 잃고 싶지도 않아요. 그냥 이대로가 좋아요. 그냥 서로를 느낄 수 있는 지금이 좋아요. 더는 욕심을 부리지 않을 거예요. 그러니까 떠난다는 말은 하지 말아요."

"나에겐 선택의 여지가 없어. 나도 이러는 내가 싫어. 나, 너무 큰 죄를 지었어."

"그런 말 하지 말아요. 사랑은 결코 죄가 될 수 없어요."

"하지만……."

"우리 멀리 떠나요. 그냥 멀리 떠나요. 우리를 알아보거나 탓하는 사람들이 없는 곳으로. 그러면 되잖아요. 우린, 우리의 사랑에 충실하면 되는 거예요."

"아니."

남자의 어깨에 잔뜩 들어가 있던 힘이 풀렸다. 남자의 눈은 여전히 여자의 시선을 피하고 있었다. 마주하면 더 흔들릴 것 같아서 애써 외면하는 것 같았다.

언제까지 이렇게 계단에 쪼그리고 앉아 있을 수만은 없었다. 인기척이라도 내볼까? 하지만 나는 다시금 잦아들었다. 사랑이 죄일까?

아닐까? 라는 질문을 스스로 삼키고 있었다. 물론 내 사랑은 죄가 아니다. 그렇다면 저들의 사랑은? 글쎄 모르겠다.

"사랑해요."

"미안해."

남자가 안기려는 여자를 외면했다. 다시 원점이었다. 시간이 남녀의 주위를 서성거리며 무색하게 하품을 한다. 전반전? 후반전? 연장전? 시간은 대중없이 흐른다. 시간이 나를 부추긴다. 나는 자리에서 일어섰다. 막 계단을 오르려던 참이있다.

"내가 부탁할게. 나를 잊어줘."

섬뜩한 비수가 여자의 가슴을 향해 난도질을 했다.

"그렇게는 할 수 없어요."

"기윤이가 자살을 시도했어."

더는 망설이고 싶지 않았던 모양이었다. 더는 미련도 없는 모양이었다. 남자의 말이 끝나기가 무섭게 엘리베이터가 도착해 게임오버를 알리는 종을 쳤다.

"그, 그게 무슨 말이에요? 자살이라니요?"

"……."

남자의 대답은 엘리베이터가 잡아먹어 버렸다. 엘리베이터는 야속하게도 자신의 일에 최선을 다하고 있었다. 여자는 한동안 충격에서 벗어나지 못했다.

"아니, 아니야."

여자가 돌아섰다. 그리곤 계단을 향해 달려왔다. 여자의 얼굴에는 미련이 가득했다. 여자의 시선과 내 시선이 마주치면서 주춤거렸다.

그것도 잠시 여자는 계단을 재빠르게 내려가기 시작했다. 계단이 말 대꾸를 하기도 전에 여자는 저만치 앞서서 달리고 있었다. 사랑의 가닥을 잡기 위해 부질없이 달리던 여자의 얼굴이 자꾸만 나를 채근하고 있었다. 엿듣던 내 꼬락서니는 똥 묻은 개가 겨 묻은 개 나무라는 몰골이 되고 말았다. 나는 썩 달갑지 않은 얼굴로 현관 앞에 섰다. 그러나 집으로 들어갈 수는 없었다. 어항속의 물을 게걸스럽게 다 마시고도 배부르지 않은 금붕어처럼 나는 저들 사랑의 결말이 궁금했다.

남자가 걸어가고 있었다. 조금은 홀가분한 걸음걸이에는 아직도 미련이 대롱대롱 매달려 있었다. 나는 창문 앞으로 바짝 다가갔다. 이제 연장전이 시작될 것이다.

여자는 육상선수가 되어 남자를 가까스로 따라잡았다. 그리고 악착같이 매달렸다. 나도 열혈 관중이 되어 사랑은 죄가 될 수 없다는 여자의 용기를 응원하기 시작했다. 한편의 연애론이 아파트 단지의 무료함에 일침을 가하자 기다렸다는 듯이 비가 쏟아졌다. 가장 적절한 엑스트라의 등장이다. 다만 아쉬운 점이 있다면 저들의 대화를 들을 수 없다는 것이다. 하지만 나는 음소거된 영상을 놓치지 않았다.

저들의 사랑이 자살과 타살을 오가기 시작했다. 남자는 단호하게 여자를 뿌리쳤고 여자는 끝끝내 포기하지 않았다. 남자는 더 이상 돌아서지 않았다. 몇 번이고 여자가 남자를 잡아끌었지만 소용이 없었다. 남자의 등은 차갑고 싸늘했지만 속으로는 뜨겁고 서글프게 울고 있는 것 같았다. 더는 무리라는 것을 알았기에 여자는 남자를 잡을 수가 없었다. 여자는 남자가 되돌아 봐주기만을 바라며 빗속에 사시나무 떨 듯 서 있었다. 매정한 남자의 뒷모습이 빗속에 가리고 여자는 그만 그 자리에 주저앉고 말았다.

여자는 울고 있을 것이다. 여자의 마음을 짐작도 못하고 대신 울어주는 비는 담담했다. 시간은 재깍재깍, 하지만 우울하게 발길을 서둘렀지만 여자는 사랑이 떠나간 자리에서 마냥 서글픈 울음을 되삼켰다. 금방이라도 남자가 되돌아와 따뜻하게 감싸줄 것 같아 더 서럽게 울었다. 우산이라도 씌워주고 싶었지만 나는 여자의 슬픔을 감당할 수 없을 것만 같았다. 가벼운 동정은 더 큰 상처를 감수하게 만들 뿐이다.

내 일상에 쥐도 새도 모르게 자리하고 앉은 저 여자의 슬픔을 짐작하다가 나는 아쉽게 돌아섰다. 온전히 그녀의 선택이었고, 온전히 그녀의 사랑이었다. 시련 역시 온전히 그녀의 몫이다. 나는 그저 관객일 뿐이다. 평론가가 되고 싶은 생각은 추호도 없다. 아픔은 시간 속에 묻히는 법. 부디 조용한 장례식이 되기를 바랄 뿐이다.

비를 맞아서일까? 시간의 군더더기가 몸에 덕지덕지 달라붙어 꿉꿉했다. 옷을 훌훌 벗어던지고 욕실로 들어가 샤워를 했다. 비누거품이 피부를 상쾌하게 미끄러져 내리며 달라붙어 있던 찌든 군더더기를 나무라기 시작했다. 문득, 앞집 여자는 상처받은 사랑을 씻어낼 수 있을까? 하는 생각이 들었다. 먼저 상처에 약을 발라야 할 것이다. 약국에서 쉽게 구할 수 있는 일반의약품이었으면 좋겠는데. 전문의약품이 필요하더라도 남용하지 않기를.

오리무중이다. 틈만 나면 득달같이 나타나 경계의 벽을 허물던 녀석은 오늘은 어쩐 일인지 코빼기도 보이지 않는다. 하지만 방심은 금물이다. 나는 항상 준비되어 있어야 한다. 그렇지 않았다가는 절호의 기회를 아깝게 놓쳐버리기 때문이다.

시장에서 사온 믿음직스러운 파리채를 옆에 두고 나는 죽을 끓이기 위해 먼저 쌀을 씻어서 불렸다. 그리고 바퀴벌레에게 줄 만찬도 함께 준비했다. 알이 큰 감자를 골라 거창하게 포장한 인심이라는 양념으로 간을 하여 삶았다.

그런데 전복이 문제다. 단 한 번도 전복죽을 끓여보지 않은 나로서는 믿을 구석이란 인터넷밖에 없었다. 그것마저도 없었다면 나는 전복죽을 끓일 엄두도 내지 못했을 것이다.

모니터가 눈을 뜨고 벌써부터 달릴 준비를 했다. 자판을 누르자 컴퓨터는 정보의 바다를 수백 바퀴쯤 거뜬히 돌아 쓸 만한 자료와 쓰지 못할 자료까지 한꺼번에 끌어모았다. 정말이지 대단한 녀석이다. 너의 근면성실에 찬사를 보낸다.

두꺼운 솔로 전복을 목욕시키고 이제 살아있는 전복에 일침을 가해야 한다. 껍질의 두꺼운 곳과 얇은 곳을 가려 얇은 곳에 수저를 밀어넣었다. 그러자 전복의 몸통이 껍질과 분리되면서 내 손에도 날카로운 이물감이 느껴졌다. 수저를 너무 바짝 잡은 덕에 껍질의 날카로운 면에 검지를 베인 것이다. 야속한 녀석. 네 생명을 경시한 죄일 것이다.

전복도 이빨이 있다. 하마터면 의외로 날카로우면서 날카롭지 않은 이빨의 존재를 무시할 뻔했다. 이 이빨로 너의 몸집을 불리고 키웠을 터이니 이제는 소용없겠지. 몸통에서 이빨을 분리해냈다. 내장은 바깥쪽의 모래주머니를 제거하여 다져두었다. 몸통도 송송 썰어서 준비했다. 전복을 냄비에 넣고 고소한 참기름으로 볶기 시작했다. 그다지 어려운 것도 없었다. 나름 재미를 붙여가며 참기름으로 오후를 볶기 시작했다.

사랑하는 사람을 위해 나는 시간을 요리한다. 이 얼마나 행복한 일인가. 그래, 내 사랑은 평온을 유지할 충분한 가치가 있다. 하지만 뭔가가 허전하다. 이 즈음이면 나타나 훼방하고도 남았을 바퀴벌레 녀석, 녀석은 무슨 꿍꿍이로 이 오후를 준비하려 하는가? 전운이 감도는 이 불길한 정적은 도대체 뭐란 말인가? 생각해보면 녀석은 치밀하게도 내게 다가와 부정할 수 없는 존재가 되어버렸다. 달갑지 않은 이 동거를 더는 용납해서는 안 된다.

전복껍질을 삶아 육수로 활용했다. 나는 행복한 요리사가 되어 시간에 양념을 더하고 빼기를 조절하며 정성스럽게 죽을 완성했다. 요리사의 가장 큰 행복은 자신이 만든 음식을 상대가 맛있게 먹어주는 것이다. 그리하여 사랑을 먹고, 행복을 먹고, 시간을 먹고 사는 나는 가장 평준화된 인간이고 싶다.

보온병에 전복죽을 담아놓고 식혀두었던 감자를 으깨기 시작했다. 물론 내키지 않는 인심도 듬뿍 담았다. 곱게 으깬 감자에 약국에서 사 가지고 온 붕산을 버무렸다. 거기에 설탕을 감미료로 사용했다. 인터넷에서는 바퀴벌레 퇴치제로 이 방법을 많이 사용한다고 알려져 있다. 바퀴벌레가 아무리 녹말을 좋아한다고는 하지만 이 방법이 과연 통할까? 의문이 생겼다. 그런 중에도 나는 일명 바퀴벌레 퇴치제의 제조법을 충실하게 따르고 있었다. 꽤나 알려진 생활의 지혜라니 믿어보는 수밖에. 더운물 찬물 가릴 처지도 아니었다. 게다가 일간지에도 여러 번 실렸던 방법이라니 믿음감이 생겼다. 어떤 사람들은 카스텔라와 달걀노른자를 추가하라고도 했지만 나는 아주 담백하게 미끼를 완성했다. 아무리 하찮은 바퀴벌레라 하더라도 맛도 느낄 수 없는 잡탕을 좋아할 것 같지 않았다. 그건 내 최소한의 배려였다. 조제된 바퀴벌레 퇴치제를 콩알만 한 크기의 환으로 만들어 바퀴벌레가 자주 출몰하는 곳곳에 미끼로 놓아두었다. 이제 바퀴벌레들의 몫이다. 부디 이 만찬을 마음껏 즐기고 돌아올 수 없는 안식의 길로 미련 없이 가거라. 부탁이다.

벌써 저녁식사 시간이다. 주연이 기다리고 있을 병원으로 가기 위해 서둘러 현관을 나섰다. 엘리베이터를 기다리다가 문득 앞집 여자가 걱정되었다. 앞집 현관문은 묵묵부답으로 입을 꼭 다문 채 잠들어 있었다.

시간이 지나면 상처는 자연스럽게 아무는 법이다. 딱 그만큼만 아파했으면 좋겠다. 상처가 곪아 터져 덧나지 않기만을 바랄 뿐이다. 상처를 관리하는 것은 스스로의 몫이다. 누구도 대신해줄 수 없음을 여자도 잘 알고 있을 것이다.

내 마음은 벌써 병원에 가 있었다. 그만큼 발걸음도 빨라졌다. 놀이터를 지나가려는데 낯선 기척이 내 발걸음을 사로잡았다. 외등 아래, 벤치에 희미하게 앉아 있는 앞집 여자가 보였다. 언제부터 그곳에 앉아 있었는지는 가늠할 수 없었지만 여자의 슬픔은 짐작할 수 있었다. 슬픔이 그녀의 어깨 위에 그렁그렁 맺혀 있었다. 혼자가 아니어서 외로울 것 같지 않은 놀이터였지만 놀이터는 여자의 슬픔에 많이도 당황한 눈치였다. 그 어떤 위로도 감히 해줄 수 없는 놀이터는 분위기를 잡아주곤 뒷걸음질 치고 있었다. 시간은 유감이라는 말만 반복하며 갈 길을 잃지 않고 재촉했다. 이제 남은 것은 철저하게 혼자가 된 그녀뿐이었다. 내 발걸음도 머뭇거리다가 그녀를 외면하고 말았다.

그녀가 걱정되었지만 끝내 내 일상의 파격을 나는 실행하지 못했다. 평온한 내 일상의 언저리를 나는 소리 없이 걸어갔다. 다행인 것은 적당히 마른 바람이 불어와 외롭게, 쓸쓸하게 젖은 여자의 모습을 감싸주고 있다는 것이다.

내 발걸음은 얼마 가지 않아 경계를 감지하며 멈추었다.

"저 녀석이 간덩이가 부었다."

쓰레기수거함 앞이었다. 뭐 눈에는 뭐만 보인다고 하던가? 싸움도 똑 같으니까 한다는 말도 있다. 그러고 보면 나는 바퀴벌레일지도 모른다. 하필이면 왜 내 눈앞에 나타나 알짱거리는 것인지. 녀석은 살이 통통하게 오른 미국바퀴벌레였다. 내가 상대해 오던 독일바퀴, 일본바퀴와는 체질적으로 틀린 녀석이었다. 나는 다짜고짜 녀석에게 달려들어 녀석을 인정사정 볼 것 없이 짓밟았다. 조금의 죄책감도 인정도 없이 내 욕구를 마음껏 속 시원하게 채웠다.

바퀴벌레만 보면 기계적으로 달려들고 마는 내가 눈물나게 불쌍하다. 나는 쓸쓸하게 웃었다. 도대체 이 아파트에는 얼마나 많은 바퀴벌레가 둥지를 틀고 살아가는 것일까? 인간의 인내심을 실험하는 바퀴벌레의 종족 번식에 경의를 표한다.

병원에 도착했을 때 주연은 식사를 하는 중이었다. 나는 소리 없이 주연의 병상 앞으로 다가갔다. 그리곤 주연을 가만히 쳐다보았다. 나를 발견한 주연이 살며시 웃어주었다. 더없이 따뜻한 미소에 눈이 부셨지만 그래도 나는 뚫어지게 주연을 바라보았다. 주연의 얼굴에는 아직도 붓기가 남아 있었다.

"왜 그래?"

"사랑이 뭘까?"

나는 불쑥 주연의 사랑을 확인하고 싶었다. 하지만 나 스스로도 그 물음이 낯설어 나는 죽이 담겨 있는 보온병을 게슴츠레 주연의 앞으로 내밀었다. 사랑? 그러고 보면 우리의 사랑은 본능적이었다. 사랑에 의미를 두지 않았다. 이유를 따지지도 않았다. 열심히 달리다보니 우린 이렇게 마주하고 서 있는 것이다.

"이게 뭘까?"

"전복죽, 좋아한다고 그랬잖아. 내 사랑을 모두 담아서 만들었어. 그래서 말인데. 나 지금 하고 싶다. 간절하게."

"짓궂기는."

왜 사랑과 섹스를 연결시켰는지 나도 모르겠다. 주연이를 안아주고 또 깨물어주고 싶었다. 나는 본능에 충실한 사람이다.

"맛있어. 자기 사랑만큼."

"행복해?"

"아니, 너무 행복해서 불행해. 나, 이제 집에 가면 안 될까? 집에서 쉬는 게 더 좋겠어. 여긴 너무 답답해."

"아니, 조금만 더 불행해. 내가 바퀴벌레에게 안녕을 고할 때까지만 말이야."

"그럼 오빠 집에 가 있을게."

우린 본의 아니게 별거를 생각했다. 바퀴벌레가 내 일상에 숨어 들어와 이렇게까지 큰 타격을 주리라고는 생각하지 못했다. 그러나 현실은 주연이 바퀴벌레 알레르기 특이체질이라는 것을 직시해야만 했다. 언제까지 내 사랑을 위험에 노출시키고 싶지는 않았다.

식사를 끝내고 우린 선택권이 없는 TV를 멀뚱히 바라보고 있었다. 병원은 더없이 심심한 곳이다. 우리처럼 참깨를 서 말쯤 볶아도 만족할 수 없는 생짜 신혼은 안달나서 견디기 힘든 시간이다.

"사랑이 죄일까?"

나는 사랑을 무심히 던졌다.

"왜?"

"죄일까? 아닐까?"

"사랑이 무슨 죄야?"

"그렇지? 사랑은 죄가 아니지?"

"누가 죄래? 물론 상황에 따라서는 죄일 수도 있겠지만. 자기는 사랑을 어느 시각에서 보고 싶은데?"

"글쎄, 사랑이 죄가 될 거라고는 생각해보지 않아서 모르겠어. 사랑은 정말 복잡한 것 같아. 그런데 누군 죄라고 생각하던데. 이 사랑이라는 녀석은 대체 몇 가지 얼굴을 가지고 있는 걸까?"

"적어도 내겐 지금 한 가지 얼굴이야!"

그래, 나는 한 가지 얼굴만 영원히 간직하고 싶다.

앞집 여자는? 아직 젊으니까 여러 가지 얼굴의 사랑을 경험할 수 있었으면 좋겠다. 왜 자꾸만 앞집 여자의 사랑을 간섭하고 싶은지 모르겠다. 내 일상에 무심코 들어와 버린 앞집 여자, 내 일상을 야금야금 갉아먹고 있는 바퀴벌레는 이젠 부정할 수 없는 관심의 대상이 되어버렸다.

TV에서 다큐프라임이라는 프로가 시작되었다. 주연은 바퀴벌레. 나는 녀석들의 일상을 따라다녔다.

9

일상은
변함없이 달리고

두문불출.

녀석들의 행방이 며칠째 묘연했다. 내 경계도 차츰 무장 해제를 준비하고 있었다. 하지만 녀석들의 사체를 확인할 수 없어서 종전을 기대하기란 아직 시기상조였다.

<내 머릿속의 쓰레기더미 속에서 윈도우를 바라보던 미친개 한 마리가 불쑥 튀어나와 포맷 버튼을 눌러버렸다. 파티션도 지정하지 않고 짖어대는 통에 머리가 복잡하다. 아, 젠장. 컴퓨터가 또 눈을 감아버렸다.>

SNS에서 일상의 소소한 흐름을 느끼며 타임라인을 서성거린다. 팔로잉을 종용하는 쪽지가 눈살을 찌푸리게 만드는 오후다. 앞집 여자의 SNS는 계속해서 먹통이었다. 나는 배가 고프다. 내 배고픔을 채워줄 신선한 충격이 내게는 필요했지만 식상한 사진들과 인용된 (RT) 문장들이 내 허기짐을 비웃을 뿐이다.

지금 뭐하고 있나요? 네, 저는 지금 모니터를 멀뚱멀뚱 바라보고 있습니다. 배부르고 근심 걱정 없으면 그만이지요. 그러는 당신은 뭐하고 있나요? 자꾸만 반문이 생기는 오후다.

베란다 창문 앞에 섰다. 오늘도 고양이는 오후를 도둑질하고 있었다. 음식물 쓰레기봉투를 난자해버린 녀석의 허기를 동정하지만, 그것도 하루 이틀이다. 새끼들까지 대동하고 오후를 활보하는 녀석은 간덩이도 퉁퉁 부었다. 이 녀석들, 너희를 버린 양심 없는 주인은 도대체 누구냐? 아파트 단지를 어슬렁거리는 고양이 가족이 몹시도 허기져 보였다. 그리고 당연히 텅 비어 있을 것으로 생각된 놀이터를 무심코 지나치려다가 앞집 여자를 발견했다. 그 모습이 아직도 상처를 추스르지 못한 듯 너무도 슬퍼 보인다. 여자의 상처를 충분히 감싸줄 수 있는 따뜻한 오후였으면 좋겠다. 앞집 여자는 앞으로도 많은 시간 동안 저렇게 혼자인 것을 고집할 것이다. 부디 상처를 덧나게 하지는 말기를.

라면이라도 끓여먹어야겠다. 며칠째 라면으로 식사를 대신했지만 그래도 간단하게 해결할 수 있어서 좋다. 주연은 인스턴트로 해결하지 말고 식사는 꼬박꼬박 챙겨 먹으라고 했지만 귀찮은 건 어쩔 수 없다. 냄비와 젓가락이면 끝인 것을 혼자서 괜한 요란을 떨 필요는 없었다. 냄비에 물을 받아 가스레인지 위에 올렸다.

물 550ml에 건더기스프를 넣고, 물이 끓으면 분말스프와 면을 넣고 4분간 끓이면 맛있는 라면이 된다고 라면 봉투에 쓰여 있지만 한 번도 조리법대로 라면을 끓여먹어 본 적은 없다. 라면이 잠길 만큼의 물을 붓고 건더기스프와 분말스프를 한꺼번에 넣는 것이 내 나름의 방식이다. 앞으로도 그 방법은 변하지 않을 것이다. 나는 고집스럽게 라면을 끓이는 중이다. 그런 내 고집을 꺾으려는 듯 드디어 녀석이 나타났다.

눈이 마주쳤지만 녀석은 나를 피하지 않았다. 돌연변이 흰색 바퀴벌레의 저 대담함에 나는 혀를 내둘렀다.

"어라."

허기진 식욕은 순식간에 사라졌고 나는 녀석에게 연연했다. 오늘이 바로 너의 초상 날이다. 파리채를 찾아 내 손이 부산스럽게 움직였다. 일각의 지체와 망설임은 없었다. 파리채를 들고 타이밍을 노렸다. 다시없을 절호의 기회였다. 그런데 녀석의 행동이 어딘가 이상했다. 다른 때 같았으면 내 움직임을 간파하고 나를 놀렸을 녀석이지만 오늘은 그와는 정반대였다. 녀석이 여유를 부리는 것 같지는 않았다. 그렇다면 녀석은 약에 중독된 것이 분명했다. 그렇다고 봐줄 내가 아니다. 내게는 그럴만한 여유도 배려도 없었다.

녀석을 향해 파리채를 휘두르는 순간 녀석은 체념한 듯 나를 뚫어지게 쳐다보고 있었다. 녀석의 눈은 마치 미로와도 같았다. 들어서면 다시는 빠져나올 수 없는 수천 개의 조각난 길. 나는 그 길 어딘가에서 출입구를 찾아 숨 가쁘게 빠져나오는 중이었다.

탁.

파리채가 녀석을 향해 가차 없이 날아드는 순간 녀석의 외마디 비명이 분명히 들렸다. 이건 아니다. 너무도 시시하게 끝나버린 녀석의 최후를 나는 믿을 수가 없었다. 하지만 처참하게 뭉개져버린 녀석의 사체를 확인할 수 있었다. 짧은 탄성이 내 입에서 쏟아져 나왔다. 그 얼마나 벼르던 녀석의 최후였던가? 내 자존심을 짓밟던 녀석의 초상은 나를 흥분시키기에는 충분했다. 녀석을 휴지로 확인 사살하고 쓰레기통에 버렸다. 이제 녀석은 존재하지 않는다.

결국 나는 이 전쟁에서 승리했다. 물론 녀석의 잔당을 모두 처리한 것은 아니다. 어디에선가 종족 번식에 전념하는 음흉한 바퀴벌레도 있을 것이다. 그러나 불쑥불쑥 튀어나와 나를 당혹스럽게 만들었던 혈기왕성했던 돌연변이가 사라진 이상 이 전쟁의 승리를 자축해도 손색이 없을 것이다.

녀석은 특별했다. 특별했던 만큼 관심의 대상이었고 그만큼 미운 정도 많이 들었다. 아니, 그만큼 익숙해졌다는 표현이 어쩌면 더 어울릴지도 모른다. 이제 허무한 영혼이 되어버린 돌연변이 바퀴벌레를 위하여 묵념. 부디 다음 생에는 전쟁 없는 평화로운 세상에 태어나 온전한 삶을 영위하기를.

승리의 세레모니도 잠시, 도대체 이게 무슨 냄새냐? 아차? 이건 필시 녀석의 저주일 것이다. 깜빡 잊고 있던 라면이 생각났다. 라면은 가스레인지 위에서 장렬하게 전사하는 중이었다. 퉁퉁 불어터지기도 전에 바짝 졸아서 금방이라도 시커먼 연기를 내뿜을 기세의 라면 면발을 멍하니 바라보았다. 녀석은 끝까지 나를 골탕먹였다. 하지만 이제 더는 녀석을 탓할 일은 없을 것이다. 녀석은 이미 시간의 저편에 의미 없이 존재할 뿐이니까.

나는 개선장군처럼 뿌듯한 마음으로 전화기를 들었다.

"드디어 잡았어."

"뭘?"

"돌연변이. 그런데 너무나 싱겁게 끝나고 말았어. 그래도 잡았으니 다행이잖아. 녀석이……."

"나, 회의 들어가."

들뜬 내 기분을 무시하며 주연이 전화를 끊었다. 아무리 바쁘다고는 하지만 그래도 그렇지 그렇게 전화를 끊어버리다니. 내가 누구 때문에 눈에 불을 켜고 바퀴벌레를 잡으려고 안달난 사람처럼 뛰어다녔는데. 나는 단지 '잘했어'라는 말 한마디가 필요했을 뿐이었다. 갑자기 텅 빈 적막이 애처로울 뿐이다.

그래, 그렇게 대단한 일은 아니었다. 당연했던 일을 과대 포장하려는 내가 파렴치하게 느껴졌다. 그러나 돌연변이를 잡았던 그 순간의 짜릿했던 희열을 나는 놓치고 싶지 않았다. 이 기세를 몰아 남은 바퀴벌레를 기어코 소탕하고야 말 것이다. 이제 몇 마리쯤 남았을까? 적당한 무관심이 녀석들을 사육했다면, 적당한 관심으로 녀석들의 씨를 말릴 수 있다. 무방비 상태로는 내 일상의 평온을 지킬 수 없다는 걸 나는 녀석에게서 배웠다. 나는 다시 좀비가 되어가는 오후의 어중간에 적당한 사선을 그었다.

나는 다시 달리기 시작했다. 이제 막바지 작업이다. 그러나 생각대로 작업이 술술 풀리지는 않았다. 한참을 달리다가 멈추기를 반복하면서 괜한 짜증을 내기 일쑤였다. 이제는 탓할 그 녀석도 없다. 그런데도 나는 핑계를 대기 위한 대상을 찾으려고 집안 곳곳을 휘젓고 다녔다. 나를 응원이라도 하듯 한번쯤 나타나 줄 법도 한데. 돌연변이 녀석이 그리워지는 이유는 대체 뭘까?

심심한 커피를 끓여 모니터 앞에 앉았다. 더는 시간과 실랑이를 벌이고 싶지 않았다. 서둘러 일을 끝내고 심심한 평온을 마음껏 즐기고 싶은 마음뿐이었다.

글자는 문장을 만들고 나는 리듬을 부여한다. 오후는 마음껏 달리다가 지치고 밤이 되었다가 새벽으로 일어선다. 녀석의 최후가 귓가에 잠시 어른거리다가 흔적 없이 사라지고 나는 애인을 바라보듯 모니터를 바라보며 사랑한다고 말한다.

일상은 유연하게, 시간과 함께 일직선으로 달리고 나는 그 위에 앉아 있었다. 가끔 위험한 줄타기로 서핑을 즐기는 바퀴벌레가 나타날 때면 내 비장의 무기인 파리채가 용납하지 않았다. 시간은 싱겁게 흘렀다. 멈출 수 없다는 시간에 소금으로 간을 하고 싶었지만 나는 모니터 앞을 벗어날 수 없었다.

주연에게서 전화가 왔지만 나는 전화를 받지 않았다. 애써 잡은 리듬을 놓치고 싶지 않았기 때문이었다. 조금의 타협도 양보도 없이 나는 시간을 맛있게 먹었다. 아무리 먹어도 배탈날 것 같지 않은 시간이었다. 마지막 마침표를 찍자 시간은 제 속도를 찾아 걷기 시작했다. 기지개를 켜는 것으로 나는 작업을 마무리 지었다.

휴, 절로 안도의 한숨이 쏟아져 나왔다. 정말이지 지난한 시간을 용케도 걸어왔다. 그런데 막상 작업을 끝내고 나니 나는 길을 잃고 말았다. 원인을 알 수 없는 조급함과 막막함이 돌연 족쇄가 되어 나의 발목을 잡고 말았다. 이 기분 나쁜 상실감은 도대체 뭐지? 나는 모니터 앞에서 한동안 일어날 수 없었다.

몹시도 심심한 커피를 마시다가 개수대에 밋밋하게 쏟아버렸다. 그때 전화벨이 울렸다.

"삐쳤구나?"

"뭐가?"

"전화도 받지 않고."

"아니야. 아니, 어쩌면 그럴 수도."

부정과 긍정 사이의 모호한 대답으로 주연을 인식했다. 솔직히 중요한 것은 그게 아니다. 속절없이 불끈 달아오른 성욕 때문에 나는 당황하고 있었다. 그냥 막연하게 주연을 안고 싶었다.

"내일 갈게. 그런데 먹고 싶은 것 없어?"

"있어. 그냥 사랑을 먹고 싶어. 자기가 필요해."

"저질! 알았어. 나도 눈치 보여서 더는 오빠 집에 있기 싫어. 나도 자기가 보고 싶다."

시간이 설레기 시작한다. 사랑이 가까이 오는 소리가 쫑긋쫑긋 들린다. 나는 이미 일상의 평온을 즐기고 있었다. 그런데 누군가가 나를 지켜보고 있는 것 같다. 그 녀석인가? 그럴 리는 없다. 그렇다면 그 녀석의 무리 중 하나인가? 둘 일지도 모른다. 그래도 나는 이제 조급해하거나 조바심을 느끼지 않는다. 바퀴벌레와의 전쟁은 나에게서 즐김의 대상이 되어버렸기 때문이다.

나타나라 그러면 내가 달려갈 것이니. 그리하여 바퀴벌레를 잡았을 때 나는 나름의 희열에 충실할 것이다. 잠자는 호랑이의 코털을 건드린 것은 너희들이다. 나를 원망하지는 마라. 나는 단지 사랑을 마음껏 즐기고 싶은 생각뿐이다. 너희들의 훼방을 용인해서는 안 되는 이유다. 양보도 한계가 있는 것이다.

돌연변이 바퀴벌레, 그 녀석은 어쩌면 바로 내 자신이었는지도 모른다. 내 평온을 깨고 싶은 내 속의 또 다른 나. 녀석이 있을 때는 잡아먹지 못해 안달을 냈지만 지금은 녀석이 그립다. 알고 보면 녀석은 내 일상의 신선한 충격이었다. 평온한 일상도 좋지만 가끔은 신선한 충격으로 내 일상을 삶을 한번쯤 돌아보는 것도 좋을 것이다. 스스로 평온을 깨고 싶지 않은 내 속에는 겁쟁이가 몇 명쯤 숨어 있는 것이 분명하다.

시계를 보니 아직 아침나절이다. 무덤덤한 시간을 얼마만큼 흘려보냈는지는 모르겠다. 잠을 자야 하는데 잠이 오지 않는다. 가출한 잠이라는 녀석은 이틀째 되돌아오지 않았다. 이제 그만 방황하고 집으로 돌아와 나의 베개가 되어 주기를.

<바람이 몹시도 차구나. 찬바람이 부는 너를 바라보면 나는 항상 방화범이 되고 싶다. 너의 가슴에 불을 질러 네가 달아오를 만큼 달아올랐을 때 나는 어처구니없이 찬물을 뿌릴 테다. 쌀쌀맞기만 한 너에 대한 나의 복수다. 앞으로는 그런 눈으로 나를 보지 마라.>

지금 이 순간에도 타임라인에는 수많은 글이 살아나고 묻혀버린다. 시간의 무덤이다. 침침한 눈을 치켜뜨고 나도 그중의 일부분이 된다. 소통할 수 있는 즐거움을 나는 버리고 싶지 않다. 자판을 두드리며 오랜만에 서핑을 즐긴다.

수면제를 먹었는데도 아직 잠이 오지 않는다. 생강차를 끓여 모니터를 마주하고 앉아 시간 위를 걷는다. 그러다가 블로그에 들어가 몇 달째 무성하게 자라난 잡초들을 뽑았다. 간만에 카페에도 들어가 친구들의 근황을 살피기도 했다. 몇 글자 남기는 것으로 내 존재를 인식시키고 음악을 듣다가 뒤돌아나왔다. 그런데도 시간은 제자리다. 왜 이렇게 느림보가 되었는지 모르겠다.

사각사각 시간을 깎는다. 연필을 깎는다. 얼마 만에 손에 잡아보는 연필인지 모르겠다. 예전에는 노트를 사서 작업노트를 작성하곤 했다. 노트를 사기 위해 문구점에 갈 때는 가슴이 설레기도 했다. 하지만 요 근래에는 손글씨를 써본 적이 없다. 그만큼 온전히 컴퓨터에 의존했다. 작업노트라는 파일이 생성되어 내 창작과 스토리가 하드디스

크에 쌓였다. 그것 역시 내 일상의 일부분이 되어버리고 말았다.

노트를 사야겠다. 그리고 맥주도 사야겠다. 내 머릿속의 개가 은근히 짖기 일보 직전이었다. 대형서점 문구코너로 노트를 사러갈까 하다가 그냥 가까운 문구점에서 샀다. 그리고 돌아오는 길. 계절의 변화가 나를 자꾸만 부추긴다. 적당히 더운 바람이 불어와 내 코끝을 몽롱하게 어지럽힌다. 그냥 막연하게 떠나고 싶다는 생각이 들었다. 계절도 나름이겠지만 이 계절에는 캠핑이 썩 잘 어울릴 것 같은데.

아파트 상가의 슈퍼에서 맥주를 샀다. 늘 먹는 맥주를 골라 늘 그랬던 것처럼 나는 내 머릿속의 개에게 한마디 건넨다.

'술을 먹어도 제발 소리 내어 짖지는 마라.'

하지만 내 머릿속의 개는 오늘도 짖을 것이다. 부디 미친개가 되지 않기만을 바랄 뿐이다. 쫄랑쫄랑 상가를 나선다. 바쁠 일도 해야 할일도 마땅히 없는 이 느긋한 시간을 나는 배회한다. 상가를 나와 걸어가는데 앞에서 남녀의 실랑이가 보였다. 하필이면 왜 내 앞인지 모르겠다. 그리 신경 쓸 필요는 없다. 저들의 방식에 내가 끼어들 이유는 없기 때문이다. 그런데 낯익은 얼굴들이다. 다름 아닌 앞집 여자와 한때 그녀의 연인이었던 괘씸한 녀석이다. 저 녀석, 아직도 집착을 버리지 못한 모양이다. 하지만 녀석의 사랑을 탓할 만한 이유는 내게 없다.

"왜 안 되는데?"

"이러지 마. 우린 이미 끝난 사이잖아. 왜 자꾸 나타나서 나를 힘들게 하는데? 왜 나를 가만히 내버려두지 않는 거야?"

여자는 금방이라도 지쳐 쓰러질 것 같은 얼굴로 울먹였다. 녀석은 그런 그녀를 악착같이 붙잡고 서 있었다.

　나는 저들을 스쳐 지나가야 한다. 내 집으로 가는 길을 가로막고 자신을 기어코 내세우려는 녀석이 얄미웠다. 생각 같아서는 달려가 녀석의 뒤통수를 힘껏 갈겨주고 싶은 심정이었다. 저 녀석은 흡사 바퀴벌레와 같은 녀석이다.

　"나 죽을 것만 같아. 견딜 수가 없어."

　"넌 꼭 어린애 같아. 왜 그렇게 징징대는 건데? 내가 싫다잖아. 내가 너를 보고 싶지 않다잖아. 왜 자꾸만 나를 괴롭히는 건데? 너보다 내가 더 죽을 것만 같아."

　여자는 짜증을 내면서도 사정을 하고 있었다.

　"미안해."

　"뭐가 미안한데?"

　"너를 사랑해서!"

　"……."

　"사랑해서 정말 미안해."

　"우리 다시는 만나지 말자. 길 가다가 마주치더라도 모르는 사람인 척 그냥 지나치자. 부탁이야."

　사랑의 상처가 둘 사이를 가로막았다. 여자는 왜 저렇게 야속해지려는지 모르겠다. 남자는 왜 저렇게 약해지려는지 모르겠다. 상처는 더 큰 상처만을 만들 뿐인데. 처음부터 만나지 말았어야 할 인연이었는지도 모르겠지만 그래도 한때는 사랑이었다. 사랑하는 남자의 아들이기도 했다. 여자의 상처는 채 아물지도 않았지만 녀석의 상처 또한 아물지 않고 생채기를 내는 중이었다. 원하지 않았겠지만 저들은 모두 사랑의 피해자가 된 것이다.

　내 발걸음은 점점 느려졌다. 저들의 옆을 스쳐 지나가기 전에 저들이 먼저 그 자리를 떠나기를 바라고 있었다. 하지만 저들의 상처는 시간을 잡아먹기에 충분했다. 나는 어정쩡하게 길 위에 서 있었다. 할 수 없이 나는 발걸음을 거두었다. 저들이 보이는 근처 벤치로 다가가 맥주를 마셨다. 맥주는 무덤덤하게 목젖을 타고 내려갔다. 정말이지 맛없는 맥주의 끝 맛이 새삼 당황스러웠다. 그러거나 말거나 저들의 말소리는 더 격해졌다.

　"오늘은 돌아가지 않을 거야."

　"그럼 어쩌자는 건데?

　"얘기를 하고 싶어."

　"내가 싫다고 그랬잖아. 나는 할 말이 없어."

　"이유를 알고 싶어. 왜 갑자기 그렇게 등을 보이려고 하는지. 우린 사랑했잖아."

　"그건 사랑이 아니었어."

　"아니, 사랑이었어. 아무리 부정해도 그건 분명 사랑이었다구. 왜 자신을 속이려고 하는 거야?"

　"아니. 착각하지 마. 난 사랑하는 사람이 따로 있어. 네가 아니란 말이야."

　"그 사람도 너를 사랑하지?"

　"그래."

　"그런데 자꾸만 마음에 걸리지?"

　"……."

여자는 대답 대신에 돌아섰다. 그런 여자를 가로막으며 녀석이 따라붙었다.

어디 바퀴벌레 없나? 심심해 죽겠다. 저 녀석이 바퀴벌레라면 파리채로 때려잡았을 텐데. 아니, 편견은 버리자. 아무리 녀석이 미운 짓을 했어도 녀석의 사랑을 비하할 권한이 내게는 없지 않은가. 불쌍한 녀석. 사랑을 되찾기에는 여자는 너무도 멀리 가버렸다. 네가 아무리 잡으려해도 여자는 싱거운 미끼를 물지 않을 것이다.

"왜 말을 못해?"

"아무 말도 하고 싶지 않아."

"다 알아."

"뭘 안다는 거야?"

"그래도 어쩔 수 없어. 난 너를 놔주지 않을 거야. 너를 사랑하니까. 내가 너를 사랑하는 만큼 너도 나를 사랑해야 될 거야."

"말이 안 통하는구나."

여자가 쌀쌀맞게 돌아섰다. 여자는 그 자리를 서둘러 피하기에 급급했다. 녀석은 여자의 당황하는 뒷모습을 즐기고 있는 것 같았다.

"거기 서."

"……."

"거기 서지 못해."

"……."

"왜 나를 그렇게 피하려고 하는지 다 알아. 네가 누구를 사랑하는지 다 알아. 그래서 용서할 수 없어. 너를 사랑하는 것만큼 너를 증오할 거야. 너를 사랑하는 것만큼 난 아플 수밖에 없어. 너는 왜 내 입장에서 나를 생각하려 하지 않는 거니?"

"다 안다며."

"변명이라도 해봐?"

"아니, 할 말 없어."

여자의 발걸음은 무겁기만 했다. 녀석이 그런 여자의 발걸음을 마지막으로 잡아 세웠다. 남자의 눈빛은 무언가 결심한 듯 보였다. 남자는 망설이지 않았다.

"이 바보야. 사랑해."

"……."

여자는 돌아보지 않았다. 여자는 차마 남자의 얼굴을 똑바로 볼 수 없을 것 같았다. 그대로 기억 속에서 잊히기를 마냥 바랄 뿐이었다. 어쩌면 자신이 그토록 바라던 사랑을 다시 얻을 수 있을지도 모른다는 배부른 꿈을 꾸고 있는지도 모른다.

"너의 사랑을 응원할게. 하지만 행복할 수는 없을 거야. 내가 그렇게 내버려두지는 않을 거니까. 날 똑바로 봐."

녀석이 여자를 향해 거침없이 소리를 질렀다. 하지만 여자는 멈추지 않고 외면하는 중이었다. 차라리 잘된 일이라고 생각하는 중인지도 모른다. 그 순간 여자는 잔인한 대상일 뿐이었다.

순간, 아주 짧은 순간 녀석이 준비한 비장의 무기를 품안에서 꺼냈다. 순간 나는 숨이 멎을 것 같은 아찔함에 휩싸였다. 그리고 벤치에서 반사적으로 일어났다.

녀석의 귀에는 아무 소리도 들리지 않는 것 같았다. 녀석의 손에 들려진 날선 비수가 시퍼렇게 번뜩이기 시작했다. 오후는 걷잡을 수 없는 수렁 속으로 빠져들기 일보 직전이었다.

"너 미쳤어!"

내가 지른 소리에 앞집 여자가 뒤돌아보았다. 당황한 여자는 얼음 덩이처럼 차갑게 굳어버리고 말았다.

"왜 하필이면 우리 아빠야? 왜?"

"……."

겁에 질린 여자는 아무 말도 하지 못했다. 녀석은 금방이라도 여자에게 달려들어 자신의 사랑을 난자해버리고 말 기세였다. 우려를 뒤로 하고 나는 녀석을 향해 달렸다. 어떤 돌발상황이 벌어질지 모를 일이기에 나는 위축되었지만 모른 척 지켜보고 있을 수는 없었다.

"똑똑히 봐!"

"안 돼. 그러지 마. 제발!"

"널 사랑했어. 이젠 소용없는 일이 되어버렸지만. 그래도 후회하지는 않아. 사랑해!"

날선 비수는 오후를 비웃으며 시퍼렇게 퍼덕거렸다. 순간적으로 녀석이 비틀거리더니 그 자리에 쓰러지고 말았다. 이제는 돌이킬 수 없는 일이 되어버리고 말았다. 녀석의 끊어진 경동맥에서 망설임 없이 출혈이 이어졌다.

"이런!"

내 발걸음은 더욱 다급해졌다.

여자는 그만 그 자리에 자지러지고 말았다. 야속함을 탓할 수 없는 긴박한 순간이었다. 여자는 차마 숨조차 제대로 쉴 수 없었다. 하지만 넋 놓고 바라보고 있을 수 없다는 것을 알았는지 녀석에게로 달려왔다.

"이봐? 이봐?"

지혈을 하기 위해 출혈부위를 누르자 뜨거운 감촉이 내 손을 휘감고 놓아줄 생각을 하지 않았다. 핏빛으로 물든 오후는 멀미를 하듯이 긴박하게 울렁거렸고 나는 점점 더 아찔해졌다.

"119에, 119에 빨리 전화해요."

나는 옷을 찢어 재빠르게 출혈부위를 막고 발만 동동 구르고 있던 여자에게 소리를 질렀다.

녀석의 손이 내 손목을 움켜잡았다. 녀석의 겁먹은 눈을 나는 차마 똑바로 바라볼 수가 없어서 외면하고 말았다. 녀석은 깊은 수렁 속으로 걷잡을 수 없이 빠져들어 가는 중이었다. 후회해도 소용없음을 알았는지 출혈이 계속 될수록 녀석은 애써 담담한 표정이었지만 공포에서는 벗어날 수 없었다.

"정신 차려. 곧 119가 올 거야."

"내가 잘못했어. 다 내 잘못이야. 그러니까 정신 좀 차려봐?"

여자의 말에 녀석이 무슨 말인가를 하려 했지만 이내 외면하며 눈을 감아버렸다. 녀석의 삶에 대한 의지가 소리 없이 무너지고 있는 중이었다. 녀석은 이제 후회하지 않았다.

출혈은 멈추지 않았고 시간은 느릿느릿 흘렀다. 시간을 재촉해보지만 마음만 급할 뿐이었다. 119구급차의 사이렌 소리가 가까이 다가오면서 시간은 정상적으로 흐르기 시작하다가 다시금 빨라졌다.

이제는 구급대원의 몫이었다. 여자는 눈물범벅으로 자신을 비난하고 책망했다. 하지만 무엇을 어떻게 해야 될지 모른 채 여전히 넋을 놓은 채 서 있었다.

"어떻게 된 거죠?"

"자해를 했습니다."

"보호자 되시나요?"

"아니요. 전 그냥 지나가던 사람인데. 저 아가씨의 애인인 것 같은데……."

"이봐요, 아가씨? 아가씨가 애인인가요? 함께 가 주셔야 할 것 같은데요. 이봐요, 아가씨?"

"……."

구급대원의 물음에 여자는 대답 없이 넋을 잃은 얼굴로 바라보기만 할 뿐이었다.

"제가 가죠."

"그럼 빨리 타세요."

"정신 차리고 빨리 보호자한테 전화하세요."

나는 구급차에 오르기 전에 여자에게 당부했다. 그러자 여자가 정신을 가다듬고 휴대폰을 꺼내들었다.

시간은 언제나 속절없이 흐른다. 녀석은 혼미해지는 정신조차도 포기하고 있는 듯했다. 구급차는 병원을 향해 막힘없이 달렸다. 그럴수록 녀석의 정신은 점점 더 흐릿해졌다. 구급대원이 녀석의 생명줄을 안간힘을 쓰며 잡고 있었다.

병원에 도착하자마자 녀석은 수술실로 옮겨졌다. 나는 그제야 핏빛에 삭막하게 물든 내 자신을 돌아볼 수 있었다. 화장실에서 손을 씻고 옷에 묻은 핏자국을 닦아내려 했지만 그럴수록 더 빨갛게 핏물이 번질 뿐이었다.

대기실에 얼마 동안 앉아 있자 앞집 여자가 다급하게 달려들어 왔다.

"어떻게 됐어요?"

"지금 수술 중입니다. 괜찮겠어요?"

"……."

"보호자한테는 연락했어요?"

"네."

여자는 가까스로 대답을 하고는 의자에 초췌하게 주저앉고 말았다. 여자의 숨소리는 좀처럼 차분해지지 않았다. 안절부절못하는 여자를 보면서 일순간에 무너지고만 평온을 되찾을 수 없음이 나는 안타까웠다. 나는 불안해하는 여자를 그대로 내버려둔 채 차마 돌아갈 수 없었다.

오후, 녀석의 괘씸한 반란에 나는 혼비백산했지만 녀석을 원망할 수는 없었다. 다음 순간 어떻게 될지 모르는 녀석을 탓한다는 것은 어찌 보면 야속한 일일 것이다.

시간은 조급하게 흘러갔다. 앞집 여자는 발을 동동 구르며 스스로를 자책하다 못해 잔인하게 원망하고 있었다. 그런 여자를 바라보아야 하는 나는 안타깝기 그지없었으나 그 어떤 위로의 말도 해줄 수가 없었다. 촉박하게 흘러가던 시간을 채근이라도 하듯 한 남자가 뛰어들어 왔다. 여자가 반사적으로 벤치에서 일어났다. 여자는 차마 남자를 볼 수 없었지만 그래도 어쩔 수 없이 나설 수밖에 없었다.

"기윤아? 기윤아!"

"수술 중이에요."

남자가 가쁜 숨을 몰아쉬며 여자를 노려보았다. 그러다가 급기야 다짜고짜 여자의 뺨을 힘껏 후려갈겼다. 여자는 그만 그 자리에 쓰러지고 말았다. 남자는 그 모든 것이 여자의 탓이라며 원망하고 있었다.

"이봐요? 너무 하는 것 아닌가요?"

보다 못해 내가 불쑥 나섰다. 사랑은 혼자 한 것이 아니다. 당연히 여자의 책임만은 아니다. 괘씸한 반란을 시도한 녀석과 사랑을 방관한 여자, 사랑에 목말라 했던 남자에 의해서 이 시나리오가 쓰였던 것이다. 앞집 여자를 탓하는 남자가 뻔뻔스럽기 그지없었다. 더더군다나 지금은 원망할 대상을 찾아야 할 때가 아니다. 삶과 죽음의 기로에 서 있는 녀석을 염려해야 할 때다.

"당신은 뭡니까?"

남자는 점점 다혈질로 변해갔다. 여차하면 분을 삭이지 못한 채 한 방 날려올 기세였지만 나는 물러서지 않았다.

"지나가던 사람입니다만."

솔직히 나를 내세울 만한 근거는 없었다.

"이 사람이!"

남자가 달려와 내 멱살을 잡았다. 앞집 여자가 그런 남자를 힘겹게 막아섰지만 소용이 없었다.

"그만 합시다. 지금 이럴 상황이 아닌 것 같은데."

"이 사람은 기윤 씨를 도와준 사람이에요. 이 분이 없었으면 기윤 씨는 벌써 잘못됐을 거예요. 그러니까 그만해요."

여자의 말에 남자가 그제야 분을 삭이며 멱살을 놓았다. 나도 더 이상 그 자리에 있을 이유가 없었다. 나는 앞집 여자와 남자를 뒤로하고 병원을 걸어나왔다.

앞집 여자를 몰아세우던 남자를 보면서 나는 그가 과연 사랑을 할 자격이 있는가에 대한 생각을 했다. 사랑하는 여자를 닦달하던 그 눈빛을 나는 잊을 수가 없었다. 아들과 여자, 그리고 남자의 삼각관계의 책임을 여자에게 모조리 돌려버리고만 남자는 정작 여자를 사랑하지 않았을지도 모른다. 어쨌든 그들의 사랑은 막장이 분명하다.

'이게 모두 다 네 탓이야!'

앞집 여자를 원망하는 남자의 목소리가 들려오는 것 같아 불쾌하기 짝이 없었다. 남자라면 적어도 사랑을 탓해서도, 더더욱 핑계로 삼아서도 안 되는 것이다. 남자는 스스로 자격상실을 하고 만 것이다.

더 이상 경험하고 싶지 않은 오후였다. 하지만 집으로 향하는 내내 나는 그들의 돌이킬 수 없는 사랑을 생각했다. 어쩌면 그들은 악마와의 거래를 이행하는 중인지도 모르겠다.

집으로 돌아오자마자 나는 샤워를 했다. 비릿한 피냄새 때문에 더는 견딜 수가 없었다. 하지만 핏빛 군더더기는 좀처럼 씻어낼 수 없었다. 급기야 녀석의 괘씸한 반란이 떠올라 참지 못하고 속을 게워냈다.

샤워를 끝내고 나는 침대 위에 누웠다. 피곤했지만 잠은 오지 않았다. 오늘을 꿈속에 묻어버리고 싶은 생각이었지만 핏빛 시간들이 생생하게 되살아나 내 불면을 도왔다. 아무래도 내일은 병원에 가서 처방을 받아야 할 것 같다.

침대 위에서 얼마간을 뒤척이다가 할 수 없이 냉장고 앞에 섰다. 잠이 오지 않을 때는 따뜻한 우유가 도움이 된다는 소리를 들은 기억이 있다. 하지만 냉장고에는 유통기한이 훨씬 지나 이미 상해버린 우유뿐이었다. 보리차를 끓여 마셔볼까도 생각했지만 별 도움이 될 것 같지 않았다. 작업을 끝내고 나면 늘 겪는 불면의 시간이다. 낮과 밤이 대중없이 뒤섞여 볼멘 얼굴로 나를 바라보고 있었다. 두통까지 한몫하며 내 머릿속의 개를 부추기고 있었다.

아, 그러고 보니 까맣게 있고 있었다. 문구점에서 산 노트와 내 머릿속 개의 갈증을 해소해줄 맥주가 그제야 떠올랐다. 하지만 희망을 갖기에는 너무 늦은 시간이다. 어찌됐든 이 밤을 뜬 눈으로 지새우기에는 자신이 없었다. 운이 좋다면 노트도, 맥주도 다시 찾을 수 있을 것이다. 찾지 못하더라도 맥주는 얼마든지 다시 사올 수 있다. 잠을 잘 수만 있다면 술에 의존하는 방법도 그리 나쁜 일은 아닐 것이다.

옷을 갈아입고 집을 나서기 전에 나는 피로 얼룩진 옷을 쓰레기봉투에 담았다. 아직도 피비린내가 내 후각을 자극하고 있었다. 몹쓸 녀석. 절망의 벼랑 끝에서 사랑을 포기하지 못했던 녀석의 욕심이 무섭다. 그것은 결코 사랑이 될 수 없음을 녀석은 아직도 알지 못할 것이다. 녀석의 사랑은 정작 사랑이 아닌 몹쓸 집착에 지나지 않았을 뿐이다. 사랑에 목말라하는 그들은 언제쯤 평온을 되찾을 수 있을까? 되도록 내 일상의 평온함을 방해하지 않기를 나는 바랄 뿐이다. 어쩌다가 이 집으로 이사와 지긋지긋한 바퀴벌레와 동거를 하고 얄궂은 앞집 여자와 이웃사촌이 되었는지. 그래, 다 잊고 술에 취해 인사불성이 되어 한바탕 짖어보자. 그러다 보면 오늘은 내일이 되고 내일은 오늘이 된다.

새벽 공기는 맛이 일품이다. 폐 속으로 촉촉하게 스며드는 적당히 물기 먹은 공기가 내 발걸음을 부추겼다. 쓰레기수거함에 쓰레기봉투를 버리고 혹시 있을까 하는 생각에 낮에 앉아 있던 벤치에 가 보았지만 역시나 맥주는 없었다. 노트 또한 찾을 수 없었다. 나는 포기하고 맥주를 사기 위해 발걸음을 옮겼다. 아파트 상가의 슈퍼는 문이 굳게 닫혀 있었다. 할 수 없이 편의점까지 걸어나가는 수밖에 별 도리가 없었다. 그렇다고 빈손으로 되돌아가고 싶지는 않았다.

오랜만에 걷는 새벽길이다. 작업을 끝낸 덕에 나는 한결 여유로울 수 있었지만 뭔가 알 수 없이 허전했다. 하지만 그 허전함도 내 평온의 일부가 되어 시간 속으로 차분하게 녹아드는 중이었다. 편의점에서 오징어와 맥주를 사가지고 나왔다. 오징어를 좋아하는 편은 아니지만 그래도 오늘밤은 말동무 삼아 오징어라도 질겅질겅 씹고 싶었다.

밤안개까지 촉촉하게 내린 새벽길을 터덜터덜 걷기 시작했다. 빨리 집으로 들어가 영화라도 한 편 보면서 내 휴식을 만끽하고 싶었다. 그런데 저 앞으로 비틀거리며 걸어가는 인기척이 느껴졌다. 괜한 짜증이 내 미간에 서렸다.

새벽의 정적을 깨는 취객의 위태로운 발걸음은 급기야 얼마 가지 못하고 그 자리에 주저앉고 말았다. 일어나려고 안간힘을 쓰는 취객의 모습이 안타까울 정도였다. 내 발걸음은 어느새 취객을 따라잡았다. 무심코 지나치려던 나는 취객이 앞집 여자라는 것을 알고 잠시 망설였다. 그리고 못 본 척 지나쳤다. 하지만 얼마 가지 못하고 앞집 여자에게 되돌아갔다.

"괜찮아요?"

"……."

여자는 대답하지 않았다. 대신 형편없이 취한 얼굴로 나를 바라보았다. 여자의 얼굴에서는 사랑도, 절망도 찾아볼 수 없었다. 무표정으로 자신을 일관하려는 여자의 아픔을 나는 짐작해 냈다.

"일어나요. 이러다가 큰일 나겠어요."

차마 여자를 그대로 내버려둘 수 없어서 나는 여자를 부축했다. 하지만 여자는 부축할수록 더 형편없이 무너져내렸다. 여자도 정신을 차리려고 안간힘을 쓰고 있었지만 몸 따로 마음 따로였다.

집으로 향하는 동안 여자는 단 한마디도 하지 않았다. 대신 여자는 속으로 소리 없이 울고 있었다. 더는 메말라서 눈물도 나오지 않는 아픔을 감당할 수밖에 없는 여자가 안타까웠다.

아파트 현관 앞에 섰지만 여자는 자신의 집 열쇠를 찾지 못했다. 대신 열쇠를 찾아 문을 열어주고 돌아서려 했지만 제대로 몸도 가누지 못하는 여자를 내팽개쳐둘 수는 없어서 집안까지 부축해주었다. 인사불성으로 취한 사람을 부축하기란 쉬운 일이 아니었다. 이마에 흐르는 땀은 둘째 치고 옷이 땀으로 축축하게 젖어들기 시작했다.

"다른 생각 말고 그냥 쉬세요."

여자를 소파에 눕히고 나는 돌아섰다. 그런데 이게 무슨 생뚱맞은 풍경이란 말인가. 돌아서자마자 난데없이 나타나 주방을 활보하고 다니는 바퀴벌레 녀석들 때문에 나는 깜짝 놀라고 말았다. 마치 바퀴벌레 사육장처럼 제집인 듯 자연스럽게 행동하는 녀석들을 나는 용납할 수 없었다. 나는 본능적으로 달려가 바퀴벌레에게 무차별 선재 공격을 하려다가 멈칫했다. 우리 집이 아닌 것을 잠시 잊고 있었다. 나는 서둘러 여자의 집을 나서기 위해 신발을 신었다. 바로 그때였다.

"사랑이 죄인가요?"

여자가 힘겹게 정신을 가다듬으며 나를 바라보고 있었다. 한순간 복잡함으로 일그러진 여자의 얼굴이 너무도 초췌해보였다. 나는 한동안 머뭇거렸다.

"……."

나는 아무런 대답도 할 수 없었고 여자는 다시 고개를 숙였다. 여자의 먹먹한 모습을 뒤로하고 나는 여자의 집에서 나왔다.

사랑이 죄인지 아닌지 나도 모르겠다. 앞집 여자와 같은 사랑을 해보지 않아서. 사랑은 탓할 수 없는 것이 아닐까? 사랑을 모욕할 수 있는 사람이 과연 몇 명이나 될까? 라는 생각을 하면서 나는 집으로 되돌아왔다.

복잡한 것은 딱 질색이다. 앞으로 무슨 일이 생기건 간에 나는 앞집 여자의 일에는 전혀 관여하지 않기로 마음먹었다. 자꾸만 꼬여가는 여자와의 관계가 부담스러울 뿐이다.

오징어를 구워서 컴퓨터 앞에 앉았다. 모니터가 스르르 눈을 떴고 나는 맥주를 마시며 오징어를 질겅질겅 씹었다. 그러나 아무 맛도 느껴지지 않았다. 맥주를 연거푸 몇 잔을 더 마셨지만 정신은 더욱 맑아졌다. 웹하드에 접속해 영화라도 다운받아 보고 싶었지만 불법과 합법의 중간에서 나는 망설여야 했다. 애매한 선을 긋고 나는 별 수 없이 포털의 뉴스를 클릭하다가 웹툰을 보다가 SNS로 발걸음을 옮겼다.

지금 무슨 일이 벌어지고 있는지 가장 빨리 알 수 있는 방법은 소셜네트워크서비스뿐이다. SNS의 세상은 평온하게 흐르고 있었다. 보수우파, 진보좌파, 수구꼴통, 종북좌빨, 난무하던 헐뜯음도 잠이든 시간. 나는 나름의 평온을 즐기는 중이다. 타임라인에 줄 지어 서 있던 소화되지 않은 글들도 모두 소화되고 간혹 평온을 감탄하는 글들만 올라올 뿐이다. 마치 축제가 휩쓸고 지나간 쓸쓸함이랄까? 평온은 늘 한결같은 모습으로 흐른다.

이참에 선을 그어야겠다. 무분별한 인용자들과 이념을 무기로 싸우는 존재들, 그리고 상업성 뻔한 너희들. 나는 딱 중간만 하고 싶다. 어디에도 치우치지 않는 딱 중간에서 선을 긋고 바라보고 싶다. 그래서 그동안 미루어두었던 팔로잉을 정리할 생각이다.

소통은 믿음과 신뢰에서 비롯된다고 생각하는데 다른 트위터리안들은 어떨지 모르겠다. 그들은 나를 나무랄지도 모르겠다. 블록을 걸어 나를 탓할지도 모른다. 그래도 어쩔 수 없다. 나는 단지 평범한 소통을 원할 뿐이기 때문이다.

소통의 단절을 정하는 일은 쉬운 일이 아니다. 분류와 가름이 필요하다. 나는 소통을 정리하다가 이쯤에서 SNS를 포기할까도 생각했다. 하지만 너무 뒤처지는 것은 아닐까 하는 불안한 생각이 들었다. 이럴 줄 알았으면 처음부터 소통을 원하지 않을 걸 그랬다.

맥주로 쓰라린 가슴을 달래고 있는데 타임라인에 낯익은 얼굴이 올라 왔다. 다름 아닌 앞집 여자였다.

<나, 너무 많은 죄를 지은 것 같아요. 그래서 잊으려고 해요. 오늘 그를 보고 알았어요. 내 사랑이 잘못된 사랑이었다는 것을요. 나는 날고 싶어요. 훨훨 날아서 떠날 거예요. 후회는 하지 않아요. 나는 내가 날 수 있을지 그게 궁금해요. 지금이에요……>

이건 또 뭐야? 날고 싶다? 떠나고 싶다? 혹시? 이건 아니다. 앞집 여자는 자신을 너무 격하게 몰아세우는 중이다.

<지금 무슨 생각을 하는 거예요? 그러지 마요!>

그러나 앞집 여자는 아무런 댓글이 없었다. 나는 그 순간 알 수 없는 불안에 휩싸여 혹시나 하는 마음에 베란다 창문을 열고 고개를 빼꼼히 내밀었다.

이런! 그녀가 베란다 난간에 매달려 있었다. 숨이 막힐 지경이었지만 나는 차분하게 마음을 가다듬으며 여자를 주시했다.

"그러지 말아요."

"……."

"우리 얘기 좀 해요."

"고마워요."

나는 여자를 잡을 만한 시간의 여지가 없었다. 여자는 짧은 한마디만을 남긴 채 한 치의 망설임도 없이 아래로 뛰어내리고 말았다. 여자의 모습은 곧 어둠 속으로 사라지고 말았다.

"안 돼!"

꿈일 거야. 내가 지금 취했나? 아닌데? 그럼 뭐야? 젠장! 어떻게 해야 할지 난감한 순간이었다. 나는 한동안 여자의 투신을 믿을 수가 없었다. 그러다가 핸드폰을 찾아들고 다급하게 집을 달려나갔다. 본능적으로 119를 누른 후에 여자의 투신 사실을 알렸다. 그동안 엘리베이터는 잠에서 덜 깬 느림보 걸음으로 올라오고 있었다. 기다릴 수 없었던 나는 계단을 통해 아래로 내려갔다. 그런데 왜 이렇게 시간이 긴박하게 흐르는지 모르겠다. 그러면서도 나는 어떻게 그렇게 빨리 아래로 내려왔는지 모르겠다.

안개가 자욱한 아파트 단지에는 음산한 기운만 흘렀다. 몇 시인지, 얼마나 시간이 흘렀는지 모르겠다. 나는 앞집 여자가 뛰어내린 그 아래에 섰다. 자꾸만 망설여졌지만 여자의 갈림길을 나는 확인해야만 했다.

여자는 힘겹게 숨을 몰아쉬고 있었다. 아직은 조금의 희망이 남아 있었다. 나는 산산이 깨진 내 평온 속에서 여자의 존재를 확인하기 위해 가까이 다가갔다. 적어도 내가 할 수 있는 응급조치가 있기를 바랄 뿐이었다.

"왜 그랬어요!"

엉뚱하게도 내 입에서 나온 말이었다. 여자의 호흡은 희미해지고 있었다.

'사랑이 죄인가요?'

여자가 나를 바라보았다. 이럴 줄 알았으면 말도 되지 않는 조언이라도 한마디 던져주고 위안이라도 삼았을 것을.

"조금만 참아요. 다 잘될 거예요."

자살은 대개가 돌이킬 수 없는 길 위에서 후회하기 마련이다. 하지만 여자는 운이 좋았다. 왕성하게 자란 나무와 그 아래 무성한 잔디가 여자의 그릇된 선택을 잠시나마 지연시킬 수 있었다. 저 멀리에서 내 평온을 깬 119의 두 번째 사이렌이 다가오고 있었다.

"당신은 죽지 않을 거예요. 왜냐구요? 누구나 아직은 사랑할 자격이 있으니까!"

하지만 나는 장담할 수 없었다. 앞집 여자의 인생을 짐작하기에 내 사랑이 얼마나 소중한지 아직 체감하지 못했기 때문이다.

때론 시간이 멈추었으면 좋겠다. 시간을 세워놓고 지금 이후에 벌어질 일들에 대해 후회를 하지 않기 위해 잠시나마 생각의 장을 열어두었으면 좋겠는데. 그러지 못해서 지금 이 순간이 중요한 것인지도 모르겠다. 시간은 갑자기 빠르게 흐르기 시작했다. 밤안개도 어느새 소리 없이 실종되고 말았다.

내 평온은 계속되고 있었지만 내 귓가에는 여전히 119의 사이렌 소리가 들려오고 있는 것만 같았다. 어처구니없게도 내 평온함을 짓누르던 상황들이 내 평온이 되고 말았다. 순간순간 이어지던 그 클라이맥스가 내 평온의 일상이 되어버리고 말았다. 그래서 아무 일도 벌어지지 않는 지금의 이 순간이 오히려 더 부담스러울 뿐이다.

앞집 여자가 죽었는지 살았는지 나는 모른다. 그날 이후로 앞집에서 더 이상의 인기척은 엿볼 수 없었다. 시간이 지날수록 나는 안달을 냈고 틈틈이 앞집의 동정을 살폈지만 내 기대는 번번이 무너지고 말았다.

나는 작업노트에 사랑을 적었다. 나의 평범한 사랑이 아니라 여러 부류의 극단적인 사랑을 어느 순간부터 상상하고 있었다. 그리고 그 사랑이 죄인가에 대한 의문을 상기시켰다.

나는 딱 중간에 서 있었다. 욕심이 있다면 그런 사랑을 경험해보는 것이겠지만 그럴 용기가 없어서 소설을 핑계로 나를 보호하고 있는 중이었다. 아직은 스토리가 잡히지 않은 상황에서 엉뚱한 상상들을 쏟아내고 있는 중이다.

앞집 여자가 돌아왔으면 좋겠다. 건강하게 되돌아와 부여받은 자격으로 이젠 진실한 사랑을 꿈꾸었으면 좋겠는데. 설마 되돌아올 수 없는 길을 가고 있는 것은 아니겠지?

여자를 외면하려고만 했던 내가 원망스러웠다. 조금만, 아주 조금만이라도 여자의 삶에 귀 기울였다면 여자는 그런 극단적인 선택을 하지는 않았을 텐데. 물론 여자의 애인이었던 녀석과 여자의 애인인 그 남자도 누군가 자신들의 이야기를 듣고 한마디 조언이나 비난을 기대하고 있었는지도 모르겠다.

하루하루가 무의미하게 흘러갔다. 나는 치킨을 뜯었고 맥주를 마셨다. 작업구상을 핑계로 술만 마셨다. 내 머릿속의 개는 시도 때도 없이 짖었고 나는 그것을 용인했다. 주연에게는 사랑을 운운하며 사랑을 정의하라고 다그쳤다. 그럴 때마다 주연은 같이 짖어주었다.

다행히 내 일상은 평온하고도 무난하게 흘러가고 있는 중이었다. 바퀴벌레에 대한 악몽도, 앞집 여자에 대한 부담도 서서히 기억 저편으로 희미해지고 있었다. 나는 한 마리의 바퀴벌레가 되어 하루 종일 빈둥댔다. SNS에는 나 같은 바퀴벌레가 많았다. 모두가 내가 찾아낸 내 동족들이었다. 나는 그들과 소통하며 우리와 같은 평범한 바퀴벌레가 수도 없이 많음을 알게 되었다. 하지만 그중에도 나서기를 좋아하는 바퀴벌레가 있었다. 이른바 스스로 포식자가 되어 스스로 제 살을 뜯어먹고 마는 한심한 바퀴벌레들. 돌연변이 바퀴벌레가 웃을 일이다.

나는 오후를 서핑 중이다. 생강차를 끓여 한 편의 영화를 보면서 나름의 평온을 즐기고 있는 중이다. 이젠 나를, 내 일상을 그 누구에게도 빼앗기고 싶지는 않다. 하지만 평온을 즐기기에 나는, 내 일상은 너무나 자연스럽게 노출되어 있다. 아무리 감추려고 해도, 아무리 내 일상을 즐기려고 해도 다가서는 일상의 허점을 나는 감당할 수가 없다. 그래, 언제든 위협으로 다가와도 나는 나를 지킬 수 있어야 한다. 그래야 내 평온을, 내 일상을 지킬 수 있는 것이다.

영화가 끝나기도 전에 다가오는 이 소란은 무엇이란 말이냐? 밖에서 들리는 시끄러운 소리에 나는 참지 못하고 밖으로 뛰어나갔다. 어쩌면 반가운 면도 없지 않았을 것이다. 앞집 여자의 반란이라고 생각했는데 역시 맞았다.

"무슨 일이죠?"

"이사를 하는 중입니다. 보시면 아실 텐데요."

"주인은?"

"모르겠는데요."

"모른다니요? 말이 됩니까?"

"말씀드릴 수 없습니다."

이런, 그렇구나. 나는 왜 여자가 죽었을지도 모른다고 속단한 거지? 그래, 차라리 그랬으면 여자가 좀 더 편안할 수 있었을 거라고 내 나름대로 단정을 해버렸는지도 모르겠다.

'사랑이 죄인가요?'

자꾸만 여자의 물음이 내 청각을 뒤흔들었다. 사랑이 죄인가? 아닌가? 내 주관은 마구 흔들릴 수밖에 없었다. 물론 앞집 여자에 대해 내

근거를 둘 필요는 없었다. 단지 그냥 앞집 여자일 뿐이다. 나는 돌아서서 집으로 돌아왔다. 그런데 영 마음이 놓이지 않았다.

컴퓨터를 켜고 앞집 여자, 은이의 흔적을 찾았는데, 그녀가 없다. 한순간 SNS에서 쥐도 새도 모르게 사라져버린 그녀. 왜 난 그녀가 언제까지나 가까이 있을 거라고 생각했던 것일까? 이렇게 한순간에 자신을 숨길 수 있는 것인가? 돌이켜보면 온전히 자신의 잘못으로 사라지려하는 앞집 여자가 나는 안타깝다.

왜 갑자기 서운해지는 걸까? 모르겠다.

이제 사라지는 거다. 내 일상의 평온함을 농락하던 그녀가 사라지는데 나는 왜 서운한 걸까? 내 일상에 너무도 많은 자리를 차지하고 있었음인지도 모르겠다. 그래 놓아주자. 그녀 나름은 지나가는 아픈 사랑을 기억하고 싶지 않을 것이다. 다가갈 수 없음에 서운했고 이제 가까이 다가가 이야기를 들어줄 수 있었는데 떠나간다니 서운하다. 그래, 충분한 자격이 있으니 그녀는 또 다른 사랑을 받아들일 수 있을 것이다. 그런데도 나는 허전하다. 나는 아마도 그녀를 픽션으로, 대상으로 바라보았는지도 모르겠다. 그래서 미안하다.

이런 날은 그냥 맥주가 제격이다. 나는 사다놓은 오징어를 굽기 시작했다. 오징어나 씹으면서 시간을 엉금엉금 기어서 가자. 그런데 이게 웬 낭패냐! 안경을 쓰지 않은 내 눈에 익숙한 움직임이 감지되었다. 그것도 한두 마리가 아닌 하얀색 돌연변이 바퀴벌레들. 아, 이건 아니다. 나는 파리채를 찾기도 전에, 바퀴벌레를 잡기 위해 사치스러운 휴지를 찾기도 전에, 녀석들을 잡기 위해 손바닥으로 탭댄스를 추었다.

"미쳐!"

바퀴벌레 돌연변이들이 싱크대 위를 서핑 중이다. 이런 제기랄. 아! 빠르다. 역시 돌연변이의 자식들이다.

난 내 일상의 평온을 지키기 위해 나름대로 최선을 다했다. 하지만 난 전쟁에서 승리한 것이 아니다. 이 전쟁은 소리 없이 계속되고 있었다. 내 평온은 어느 순간부터 저당 잡혀 있었던 것이다. 앞집 여자와 또 내 안의 돌연변이 바퀴벌레에게.

나는 내 일상의 평온함을 찾기 위해 너무 급급했는지도 모르겠다. 지금은 그들을 팔로우하는 중이다.

작가의 말

내 머릿속의 쓰레기 더미 속에서 윈도우를 바라보던 미친개 한 마리가 불쑥 튀어나와 포맷 버튼을 눌러버렸다. 파티션도 지정하지 않고 짖어대는 통에 머리가 복잡하다. 아, 젠장. 컴퓨터가 또 눈을 감아버렸다.

불면은 일상이 되어버렸다. 밤과 낮을 구분할 수 없음이 안타까울 따름이다. 내 머릿속의 개는 더 이상 짖지 않는다. 말 한마디 없이 보내야 하는 밤이 안타까울 뿐이다.

오늘도 시간은 내게서 늙어가고 있다. 늙어가는 것은 시간만이 아닐 터. 커서가 제멋대로 움직인다. 자판이 울렁이기 시작하고 내 시력은 한계를 극복하지 못한다. 이런 젠장, 시계의 초침이 자꾸만 내 뒤를 쫓아 달리기 시작한다. 그 뒤를 분침이 노려본다.

시간은 변함없이 달린다. 결코 지치는 법이 없다. 가끔 쉬어 갈 법도 한데, 절대 게으름을 부리지 않는다. 밤이 줄행랑을 치는 이 순간에도 비는 할 말이 뭐가 그리 많은지 쉬지 않고 재잘대고…… 나는 오늘도 불면을 감수하며 시간을 곱씹는다.

차라리 불면의 밤이 낫다고 우기면서 시계를 바라본다. 언젠가는 내게도 평온한 밤이 찾아오겠지. 다시 나를 바라본다. 거울 속의 너는 많이도 핼쑥해져 있구나.

바라볼 수 있어서 다행이다. 어느 외진 골목길에서 길을 잃더라도 쉬어가는 여유를 부리고 싶다.
지금은 시간을 구워먹는 중!

트위터에서...

바퀴벌레와
춤을

바퀴벌레와
춤을